人民共和國文化與文學叢書

四編　中國人民大學特輯

程光煒　李怡　主編

第**2**冊

文學史二十講（下）

程 光 煒 著

花木蘭文化出版社

國家圖書館出版品預行編目資料

文學史二十講（下）／程光煒 著 — 初版 — 新北市：花木蘭
文化出版社，2016〔民105〕
目 2+176 面：19×26 公分
（人民共和國文化與文學叢書 四編；第 2 冊）
ISBN 978-986-404-637-9（精裝）
1. 中國當代文學 2. 中國文學史 3. 文學評論
820.8   105012587

ISBN- 978-986-404-637-9

9 789864 046379

人民共和國文化與文學叢書
四 編 第 二 冊   ISBN：978-986-404-637-9

文學史二十講（下）

作　　者　程光煒
主　　編　程光煒　李怡
企　　劃　北京師範大學民國歷史文化與文學研究中心
　　　　　四川大學現代中國文化與文學研究中心
總 編 輯　杜潔祥
副總編輯　楊嘉樂
編　　輯　許郁翎、王筑　美術編輯　陳逸婷
印　　刷　普羅文化出版廣告事業
出　　版　花木蘭文化出版社
社　　長　高小娟
聯絡地址　235 新北市中和區中安街七二號十三樓
　　　　　電話：02-2923-1455／傳眞：02-2923-1452
網　　址　http://www.huamulan.tw 信箱 hml810518@gmail.com
初　　版　2016 年 9 月
全書字數　324027 字
定　　價　四編 11 冊（精裝）台幣 20,000 元

文學史二十講（下）

程光煒　著

目次

下　冊

80 年代文學批評的「分層化」問題

　　我們說 80 年代文學批評具有「社會批評」的色彩，同時應該說那些與社會觀念變革密切相關的「文化評論」，某種意義上也可以歸入文學批評的系列。因為 80 年代是很「文學化」的年代，許多文化評論大都顯示出文學的性格和取向。但是，這樣又帶來將文學批評籠統化的問題，而沒有做精細區分。因為事實上，80 年代文學批評存在著「分層化」的問題。所謂「分層化」，是指它們雖然都是文學批評，但功能、範疇、方法和效果卻有明顯差異，由於從不同層面處理文學的問題，它們發揮的作用就有所不同。之所以用這種方式提出問題，是我以為 80 年代文學的「發生」是由多種因素、而不是由單一因素激發和催生的；另外，由分層化構成的豐富的批評空間，可以讓我們觀察到 80 年代社會言論開放的程度和真實狀態。在對「分層化」問題的觀察中，李澤厚、劉再復的理論倡導、謝冕、孫紹振、黃子平和吳亮的文學批評、柳鳴九、李文俊的外國文學翻譯、甘陽、金觀濤等的西方理論譯叢等等，將成為我逐個敘述和分析的對象。

一、文學批評的「輿論化」

　　我首先想談的是文學批評的「輿論化」問題。80 年代改革開放的大環境，決定了李澤厚勢必會成為文化思想界的「第一人」。他連手劉再復在康德「三大批判」和對中國 20 世紀思想史深刻觀察基礎上提出的「主體論」、「啟蒙與救亡論」，不僅如甘陽所說「對文革後最初幾屆大學生有籠罩性影響」，[註1] 重建了他們反思歷史的方法，它們還對「四人幫」倒臺後興起的「人的文學」

〔註 1〕 甘陽：《〈八十年代文化意識〉答問》，2006 年 8 月 10 日上海《東方早報》。

和「純文學」思潮做了最準確的命名。

在對「啓蒙」與「救亡」兩大社會思潮的來源、脈絡、成敗原因和實踐效果進行了非常詳盡的分析後，李澤厚對中國「文革」後的現狀做出了論斷：

> 個體反抗並無出路，群體理想的現實構建又失敗，那麼出路究竟何在？……
>
> 所有這些，都表明救亡的局勢、國家的利益、人民的飢餓痛苦，壓倒了一切，壓倒了知識者或知識群對自由平等民主民權和各種美妙理想的追求和需要，壓倒了對個體尊嚴、個人權利的注釋和尊重。……
>
> 特別從五十年代中後期到文化大革命，封建主義越來越兇猛地假借著社會主義的名義來大反資本主義，高揚虛僞的道德旗幟，大講犧牲精神，宣稱「個人主義乃萬惡之源」，要求人人「鬥私批修」作舜堯，這便終於把中國意識推到封建傳統全面復活的絕境。以至「四人幫」倒臺之後，「人的發現」「人的覺醒」「人的哲學」的吶喊又聲震一時。〔註2〕

可以說沒有當時大多數人對「文革」災難的痛苦歷史記憶，就不會有「兩論」的問世。它們是針對當代社會「人」和「文學」的困境而提出的最醒目的解決方案之一，這已成爲人們的共識。

李澤厚還對幾年後在文學界出現的「純文學」，做了理論上的展望和設計：

> 美作爲感性和理性，形式與內容，眞與善、合規律性與和目的性的統一，與人性一樣，是人類歷史的偉大成果。〔註3〕

李澤厚、劉再復所倡導的「人」和「美」的歸來，在「80年代意義」上顯然已超出狹義的哲學、文學的範疇。它不僅給80年代的「人的文學」和「純文學」安裝上一個重要的認識性裝置，而且直接把人和文學的「問題」引向了全社會視野，使討論人和文學問題的「兩論」變成了熱議的「社會輿論」（或可說是「公眾輿論」）。沃爾特·李普曼的《公眾輿論》在對「公眾輿論」與「社會公眾」之間支配與被支配關係做了精彩分析後指出：「通過演講、口

〔註2〕 李澤厚：《啓蒙與救亡的雙重變奏》，《走向未來》1986年創刊號。
〔註3〕 李澤厚：《美的歷程·後記》，北京，文物出版社，1981年3月。

號、戲劇、電影、漫畫、小說、雕塑或者繪畫把公共事務廣而告之的時候，要想讓它們引起一個人的興趣，首先就需要對原型進行抽象，然後使這些被抽象出來的東西產生刺激作用。」〔註4〕這對我們的觀察非常有意義。因為李、劉通過從批判「文革災難」中抽象出來的「人的文學」和「純文學」，與「反思文革」的「公眾輿論」緊密聯繫，所以就無容置疑地變成了這一公眾輿論最為重要的一部分。

我對 80 年代文學批評「分層化」問題的第一個分析，就是在這個意義上成立的。因為 80 年代文學的「發生」，表面上看是作家「探索創新」和批評家「思想解放」這條線索推動的結果。然而，在文學轉折期，公眾輿論這隻「看不見的手」卻是一個遠比文學本身作用更大的推手。因為我們注意到，很多作家在談論 80 年代文學的發展時大量採用了「公眾輿論」的語言，並談到它對自己創作的啓發和影響。劉心武說：

> 一位概括了我所體驗到的革命教師人格美與心靈美的班主任形象，便在一九七七年春天這個特定的環境中逐漸清晰、豐滿、凸現出來了，這便是張俊石這個人物的誕生。〔註5〕

格非說：

> 八十年代每一年都會發生一些非常非常重要的事情，每件事情的發生都很不平凡。每一個理論問題的出現都有很深的社會背景。
> 〔註6〕

賈平凹說：

> 當思潮被總結和肯定下來之後，它必然會對創作產生影響，我的體會是當時的文學思潮所形成的氣候，甚至是對我的爭議與批評，都會或多或少地校正我的感知。〔註7〕……

即使不借助所謂「勁松三劉」神話來強化劉心武與劉再復、李澤厚思想理論的「必然性」聯繫，〔註8〕僅憑劉心武、格非和賈平凹「一九七七年春天這個

〔註4〕（美）沃爾特・李普曼：《公眾輿論》，閻克文、江紅譯，上海，上海人民出版社，2002 年 6 月，第 130 頁。

〔註5〕劉心武：《根植在生活的沃土中》，《人民文學》1978 年第 9 期。

〔註6〕格非、李建立：《文學史研究視野中的先鋒小說——格非訪談錄》，《南方文壇》2007 年第 1 期。

〔註7〕賈平凹、黃平：《賈平凹與新時期文學三十年——賈平凹訪談錄》，《南方文壇》2007 年第 6 期。

〔註8〕在 1980 年文化思想界，流傳著「勁松三劉」的說法。是指劉再復、劉心武、

特定的環境」、「每一個理論問題的出現都有很深的社會背景」和「文學思潮所形成的氣候」「都會或多或紹地校正我的感知」等等說法，我們就能想到當年文學的「發生」確實相當一部分是來自「社會背景」和「氣候」等公眾輿論。被 80 年代充分「文學化」的「公眾輿論」，某種程度還被修改成若干種「文學批評」的形式，而直接介入了作家的創作活動。例如，李澤厚、劉再復所倡導的人和美的「歸來」不單被視爲「公眾輿論」日益開放和更爲大膽的象徵，而且這種大膽的「公眾輿論」也在以某種「文學批評」的面目，暗中聲援支持著文學更爲激進和全面的發展。

事實上，即使李澤厚、劉再復不自稱文學界的「輿論驕子」，很多人也早把他們當做「輿論人物」來看待了。正像夏仲義所說的：李澤厚的「名文《啓蒙與救亡的雙重變奏》幾乎就是解讀 1980 年思想史的必讀文本」。〔註9〕它說明李、劉 80 年代的言論不能僅僅放在文化思想和文學理論的範疇裏來看待，他們代表的是「社會聲音」、「社會導向」，是「開風氣之先」的象徵，其作用有點類似於陳獨秀、胡適當年對「五四」新文化的鼓吹和推波助瀾。正因爲如此，我們才能夠理解爲什麼前面劉心武、格非和賈平凹等作家在採用輿論性的語言談論他們的文學創作。能夠理解至少在 1985 年以前，輿論語言像潮水一樣湧進了文學語言系統，人們已經習慣不把它們看作輿論語言而當成了文學的語言。像「五四」時期一樣，帶著公眾輿論色彩的李澤厚、劉再復理論也是從「外圍」介入了 80 年代文學的，這就使他們的理論在當時難以避免地夾雜著輿論語言，而事實上變成了一種具有輿論性功能的文學批評。

二、文學批評的「純文學化」

1980 年 5 月 7 日，謝冕發表在《光明日報》的《在新的崛起面前》實際暗示著當代文學批評的一次「轉型」：

> 我們一時不習慣的東西，未必都是壞東西；我們讀得不很懂的
> 詩，未必就是壞詩。我也是不贊成詩不讓人懂的，但我主張應當允

劉湛秋三位 80 年代文學界的風雲人物當時不僅都住在北京朝陽區的勁松一帶，而且他們過從甚密，思想觀點非常接近。由此聯想到後二劉正在「共享」著李澤厚、劉再復理論資源等問題。

〔註 9〕 夏仲義：《思想家的凸現與淡出——略論李澤厚新時期學思歷程》，《學術月刊》2004 年第 10 期。

> 許有一部分詩讓人讀不太懂。世界是多樣的，藝術世界更是複雜
> 的。〔註10〕

雖然謝冕也像李澤厚、劉再復那樣採用了「輿論性」的語言和表達方式，但他尖銳地提出了「懂與不懂」的問題。這種暗示意味著當代文學批評一個非常深刻的變化，這就是應該允許「不太懂」的「詩歌」的存在。它更象徵著80 年代文學批評開始厭惡上世紀 50、60 年代文學的「社會化批評」，在向著「純文學批評」的方向悄悄轉移。

一年後，謝冕北大同學孫紹振超越了前者「忠厚周到」的話語狀態，他的《新的美學原則在崛起》一文明確地提出了文學批評「純文學化」的主張：

> 當個人在社會、國家中地位提高，權利逐步得以恢復，當社會、
> 階級、時代，逐漸不再成為個人的統治力量的時候，在詩歌中所謂
> 個人的感情，個人的悲歡，個人的心靈世界便自然會提高其存在的
> 價值……而這種復歸是社會文明程度提高的一種標誌。〔註11〕

聯繫到上世紀 50、60 年代「輿論語言」大規模擠壓「個人語言」生存空間，個人思想和言論權利被粗暴剝奪的歷史語境，這些不無偏激的文學批評「純文學化」主張，既發出了 80 年代「新潮批評」之興起的強烈信息，也表明了80 年代的「言論空間」正在明顯膨脹和擴張的真實狀態。

約亨·舒爾特－札塞敏銳注意到彼得·比格爾「先鋒派理論」對「脫離社會，自我獨立，並且與社會處於並存的位置」這一藝術目標的有意追求，他認為這是由「藝術將自身與它在社會中的交流功能分離，並將自身定位於與社會徹底對立」的先鋒批評理念造成的。〔註 12〕他的觀點對我有啟發，我想這是由於某種歷史原因，謝、孫不僅想將「藝術」與「社會」的交流功能分離，與之相對立，而且試圖將「社會」從「藝術」中拿出來。這就將讓人看到，如果說李、劉理論中的「社會輿論」是作為一種客觀對象物存在的話，那麼這種「社會輿論」就在謝、孫的詩歌批評中強烈地「主觀化」了，他們意識到，只有對「社會輿論」進行這種提純式的歷史處理，80 年代文學批評才可能真實實現「純文學」的目標。

〔註10〕 謝冕：《在新的崛起面前》，1980 年 5 月 7 日《光明日報》。
〔註11〕 孫紹振：《新的美學原則在崛起》，《詩刊》1983 年第 3 期。
〔註12〕 （德）彼得·比格爾：《先鋒派理論·英譯本序言》，高建平譯，北京，商務印書館，2005 年 9 月，第 37 頁。

　　但是，為什麼放棄「輿論化」而選擇「純文學化」的藝術方向，吳亮對多年前的這條歷史線索說得是非常清楚的，他在答問別人的問題時說：

　　　　當時的想法？可能當時看了一些書受到了一些啟發吧。我和程德培當時在上海作協理論研究室，假如我的記憶沒有錯的話，當時已經有些很有意思的書翻譯過來了，比如《流放者歸來》、《伊甸園之門》、《美國的文學周期》、《1890年的美國文學》，這種回憶錄加綜述的、斷代的文學研究的方式給我們影響不小。……

　　　　另外我在1980年代初閱讀了一些哲學美學方面的文章，當時沒有大部頭的哲學著作的翻譯，主要是一些雜誌上的文章，我記得有一本《哲學譯叢》，我是在這裡面看到李澤厚的一些文章，主要是譯文，除了談哲學美學以外，還有一些理論會議的介紹，綜述，比如新康德主義啊，存在主義啊。

他接著回憶道：

　　　　當時我們的新小說的概念不是羅伯格里耶的那個「新小說」，只是針對當時中國文學寫作的語境中所出現的一些新的東西。比如我們比較喜歡的像張辛欣的《北京人》，我專門寫過評論文章，完全是口述體，口述實錄的，我們當時給了很高的追捧。對於那些看不懂的，晦澀的作品，我們也很喜歡，可能它的價值不在於它說了什麼，而是在於它就這麼出來了，小說可以這麼寫，最重要的是方式的改變，就是說有權利這麼寫，它可以成立，而不在於它究竟傳達了什麼意思……〔註13〕

正是在這「不在於它說了什麼，而是在於它就這麼出來」的文學批評理念中，黃子平用一種非常模糊、接近於詩化但同時讓人讀不太懂的方式，批評了劉索拉的小說《你別無選擇》，他說：

　　　　功能圈、T-S-D、賦格、勳伯格、原始張力第四型、亨德米特的《宇宙的諧和》、和聲變體功能對位的轉換法則……不懂？不懂也沒關係。我也不懂，準確地說，我對音樂一竅不通。何況這裡有些術語根本就是半開玩笑式的杜撰。但是你既然翻開了書，你就別無選擇。你就下定了決心要與作者、與人物同甘共苦、同生同死，

〔註13〕吳亮、李陀、楊慶祥：《八十年代的先鋒文學和先鋒批評——吳亮訪談錄》，《南方文壇》2008年第6期。

　　直到最後一個標點符號你才能喘一個口氣……一切都已安排就緒。

〔註14〕

在 1985 年以後出現的新潮批評文章中，像這樣連批評家自己也弄不懂、而只
管照著「作者」的「創作意圖」去解釋但實際上讓讀者讀起來似懂非懂的敘
述，實在是太多太多了。如吳亮的《馬原的敘述圈套》、李劼的《論中國當代
新潮小說的語言結構》、夏中義的《接受的合形式性與文化時差》等等。

　　顯然，這種「以作者為中心」、并把他們（她們）孤立於「社會」之外的
「純文學」批評，是把謝冕、孫紹振文學觀念上拒絕社會的強硬姿態進一步
推進了，這些新潮批評家把「文學」看作一種與「社會」完全沒有「關係」
的形態了。「我們必須為我們自己，究竟是什麼進入了危機：是『作品』範疇
本身，還是這一範疇的一個特定的歷史形式？『今天，真正被當成作品的東
西僅僅是那些不再是作品的東西。』阿多諾在這一段莫測高深的話中在兩個
意義上使用了『作品』概念：一般意義（在這個意義上，現代藝術仍具有作
品的性質），以及有機的藝術作品的意義（阿多諾談到『圓滿的作品』）。這後
一個特定的作品概念實際上已經被先鋒派摧毀。」〔註15〕

　　不過，我們如果僅僅停在文學批評「純文學化」的「對與錯」上分析問
題，肯定不是本篇文章的原意。我想，之所以把「懂與不懂」、「作者之上」
這些在文學閱讀上「純個人經驗」看作是文學本體的東西，其聚焦點就是上
述批評家心目中的「社會」出了問題。在他們批評的潛意識裏，既然「社會」
出了問題，變成不被相信的對象，那麼就盡快寄情於永恒的「文學」罷。因
此在這個意義上，「文學」代替了「社會」，文學批評標準代替了社會批評的
標準，那麼「純文學」批評就顯然被認為代表了 80 年代社會批評的最高水平。
文學就在這個意義上被理想化了。文學被精心修改成精神、價值和社會導向，
它在培養無以計數的「文學青年」（在今天他們已經是活躍於社會各界的「知
識精英」和「領袖人物」），而且似乎已變成流行於 80 年代的「社會評價系統」
和「自我認同系統」。從這個角度看，謝、孫、黃、吳等批評家談的就不完全
是所謂批評的「純文學化」問題，具體地說是「個人建設」的問題。是「個
人」如何在不理想的「社會」建立一個「純粹精神世界」的問題。程德培對

〔註14〕 黃子平：《劉索拉的〈你別無選擇〉》，參見《沉思的老樹的精靈》，杭州，浙
　　　　　江文藝出版社，1986 年 12 月，第 166 頁。
〔註15〕 （德）彼得・比格爾：《先鋒派理論》，高建平譯，北京，商務印書館，2005
　　　　　年 9 月，第 127 頁。

他80年代生活的回憶，爲我們提供了一個非常生動有趣的例證：

> 作爲老三屆的一員，經歷幾乎都是一體化的，而且我又很普通沒什麼可以説的。那個年頭，生活比較一律和單調，唯有閱讀是種樂趣，沒有什麼可讀的時候，我甚至會找來五、六十年代的《文藝報》、《人民文學》、《收穫》、《文學評論》逐一閱讀。作爲讀者，我喜歡把自己的想法通過寫信告訴作者（當然，那時候除了通信也沒有其它的方式）。可以説，與作者通信交流是我最初的批評方式，或者説批評的起步。從78年2月與賈平凹通信始，陸陸續續和張潔、陳建功、李杭育、吳若增、王安憶、鄧剛、韓石山等都有通信往來，包括王蒙也有一封79年11月的來信。最近有空把當年的信件翻閱了一下，裏面談的都是文學與創作，可謂「純文學」了。〔註16〕

在他看來，「閱讀」、「寫信」、談「純文學」就是「個人建設」最緊迫最眞實的內容，它被很多人理解成一種不同於直接參與社會生活但更純粹完美的「社會生活」。由此可見，爲什麼「個人」、「自我」、「選擇」、「迷惘」、「本體」、「語言」、「形式實驗」等概念在文學批評中那麼擁擠而且非常流行了。也由此可知，爲什麼至今人們仍然把「80年代文學」看成是一個「純文學」的年代。

三、翻譯文學的「中國化」

80年代的另一種文學批評是「外國文學翻譯」。中國社會科學院外國文學研究所的柳鳴九、李文俊等人就是其中主要的「批評家」。如果説，柳鳴九1980年代對巴爾扎克小説的介紹告訴我們這代人什麼是「外國文學」的話，那麼李文俊對福克納小説的翻譯則是催生80年代先鋒小説的另一條重要線索。這正是李建立清楚地看到的：「『西方現代派』（或『西方現代主義』）的譯介是『新時期文學』研究中的一個繞不開的話題。這麼説不僅因爲後者作爲前者的重要資源而存在，還因爲圍繞對『西方現代派』的選擇、定位、誤讀、『批判』和『超越』所生發出來的一系列事件同樣是『新時期文學』的組成部分。」〔註17〕

〔註16〕 程德培、白亮：《記憶‧閱讀‧方法——程德培訪談》，《南方文壇》2008年第5期。

〔註17〕 李建立：《1980年代『西方現代派』知識形態簡論——以袁可嘉的譯介爲例》，《當代文壇》2010年第1期。

　　我這裡所說「翻譯文學的『中國化』」不單單指外國文學翻譯對 80 年代
中國文學的影響，而是指這些被翻譯的外國作家不光呈現在被翻譯家所理解
的「作品文本」中，而且更大程度地存在於翻譯家這種根據中國人的理解所
寫的「導言」、「序言」之中，正是在這個意義上外國文學作品被被翻譯家「中
國化」了，同時也被「批評化」了，它們好像變成了「我們自己」的作品。
以至我們在閱讀這些作品之前，首先很大程度上在接受著「譯本序」等批評
性話語的暗示、引導和影響。就我個人的經驗來說，我正是在李文俊「批評
化」的「譯本序」中瞭解福克納的《喧嘩與騷動》，並且在對批評性序言的閱
讀中接受這部長篇小說的。李文俊說：「《喧嘩與騷動》是福克納第一部成熟
的作品，也是福克納心血花得最多，他自己最喜愛的一部作品。書名出自莎
士比亞悲劇《麥克白》第五幕第五場麥克白的有名臺詞：『人生如癡人說夢，
充滿著喧嘩與騷動，卻沒有任何意義。」〔註 18〕我的意思是，在這些翻譯家
「批評性的譯本序」中，被翻譯成中文的作家作品按照翻譯家的意願做了藝
術「定型」，翻譯家通過他們批評性的分析建構起了一個也許並不符合「直譯
標準」但卻適應中國文學國情的「外國作家作品」的「形象」。而我們這些文
學接受者，一下子就認為這就是「真正」的「福克納」了。李文俊對福克納
《喧嘩與騷動》藝術特徵的概括是：

　　　　首先，福克納採用了多角度的敘述方法。傳統的小說家一般或
　　用「全能視角」亦即作家無所不在、無所不知的角度來敘述，或用
　　書中主人公自述的口吻來敘述。……福克納又進了一步，分別用幾
　　個人甚至十幾個人（如在《我彌留之際》中）的角度，讓每個人講
　　他這方面的故事。……

　　　　「意識流」是福克納採用的另一種手法。……

　　　　「神話模式」是福克納在創作《喧嘩與騷動》時所用的另一種
　　手法。所謂「神話模式」，就是在創作一部文學作品時，有意識地使
　　其故事、人物、結構，大致與人們熟知的一個神話故事平行。……

　　　　〔註 19〕

〔註 18〕 李文俊：《〈喧嘩與騷動〉‧譯本序》，上海，上海譯文出版社，1995 年 11 月。
　　　　在譯文最後，即 361 頁，譯者注明該小說「1980～1984 年譯成，1993 年根據
　　　　諾爾‧波爾克勘定本校改」。由此推斷，「譯本序」是 1980 至 1984 年間完成，
　　　　小說不知因何原因，1995 年 11 月才正式出版。

〔註 19〕 同上。

深受李文俊文學譯著影響的作家莫言後來感慨地說：

　　語言自然都是翻譯語言，我不懂外語，非常自卑，非常抱歉。
《傷心咖啡館之歌》是李文俊先生翻譯的，他是優秀的翻譯家，非
常傳神地把原來小說裏面的語言風格在漢語裏面找到了一種對應，
因此我也是間接地受到了西方作家的語言影響。……

　　雖然當時我們還很年青，但我們每一個人的內心深處已經有了
很多的關於文學的條條框框，這些對我們自己限制很大。隨著我們
對西方文學的閱讀，隨著我們聽到很多的當時非常先鋒的一些批評
家和作家的講座，我們心裏關於文學的很多條條框框被摧毀了，這
種自我的解放才能使一個作者真正發揮他的創作才華，才能真正使
他放開喉嚨歌唱，伸展開手腳舞蹈。在這樣的背景下，我就寫出了
《透明的紅蘿蔔》這部小說……〔註20〕

作家格非在談到李文俊譯著對他的影響時，也充滿敬意地表示：

　　這就是七十年代後中國出現的一大批非常重要的翻譯家，他們
的翻譯非常棒的，我有時非常感動，比如李文俊先生翻譯的福克納。
我有次開會碰到他，希望他去翻譯《押沙龍、押沙龍》，他說我年紀
大了，沒辦法翻了。可是後來他還是翻出來了。我不記得是哪個國
家的翻譯家去世時說最大的遺憾是無法把這篇小說翻譯成他本國的
文字。李文俊那時也已經很老了，但還是翻出來了。包括翻譯博爾
赫斯的王央樂，翻譯卡夫卡的葉廷芳、還有湯永寬等一大批人都非
常認真，譯本都是一時之選。這使得我們這些人在接受西方文學時
一下子就取得了一定的積累。〔註21〕

但是，更值得追問的問題是，為什麼翻譯家的翻譯和他批評性的譯本序會給
中國作家這種強烈的印象——以為這就是他們心目中的「福克納」了呢？一
個原因是文學批評從來都對作家有輻射性的影響造成的；另一個原因是，80
年代中後期的社會有一種李文俊所說的「充滿著喧嘩與騷動，卻沒有任何意
義」的歷史情緒正在抬頭，歷史認識的錯位和扭曲，正在助長福克納小說這

〔註20〕　莫言、楊慶祥：《民間‧先鋒‧底層》——莫言訪談錄》，《南方文壇》2007
　　　　　年第2期。
〔註21〕　格非、李建立：《文學史研究視野中的先鋒小說——格非訪談錄》，《南方文壇》
　　　　　2007年第1期。

種「多角度」、「意識流」和「神話模式」在當代中國小說家創作中的瘋長勢
頭。在這裡，我之所以認為 80 年代翻譯家們的譯本序是一種特殊的「文學批
評」，不光是因為開卷問學、人們看外國小說首先要看導言的習慣，而是我認
為它主要來自「文革」後當代文學的「經典危機」，也即勞倫斯・韋怒蒂所說
在西學東漸過程中「典律的倒置」。新一代先鋒作家沒有了「模仿的對象」，
他們否定了本國當代文學的「經典性」（這是由「新時期文學」對「十七文學」
的「重評」帶來的結果），而翻譯家這時恰到好處地把新的西方「典律」送到
他們的面前。這就是勞倫斯・韋怒蒂所指出的：「因此，翻譯是一個不可避免
的歸化過程，其間，異域文本被打上使本土特定群體易於理解的語言和文化
價值的印記。」「它首先體現在對擬翻譯的異域文本的選擇上，通常就是排斥
於本土特定利益相符的其它文本。」這樣，「本土對於擬譯文本的選擇，使這
些文本脫離了賦予它們以意義的異域文學傳統，往往便使異域文學被非歷史
化，且異域文本通常被改寫以符合本土文學中當下的主流風格和主題。」而
且他深刻地洞察到，「學院與出版業的聯合，可以特別有效地鑄造廣泛的共
識」，即實現了「外國文學典律」與「本國文學典律」歷史位置的倒置，從而
使漢語文學處於新時期文學的邊緣。〔註 22〕

　　韋怒蒂的表述使我意識到，80 年代被李文俊、柳鳴九等「翻譯」的「外
國文學」就「這樣」變成了許多當代作家心目中的「中國文學」。由於這些「異
域文本被打上使本土特定群體易於理解的語言和文化價值的印記」，翻譯家的
出色語言轉移就使「脫離了賦予它們以意義的異域文學傳統，往往便使異域
文學被非歷史化，且異域文本通常被改寫以符合本土文學中當下的主流風格
和主題。」所以，沒有人再懷疑「西方典律」被置於當代文學的中心，而當
代文學反而被本國的當代文學「邊緣化」，會對 80 年代文學的發展產生什麼
問題。所以，柳鳴 1984 年 2 月為李丹、方於翻譯的雨果《悲慘世界》寫的「譯
本序」中寫道：「最著名的雨果傳記的作者作如是說，距今又已經好幾十年了，
當雨果逝世一百週年將要來到的時候，我們深感這段話說得非常切實。在雨
果的『群島』中，《悲慘世界》顯然要算是聳立得最高的一個，它不僅沒有被
淹沒在遺忘的大海裏，而且已經成為不同時代、不同國度的千千萬萬人民不

〔註 22〕勞倫斯・韋怒蒂：《翻譯與文化身份的塑造》，查正賢譯、劉健芝校，許寶強、
　　　　袁偉選編《語言與翻譯的政治》，北京，中央編譯出版社，2001 年 1 月，第
　　　　359、360、367 頁。

斷造訪的一塊勝地。」〔註23〕這種把其它國家的「勝地」非常樂意地當成自己國家「勝地」的翻譯無意識，幾乎成為 80 年代翻譯界和思想文化界的一個醒目的標誌。

千萬不要小看翻譯家「批評性導言」對 80 年代文學發生的顯著影響。如果說，李澤厚、劉再復理論倡導性的文學批評為 80 年代「人的文學」之建立掃清了思想障礙，謝冕、孫紹振、黃子平和吳亮的文學批評賦予了人們「純文學」的概念，那麼通過李文俊、柳鳴九等人的譯著，西方文學典律則繞過當代文學典律與 80 年代先鋒小說成功地會師。翻譯家最終為猶豫彷徨的年輕的先鋒小說家送來了可以「模仿的文本」，他們用「導言」、「譯本序」的批評方式在引導前者徹底改變了當代文學的歷史路向，繼而創造了「80 年代意義」上的「當代文學」。如果說，理論倡導的文學批評和指認純文學的文學批評是在質疑「本國當代文學」的歷史合理性的話，那麼，翻譯家則賦予了「外國文學」在「本國當代文學」重建過程中的歷史合理性，並把它抬到了前所未有的歷史的高度。傑弗里‧哈特曼把上述否定性文學批評和建構性文學批評都稱作是「創造性的批評」，那麼，我們怎麼來理解 80 年代文學的「發生學」呢？哈特曼說得是同樣精彩：「批評與小說的區別在於它使閱讀的經驗變得明晰：通過編輯、評論家、讀者、外國採訪記者等等這樣一些人的介入和支持，批評與小說加以區別」，而且「批評家除了盡可能地把想像性的事物改變成一種普通事物的式樣之外，並不做別的任何事情，而在這一點上，普通事物能夠成為被熟知的、在歷史上是新奇的事物。」〔註24〕在這個意義上，相對於「十七年文學」和「90 年代文學」來說，「80 年代文學」不就是當代文學史上的「新奇的事物」嗎？在 80 年代，所有「新奇的事物」都無疑被急於改變國家現狀的社會公眾賦予了無可置疑的歷史合理性。

四、「知識化」的文學批評

我在 2007 年寫的文章《一個被重構的「西方」──從「現代西方學術文庫」看八十年代的知識立場》中曾經討論過甘陽、金觀濤等的西方理論譯叢在 80 年代文學氛圍形成中的特殊作用，這些譯叢為文學批評引進了很多陌生

〔註23〕 柳鳴九：《悲慘世界‧譯本序》，李丹、方於譯，北京，人民文學出版社，1992年 6 月。

〔註24〕 （美）傑弗里‧哈特曼：《荒野中的批評──關於當代文學的研究》，張德興譯，天津，天津人民出版社，2008 年 1 月，第 218、58、31 頁。

的「知識」，正是這些「知識」重構了新潮批評家們的文學批評。所以，我說這種理論譯介也是一種「文學批評」。〔註25〕

80 年代中期前的文學批評，可以稱之為「歷史美學」的批評。在批評活動中，批評家是根據自己的歷史經驗和美學眼光介入作品文本的，這種批評最突出的特色之一就是批評家依據「感性」來看待作家作品。年輕的批評家季紅真特別依賴「歷史」這種大詞和個體「感悟」來分析小說：「愛情、婚姻，這幾乎是被人們嚼爛了的話題。然而，又有多少人瞭解它們的正確的含義呢？讀一讀張潔的小說《愛，是不能忘記的》吧，聽一聽那發自人們心靈深處的生命的呼號。」〔註26〕1984、1985 年後，由於以索緒爾的《語言學教程》、弗羅伊德的《精神分析引論》、羅蘭・巴特的《符號學原理》為代表的結構主義語言學和文化心理研究等湧入國內，「知識化」的批評開始代替「感性化」的批評並在新潮批評家那裡流行。李潔非、張陵不願意再像季紅真那樣關心作家的個體感性經驗、而更願意用「符號學」理論來解釋作品的內涵：「真正把人物形象審美符號化的卻是近一二年內出現的這樣一些作品：韓少功《爸爸爸》、王安憶《小鮑莊》、鄧剛《迷人的海》、莫言《紅高粱》」等，「這些作品的作者開始有意識地把小說作為一種審美符號系統，把人物作為這一系統中的主要藝術符號來創作了。」〔註27〕一些學「現當代文學」的人越來越熱衷於寫「文藝理論」的文章，如夏中義在一篇題為《接受的合形式性與文化時差》的文章中使用了大量深奧晦澀的知識概念：「讀者的思路跟不上《尤利西斯》的敘述線索，就閱讀心理而言，其實是指讀者的語句思維定勢不適應文本的獨特句式」，而且還「從人物的觸覺動作（行為層次）直接跳到對人生的厭惡（心理層次），其轉換利索得像高能物理中的量子躍遷」，並且「若想欣賞用新方法寫的作品也就亟需克服文化時差」。〔註28〕注釋引用的都是西洋人英伽登、賓克萊、薩特、盧卡奇、莫里斯・迪克斯坦和蘇珊・朗格的著作，說明人們批評的「學院化」並非是今天的事情而是 1987 年就已出現。

〔註25〕 參見拙作：《一個被重構的「西方」——從「現代西方學術文庫」看八十年代的知識立場》，《當代文壇》2007 年第 4 期。

〔註26〕 季紅真：《愛情、婚姻及其它——談張潔的短篇小說〈愛，是不能忘記的〉》，《文明與愚昧的衝突》，杭州，浙江文藝出版社，1986 年 1 月，第 1 頁。

〔註27〕 李潔非、張陵：《西方小說敘事觀念縱橫談》，《上海文學》1987 年第 8 期。

〔註28〕 夏中義：《接受的合形式性與文化時差》，《上海文學》1987 年第 5 期。

　　編輯大型叢書「現代西方學術文庫」，在客觀上迅速推動了 80 年代批評「知識化」的編委會成員們，自己就來自非常「學院化」的北京大學哲學系和中國社會科學院哲學研究所。甘陽認爲，這是由於他們出身「知青」同時站在北大和社科院這個當時中國「走向世界」的最高知識平臺上，整個學術界的勢頭是「西學比較突出」，所以「我們就處在比較特殊的一個位置上」，「我們的書當時對大學生、研究生影響很大。因爲整個氛圍是人文的氛圍，而且人文氛圍是以西學爲主的氛圍。」〔註29〕「西學」在 80 年代迅速成爲學術的「中心」，一個解釋是當時中國正處在「走向世界」的社會轉型中，這一時代潮流在強勢地推導著一代人的「知識更新」；李陀認爲由西學所主導「知識化」的另一個原因是，很多人都意識到，一定要「憑藉『援西入中』，也就是憑藉從『西方』『拿過來』的新的『西學』話語來重新解釋人，開闢一個新的論說人的語言空間，建立一套關於人的新的知識——這不僅要用一種新的語言來排斥、替代『階級鬥爭』的論說，更重要的，還要建立一套關於人的新的知識來佔有對人，對人和社會、歷史關係的解釋權。」〔註30〕正像前面我已經說過的，這些譯叢爲文學批評引進了很多陌生的「知識」，正是這些「知識」重構了新潮批評家們的文學批評。

　　但從教育體制和學科建設的角度看，文學批評「知識化」的更新，還由於當時新潮批評家中的許多人都是 77、78 級的大學生和研究生。他們中、小學階段的知識系統曾受到上世紀 50、60 年代歷史美學批評觀念的影響，在知青生涯中又增強了對中國底層社會和歷史經驗的瞭解，於是，在「階級鬥爭」敘述終結和「走向世界」敘述興起的新的歷史視野中，他們很容易受到甘陽等《現代西方學術文庫》和包遵信、金觀濤等的《走向未來》叢書的影響，把這些叢書中的「西方知識」轉變爲「中國知識」，並它們變成一種我們非常熟悉而且不會覺得奇怪的 80 年代的「批評性語言」。另外，當時文學、哲學和歷史三個學科有一個「共生性」的空間，是一個「想像的共同體」。即使聲稱是「專門研究西學」的《現代西方學術文庫》的編委會成員們，也受當時非常濃厚的「文學氛圍」的極大感染，在推廣西方知識的「中譯本序」或「後記」中，充斥著用「文學批評」的口氣來談西方思想家的言論。周國平說：

〔註29〕參見查建英編：《八十年代訪談錄》，北京，三聯書店，2006 年 5 月，第 216、196 頁。

〔註30〕參見查建英編：《八十年代訪談錄》，北京，三聯書店，2006 年 5 月，第 274 頁。

尼采主張的「審美的人生態度首先是一種非倫理的人生態度。生命本身是非道德的，萬物都屬於永恒生成著的自然之『全』，無善惡可言。」「其次，審美的人生態度又是一種非科學、非功利的人生態度。」〔註31〕年輕哲學家周國平顯然是在以哲學的方式介入「文學問題」，這就使這段知識表述充滿了「文學批評」的色彩。在那個「文史哲不分家」的特殊年代，很多人表面上是歷史學家和哲學家，但都可能是「潛在」的「文學青年」。專治尼采哲學的周國平 90 年代能寫出暢銷一時的散文隨筆集《妞妞》，就可作一個證明。然而，正因為 80 年代一代青年的主要社會問題是「人生問題」，所以，儘管《現代西方學術文庫》是在介紹西方現代學術，但翻譯的對象、討論的問題仍然多集中在「人生意義」這一聚焦點上。在一篇非常「文學化」的「代譯序」《惡夢醒來是早晨》中，翻譯者潘培慶是這樣介紹薩特的思想的：

> 薩特感到……沒有他，外祖母、母親還是這個樣子，他的存在完全是偶然的，多餘的，既沒有人在盼望他，也沒有什麼事在等著他去完成。在人生這個大舞臺上，大家都在做戲，薩特雖也在忙忙碌碌，跑上跑下，不時還有幾句臺詞，可他覺得自己只是一個在幫別人排練臺詞的跑龍套的角色，他屬於沒有自己的故事。這對他無疑是一個痛苦的發現……

但他不忘用一種「知識化」的方式解釋薩特思想所涉及的人生價值的複雜性，認為薩特找到了人生與「詞語」的關係：

> 靠著詞語，一個孤獨的人忘卻了他的孤獨，一個無票的旅客獲得了在此世界上的居住權，一個跑龍套的角色成了一個主角，一個最卑微的人一躍而為最高貴者。……
>
> 薩特在《詞語》中為我們研究他提供了一個極好的範例，即通過詞語來研究他。因為他的整個一生正是在詞語的環境中，在與詞語打交道的過程中度過的……開始時對詞語的驚奇，繼而是對詞語的征服，然後發展到對詞語的崇拜，並將之確立為自己的上帝。

〔註32〕

潘培慶是從「詞語的知識」的角度理解薩特對人生價值的深刻反思的，而甘

〔註31〕 周國平：《悲劇的誕生——尼采美學文選‧譯序》，周國平譯，北京，三聯書店，1986 年 12 月。

〔註32〕 薩特：《詞語‧代譯序——惡夢醒來是早晨》，潘培慶譯，北京，三聯書店，1989 年 5 月。

陽則認為「從語言入手」來理解 20 世紀西方思想將非常的重要：

> 正是在這裡，我們接觸到了二十世紀西方哲學最核心的問題，
> 即所謂「語言的轉向」。應該指出，所謂「語言哲學」並非像國內以
> 為的那樣似乎只是英美分析哲學的事，事實上，當代歐陸哲學幾乎
> 無一例外也都是某種「語言哲學」。約略而言，在所謂的「語言轉向」
> 中，現代西方人實際「轉」到了兩種完全不同的「方向」去：以羅
> 素等人為代表的英美理想語言學派是要不斷地鞏固、加強、提高、
> 擴大語言的邏輯功能，因而他們所要求的是概念的確定性、表達的
> 明晰性、意義的可證實性；而當代歐陸人文學哲學以及後期維特根
> 斯坦等人卻恰恰相反，是要竭盡全力地弱化、淡化、以至拆解、消
> 除語言的邏輯功能，因此他們所訴諸的恰恰是語言的多義性、表達
> 的隱喻性、意義的可增長性。〔註33〕

我所以大篇幅地引用、分析文學批評家和哲學家們的言論，是要說明 80 年代文史哲、生命體驗、感悟和知識表達是錯綜複雜地扭結在一起的，經常有彼此不分、相互證實的狀況。也就是說，文學批評中有哲學（如夏中義的文章），哲學解釋中有文學（如潘培慶、甘陽的代序），無論文學和哲學，都是圍繞著 80 年代的「中心問題」也即「人生問題」而展開和深入的。在這種情況下，西方哲學譯介之進入文學批評，而西方哲學的譯介又常常以文學批評的姿態和方式映入我們的眼簾，又有什麼奇怪的呢？但毋容置疑的是，由於有《現代西方學術文庫》、《走向世界》等譯介叢書「西方知識」的示範性，明顯更新了 80 年代文學批評、文學理論的知識結構和語言系統，從而促進了文學批評由感悟式批評向知識化批評的歷史轉變。「西方知識譯介」以這種獨特的方式，參加了 80 年代文學的歷史性聯歡。

五、「分層化」和批評多樣性及其問題

我前面歸納的文學批評的「輿論化」、「純文學化」、「中國化」和「知識化」，並不是說所有的 80 年代文學批評都無出這幾種類型之外。如果要我研究它的豐富性，我就不會採取這種簡單歸納的方法，而會以仔細區分的方式深入到其內部去討論和辨析。在這個意義上，我是說由於批評「分層化」的

〔註33〕恩斯特·卡西爾：《語言與神話·代序——從「理性的批判」到「文化的批判」》，甘陽作序，於曉等譯，北京，三聯書店，1988 年 6 月。

出現，激化了人們對文學作品的不同的解讀，關於文學「價值」、「水平」、「好作品」、「壞作品」的理解出現了很大的分歧。其實即使在今天讓我們共同整理出一份 80 年代「最好作品」的目錄，也是會爭論不休的。這就是我寫這篇文章的用意之一。

首先，「輿論化」的文學批評重視的是重大的社會問題和現象，他們更看重小說、詩歌聚焦社會問題的功能和提示大問題的能力，所以仍然把文學主題、題材視爲文學的根本價值和構成要素。例如，劉再復是從魯迅研究領域轉入理論倡導的，所以他的「魯迅情結」也會帶入到對當代文學的觀察中，並會重視這一類作品的價值：「人類歷史上一些深刻的、偉大的作家，都具有深沉的憂患意識，從司馬遷、屈原到曹雪芹，從荷馬到陀爾斯泰，哪一個大作家不是充滿這種憂患意識呢？」〔註 34〕這種「憂患意識」事實上就是沒有直接挑明的「輿論意識」，而這種意識最後又被泛化爲將作品的「社會影響大小」視作文學批評的評價尺度。但有人並不同意這種做法：「文學與思想的關係可以用完全不同的方式來表述。通常人們把文學看作是一種哲學的形式，一種包裹在形式中的『思想』；通過對文學的分析，目的是要獲得『中心思想』。研究者們用這類概括性的術語對藝術品加以總結和抽象往往受到鼓勵。」他認爲「今天大多數學者已經厭倦了這種過分的思索和推理」。〔註 35〕不過，這種文學批評也不是毫無道理的，例如它出現在歷史轉折期，推動文學的革新，相對於某些無趣的「小作品」、「小批評」，它還是有境界有骨氣的。當然，這種評價尺度也容易讓人在解讀作品時感到枯燥、單一和乏味。

其次，外國文學翻譯的「中國化」和文學批評的「純文學化」雖有各自的側重點，但它們也有著共同性的批評趣味。這種趣味即是「文學經典」的焦慮。它們會更多地從「文學內部」去考慮文學的問題。從這種「經典焦慮」中產生的批評，也會因爲尋找不到與這種經典標準相匹配的作家作品而苦惱。它更使讀過這些譯作、又感到自己的創作達不到其藝術高度的作家而不安。1985 年陳村致信王安憶說：「應該感謝加西亞·馬爾克斯，感謝《百年孤獨》的譯者與出版者」，正是它打消了「我們在文化上隱隱顯顯的自卑」。〔註 36〕「感謝」正是由於「不安」而產生的，它實際潛伏著一種更強烈的不

〔註 34〕 劉再復：《論文學的主體性》，《文學評論》1985 年第 6 期、1986 年第 1 期。
〔註 35〕 （美）韋勒克、沃倫：《文學理論》，劉象愚、邢培明等譯，北京，三聯書店，1984 年 11 月，第 113 頁。
〔註 36〕 王安憶、陳村：《關於〈小鮑莊〉的對話》，《上海文學》1985 年第 9 期。

安和自卑。但是，翻譯家們好像生來就是這種高端批評標準的執法者，他們「從不出錯」的語氣和言論也會加重作家心中的負擔。例如上面提到的柳鳴九和李文俊在介紹評價外國作家時那種「斬釘截鐵」的行文風格。這種「無形」的批評尺度使莫言難堪地意識到：我雖然「沒有把馬爾克斯的《百年孤獨》讀完」，但正「因為當時讀了大概有十幾頁，特別衝動，第一反應就是小說原來可以這樣寫，就像當年馬爾克斯在法國讀了卡夫卡的小說的感覺一樣。第二個反應是我為什麼沒有想到小說可以這樣寫，如果早知道小說可以這樣寫，沒準我就成了中國的「爆炸」文學的發起人了。」〔註37〕我相信謝冕、孫紹振和吳亮等批評家制定的「純文學」創作的標準，也會使當時很多詩人、小說家受到了前所未有的藝術壓力。不過，值得注意的是，正像「輿論化」文學批評因為大力提倡「社會影響」而砍削掉作家藝術創新性一樣，「經典焦慮」和「純文學創作」同樣也會砍削掉作家參與社會改革的熱情。它還會使讀者長久地停留在「純學院化」的審美趣味上，而會對積極通過文學參與社會變革的作品產生反感。舉例來說，1985 年後，由於先鋒文學批評在廣大讀者中逐漸培養起了「先鋒文學趣味」，1985 年《新星》的出版雖然引起過一陣轟動，但它很快為「先鋒文學熱」所淹沒。它甚至沒有像同年問世的張賢亮的《男人的一半是女人》那樣受寵。〔註38〕所以，這就助長了 1985 年後遠離社會問題的文學作品越來越多，而像 1979 前後那樣關心社會民生問題的文學作品基本退出了歷史的舞臺。

我們再來看文學批評「知識化」所帶來的影響。與新時期初期文學批評對「傷痕文學」、「反思文學」、「改革文學」的命名不同，如果說這種命名是用「文學概念」把紛繁複雜而且矛盾的現象主題化的，那麼文學批評的「知識化」則意在把作品文本固定在術語、方法、範疇、類型、狀態等等中。例如，劉索拉《別無選擇》、徐星《無主題變奏》等作品主人公的狀態，會用「黑色幽默」、「迷惘」等文學知識來固定。再例如，談到馬原《虛構》、《岡底斯的誘惑》，它們必定就在「形式實驗」、「語言自覺」、「敘述圈套」等知識的範圍。由《現代學術文庫》、《走向世界》等叢書轉手過來的西方學術概念，用知識的方式控制了 80 年代中期後的新潮批評，我們發現，後來很多對「文學」

〔註37〕 莫言、楊慶祥：《民間‧先鋒‧底層》——莫言訪談錄》，《南方文壇》2007年第 2 期。
〔註38〕 楊慶祥：《〈新星〉與體制內改革敘事——兼及對「改革文學」的反思》，《南方文壇》2008 年第 5 期。

的理解，包括對作品文本的解讀都能從那裡找到來源和原點。例如，純粹用
「知識」來進入文本細讀，最為典型的就是李劼。他看《虛構》，那麼作為作
者的馬原必然會是「語言」中「漢族漢子」，而一些詞語暗示、它們的「組合」
和「語言關係」，就是小說「全部」的意義。他非常肯定地認為，「先鋒小說」
的興起，正是由「語言的轉向」所導致的。〔註 39〕對《你別無選擇》、《無主
題變奏》、《透明的紅蘿蔔》、《秋狀閃電》的評價，南帆歸結為這是由於「小
說的敘述視點」、「結構與敘述語言」等發生了變化等原因，「作家在形象側面
的選擇和描述的語氣中提示了一種導引的觀察眼光。讀者在接受形象體系的
同時，也將不知不覺地位這種眼光所同化。」〔註 40〕「不可信的敘述」、「讀
者反應」、「文學接受」、「敘述理論」這時紛紛與中國當代小說零距離接觸，
依此來挖掘它們本來具有或也許就沒有的「文本內涵」。80 年代中期後在文學
批評中被各自表述、差異越來越大的許多文學作品，就這樣被納入「知識的
殿堂」，《現代西方學術文庫》的哲學家們，在文學批評中找到了自己「知識
產權」的「銷售代言人」。因為 1987 至 1989 年間的文學批評，已基本為「西
方知識」所籠罩。

　　但我想強調的是，我這裡反覆敘述由批評「分層化」而產生的批評多樣
性，並沒有貶低它們當時的歷史意義的意思。正是由於這種文學批評分層化
現象的出現，顯示了批評觀念和狀態的巨大進步。我顯然不是在評價這些現
象。而是採用攝影機的方式把它們推到遠遠的歷史中去，把它們理解成已經
沉睡多年的一座「知識・歷史・文化遺址」。但我更想強調的是，它們並沒有
從我們的「生活」中「消失」。它們早已經「改名換姓」地在我們今天的文學
史認識、文學史課堂和文學史研究中潛伏下來，積澱為我們無法繞過的各種
關於文學的「知識」和「批評經驗」。所以，海登・懷特指出：「歷史敘事也
是如此。它們通過假定的因果率，運用真實系列事件與約定俗成的虛構結構
之間的相似性提供多種理解，還成功地賦予過去系列事件以超越這種理解之
上的意義。正是通過將一個系列事件建構成一個可理解的故事。」〔註 41〕我
之所以說它們早已成為一座「知識・歷史・文化遺址」，但又在我們今天生活

〔註 39〕　李劼：《論中國當代新潮小說的語言結構》，《文學評論》1988 年第 5 期。

〔註 40〕　南帆：《小說技巧十年——1976～1986 年中、短篇小說的一個側面》，《文藝理
　　　　　論研究》1986 年第 3 期。

〔註 41〕　（美）海登・懷特：《後現代歷史敘事學》，陳永國、張萬娟譯，北京，中國
　　　　　社會科學出版社，2003 年 6 月，第 182 頁。

中「復活」並影響了我們今天的一切，就是說文學批評的「輿論化」、「純文學化」、「中國化」和「知識化」的背後，都是由一個又一個「歷史故事」來支撐的，如「啓蒙與救亡」、「朦朧詩爭論」、「翻譯熱」、「文化熱」等等。我們今天對文學的理解仍然與他們過去對文學的理解緊緊攜手在一起。我們似乎表面上在「今天語境」中重新解讀文學作品，而與「過去的一切」都無關了。但事實上，那座似乎消失的知識‧歷史‧文化博物館就建築在我們的身旁，我們今天的知識就來自於它知識軟件系統的一部分，它們仍然在深刻製約和影響著我們今天對文學作品每一個側面的仔細閱讀和理解。

比如，我們在解讀當時「影響很大」的現實小說時，會關注到它主題層面的「社會歷史價值」；我們在分析代表著「藝術轉型」的先鋒小說時，會在意它「形式實驗」、「語言自覺」等等東西；我們不滿有些作品過於「小人化」的時候，情不自禁地就拿李文俊翻譯的《喧嘩與騷動》和《押沙龍，押沙龍！》、周揚翻譯的《安娜‧卡列尼娜》、耿濟之翻譯的《卡拉馬佐夫兄弟》和吳健恒翻譯的《百年孤獨》來模擬，用傅雷、馮至、羅大岡、柳鳴九等一連串令人尊敬的名字連同眾多經典名著苛刻地指責它們；我們還用各種「知識」把它們納入自己所希望的那些「意義範圍」，將它們與各種「社會事件」扯在一起，藉以放大這些作品的「周邊」。當然，你在用某種批評方式「重讀」文學作品時，在得到期待得到的研究成果時，也都在犧牲、忽視甚至故意忘掉另一些東西。這種種不同的文學批評方式確如我前面說過的可以觀察到 80 年代文學「發生」的多種可能性，瞭解到那個年代言論開放的程度、幅度、範圍和效果。但我們不能忘了，我們都是從事「文學研究」的人，我們應該時時刻刻地意識到，今天我們的研究都還在「80 年代」的「影響之中」。分辨出「影響」和應該重新做的工作，才能更具歷史張力地認識 80 年代的文學批評，認識 80 年代的歷史。從更細微的方面看，當我們從一種批評方式去做具體的個案研究包括解讀作品時，你只有意識到這種解讀可能會犧牲掉其它方面和它是有局限性的，你的解讀也許才是有意義的。或者說你只有在文學批評的分層現象裏，最後到文學史的全局視野裏才能認識到具體作品解讀和研究本身已包含著的獨特性。我想這正是我要寫 80 年代文學批評的「分層化」問題的一點小小的意思。

「批評」與「作家作品」的差異性
——談80年代文學批評與作家作品之間沒有被認識到的複雜關係

　　「耶魯『四人幫』」之一的耶魯大學教授 J·希利斯·米勒在研究《呼嘯山莊》等英國小說的著作《小說與重複》中強調:「文學的特徵和它的奇妙之處在於,每部作品所具有的震撼讀者心靈的魅力(只要他對此有心理上的準備),這些都意味著文學能連續不斷地打破批評家預備套在它頭上的種種程序和理論。」〔註1〕米勒是站在作家角度來談文學創新問題的,他認為作家只有突破批評家設定的一道道封鎖線才可能在藝術自由上有所作為。但我們看到的卻是,「作品」一旦完成作家就無法再掌握作品的命運,只有聽任批評文章對作品隨心所欲的「定義」。而作家在「後記」、「訪談錄」中的抱怨和辯解,根本不可能得到批評家的眷顧。人們對「文學作品」的理解,變成了對「文學知識」的一輪輪闡釋。這種情況,在中國80年代批評與作家的關係中可以說比比皆是。

一、批評家對作家作品的優越感

　　批評家南帆回憶道:1980 年代是一個「批評的時代」,「一批學院式的批評家脫穎而出,文學批評的功能、方法論成為引人矚目的話題。大量蜂擁而至的專題論文之中,文學批評扮演了一個輝煌的主角。」〔註2〕吳亮在一次對

〔註1〕 (美)J·希利斯·米勒:《小說與重複——七部英國小說》,王宏圖譯,天津,天津人民出版社,2008 年 1 月,第 5 頁。

〔註2〕 南帆:《理論的緊張》,上海,上海三聯書店,2003 年 8 月,第 3、4 頁。

他訪談中這樣說道：「到了 1985 年以後，年輕批評家的影響力越來越大，很多的雜誌都在爭奪年輕批評家的文章，就像現在畫廊都在搶那些出了名的畫家一樣。」當採訪者問他「80 年代實際上是一個批評的年代，批評界實際上控制了作品的闡釋權力，我們現在文學史的很多結論實際上就是當年批評的結論」這樣的問題時，吳亮沒正面回答，但他非常自信地表示：「喝湯我們用勺子，夾肉我們用筷子。假如說馬原的作品是一塊肉的話，我必須用筷子。因為當時我解釋的興趣在於馬原的方法論，其它所謂的意義啊，西藏文化啊我都全部避開了。」〔註3〕

批評家對作家作品居高臨下的優越感，並不是中國文學中才會有的現象，巴赫金曾經諷刺道：「評論陀思妥耶夫斯基的著作洋洋灑灑，但讀來卻給人這樣一個印象，即不是在評論一位寫作長篇小說和中篇小說的作者——藝術家，而是在評論幾位作者——思想家——拉斯柯爾尼科夫、梅什金、斯塔夫羅金、伊凡・卡拉馬佐夫和宗教大法官等等人物的哲學見解。」〔註4〕顯然，巴赫金認為陀思妥耶夫斯基時代的很多批評家對「作者」本人是不感興趣的，他們感興趣的只是他小說人物的「哲學見解」——準確地說是批評家們自己的「哲學見解」，文學批評都爭先恐後地將自己「洋洋灑灑」的智慧和哲學見解展示給讀者。這種以「批評」代替「作家」進而將文學作品充分地「批評思想化」的傾向，在 80 年代中國新潮批評中也開始大量出現，例如吳亮在《馬原的敘述圈套》中有意識地把作家馬原看作自己潛在的「對手」：

> 闡釋馬原是我由來巳久的一個願望，在讀了他的絕大部分小說之後，我想我有理由對自己的智商和想像力（我從來不相信學問對我會有真正的幫助）表示自信和滿意；特別是面對馬原這個玩熟了智力魔方的小說家，我總算找到了對手。闡釋馬原肯定是一場極為有趣的博弈，它對我充滿了誘惑。我不打算循規蹈矩按部就班依照小說主題類別等等順序來呆板地進行我的分析和闡釋，我得找一個說得過去的方式，和馬原不相上下的方式來顯示我的能力和靈感。我一點不想假謙虛，當然也不想小心翼翼地瞧著馬原的臉色為贏得

〔註3〕 吳亮、李陀、楊慶祥：《80 年代的先鋒文學和先鋒批評——吳亮訪談錄》，《南方文壇》2008 年第 6 期。

〔註4〕 （俄）M・巴赫金：《陀思妥耶夫斯基的複調小說和評論著作對它的解釋》，引自《巴赫金文論選》，佟景韓譯，北京，中國社會科學出版社，1996 年 4 月，第 1 頁。

他的滿意而結果卻於暗中遭到馬原的嘲笑，更壞的是，他還故作誠
懇地向我脫帽致敬。我應當讓他嫉妒我，爲我的闡釋而驚訝。
最後他很自信地向讀者宣佈：

> 我想我對馬原最好的評價是：請仔細讀一讀我這篇文章的每一
> 行，在裏面你會找到最好的一句。那就是了。〔註5〕

正是由於這種「優越感」的存在，我們發現這篇著名的批評文章通篇都是以
「知識觀念」來解釋馬原的小說的。一定程度上，馬原還有 80 年代很多作家
的作品都成爲吳亮個人思想、智慧和觀念的實驗場。

在 80 年代新潮批評家中，我認爲王曉明的細讀工夫也許是最好的，由此
可見與作家的「關係」也是最「平等」的。可是，當他寫出評論高曉聲小說
的《俯瞰「陳家村」之前》之後，你會感覺這位謙遜的批評家很多評論文章
裏都埋伏著一個「俯瞰式」的驕傲視角：

> 像我這樣在十年浩劫中成長起來的人，應該是遇上再大的失望
> 也無所謂了。可是，看到近年來接連有幾位年輕的女作家，在寫出
> 一兩部出色的小說之後便停滯不前，甚至越寫越差，我由衷地感到
> 震驚。我相信她們並不是存心和自己開玩笑，也知道就精力和才華
> 而言，她們都還相當富足：爲什麼就寫不出好作品呢？〔註6〕

> 張賢亮的小說創作又使我感到擔憂，中國作家要在對內心情感
> 的懺悔式的解剖中達到真正深入的程度，恐怕先得排除掉那種完全
> 只依據理性觀念去進行解釋的衝動。我們並不能真正再現過去的心
> 境，看起來作家是在追憶往事，可他實際表現的卻並非是真正的往
> 事，而是他今天對這些往事的理解。〔註7〕

他認爲這種「理性」對「過去」的干涉，造成了作家表現章永璘與女人的關
繫時的「心理的變形」。他對這種「變形」頗不以爲然，並且在評論中充滿了
教訓的味道。於是人們看到，即使王曉明這麼「謙遜」的批評家，也會對張
辛欣、劉索拉、殘雪和張賢亮等作家流露出「智力」的「優越感」。他表面上
爲他們（她們）「越寫越差」而「由衷地感到震驚」，不就是在說自己就是作

〔註5〕 吳亮：《馬原的敘述圈套》，《當代作家評論》1987 年第 3 期。
〔註6〕 王曉明：《疲憊的心靈——從張辛欣、劉索拉和殘雪的小說說起》，《上海文
學》1988 年第 5 期。
〔註7〕 王曉明：《所羅門的瓶子——論張賢亮的小說創作》，《上海文學》1986 年第 2
期。

家作品的「裁判者」嗎？他裝著與張賢亮等「歸來作家」討論如何處理「往事」也即「歷史記憶」的問題，而不就是在表明自己在「理性」、「往事」、「昨天」、「今天」等複雜歷史關係的見識上站得比作家更高嗎？這也許是當時批評家們沒有意識到、而事實上卻已存在的「批評家姿態」。正是「批評」與「作品」之間這種顯而易見的「差異性」，成為我們今天重新認識 80 年代文學批評與作品之關係並進而深入到文學史之中去的一個有意味的途徑。

那麼，如何解釋 80 年代文學批評家對作家的那種「情不自禁」流露出來的優越感和優勢姿態呢？英國學者赫伯特‧里德對我們有一個提醒：「文學批評這門科學──如果可以把它叫做科學的話──包羅的範圍確實很廣。它是根據某種標準對文學的價值作出評定，但我認為在說明美學的時候不可能不涉及種種價值問題，這些問題就其全部含義而言，本質上也就是社會或倫理問題。」所以他進一步說：「如果僅僅局限於狹窄的技巧研究，例如表現手段的分析等等，文學批評就會蒙受莫大危險，乃至走上死路。」〔註8〕80 年代的中國，自始至終貫穿著用「改革開放敘述」取代「階級鬥爭敘述」的社會導向，一種將危機深重的國家從「文革」災難中拯救出來並加入國際新秩序的潮流，受到千百萬中國人的衷心擁護。由於傳統政治媒介在長期的政治運動中喪失自我判斷而受到普遍質疑，這就使文學雜誌在那特殊時期成為推動社會變革的主導力量和新型媒介。而 80 年代被人稱作「文學的年代」，並不是指文學受眾大幅增加，文學閱讀成為真正的公民閱讀，而是說公眾急切希望在文學雜誌中瞭解到更多社會變革的信息、問題、動向和即將發生的思想潮夕。正是在這種歷史背景下，「文學批評」急劇地轉型為一種「社會批評」，文學批評家一時間變成了時代的精神導師、布道者和生活指南，他們用「文學批評」熱情地推動著社會的發展；也正是在這個意義上，80 年代的文學批評家明顯佔據著比作家更高的歷史位置，他們開始對文學創作指手畫腳起來。

因為如此，「文學巡禮體」的批評風格在當時特別盛行，文學批評家在「盤點」某年文學創作成績、發展和問題時喜歡在作家面前扮演「文學帝王」的角色。他們經常使用的話語方式就是：這個文壇的「格局」就這麼「決定」了。吳亮在《告別一九八六》一文中寫道：

〔註8〕　（英）赫伯特‧里德：《文學批評的本質》，引自伍蠡甫、胡經之主編《西方文藝理論名著選編》下卷，北京，北京大學出版社，1987 年 3 月，第 72 頁。

現在，我正坐在書桌前搜尋著記憶力的每一個角落，使那些淡淡的殘痕再度復原爲一個個具象──一九八六年已剩下了最後的幾天，我不願就這樣一無所獲地和它道別。我想從殘雪女士開始回顧一九八六年。

……《葛川江的一個早晨》是李杭育長篇小說中的獨立一章。

……在告別一九八六年之際，我特別要提及的是馬原的《虛構》。

……另一個鮮爲人知的青年作家孫甘露有篇小說題爲《訪問夢境》。

……曾經像明星般耀眼的劉索拉彷彿已經相距遙遠了……

……說到女作家，就不能不提到王安憶。

……我突然想起了我差點兒忘了的一個奇才──莫言。

他還特意模仿俄國大批評家別林斯基的口吻告訴廣大讀者：

……我已在書桌前熬了兩個深夜，現在我感到眞正的疲憊。我不能寫得更多了。可是那些我喜愛和欽佩的年輕小說家們一個個來到我的幻覺中……我不知道以後還會不會重讀你們！〔註9〕

等等，等等……這種 80 年代獨有的「批評文體」確實令人難以忘卻。

二、作家「後記」、「訪談錄」中的「自卑」和「自傲」

任何時代都有對文學批評不以爲然的作家，80 年代也是如此。但我這裡說的是另一類作家，他們深通文學的「規律」，知道作品問世後就不再屬於自己，無法掌握這些作品的命運。他們把作品的歸宿交給了最厲害的讀者──批評家。所以，他們在「後記」中就像是「交代後事」，充滿自怨自艾的情緒。他們雖然在多年後的「訪談錄」中極力爲自己申辯，但「自卑」卻像影子一樣糾纏著他們漫長的創作生涯。1986 年 6 月，賈平凹在完成長篇小說《浮躁》後的「五味什字巷」裏寫道：

現在已經有許多人到商州去旅行考察，他們所帶的指南是我以往的一些小說，卻往往乘興而去敗興而歸，責罵我的欺騙。這全是心之不同而目之色異的原因，怨我是沒有道理的。〔註10〕

〔註 9〕 吳亮：《告別一九八六》，《當代作家評論》1987 年第 2 期。

〔註10〕 賈平凹長篇小說《浮躁·序言之一》，北京，人民文學出版社，2007 年 1 月。

因擔憂新出爐的作品被人酷評，他一個月後又對自己做了維護：

> 我之所以要寫這些話，作出一種不倫不類的可憐又近乎可恥的
> 說明，因爲我眞有一種預感，自信我下一部作品可能會寫好……一
> 個時代有一個時代的作品，我應該爲其而努力。現在不是產生絕對
> 權威的時候，政治上不可能再出現毛澤東，文學上也不可能再會有
> 托爾斯泰了。〔註11〕

賈平凹當然知道，作家一輩子都是要與批評家打交道的，至死不能擺脫批評
對作品的解釋、規訓和糾纏。所以，他無奈地抱怨說：

> 文學批評超越了文學，成了一件大事，你的生活、你的人身就
> 有了麻煩。然而，他又把自己對社會輿論和文學批評的「敏感」，歸
> 結爲自己的多病：

> 上了大學，得了幾場大病，身體就再也不好了，在最年輕時期，
> 幾乎年年住院。30歲時差一點就死了。……

> ……你一個人躺在床上的時候，你無奈，覺得自己很脆弱，很
> 渺小，傷感的東西就出來了。我沒有傾國傾城貌，卻有多病多愁
> 身。多病必然多愁。我是一個寫作者，這種情緒必然就會帶到寫作
> 中。好多人說，你太敏感。這都是病的原因。……有人說我的文章
> 裏有鬼氣，恐怕與病有關……我寫《太白山記》那一組短小說，基
> 本上是在病床上寫的。……我是喜歡那一組文章的。病使我變得軟
> 弱，但內心又特別敏感。

但他對批評未做到完全心悅誠服，這說明他「自卑」裏還包含著「自傲」的
因素：

> 評價一部文學作品的時候，如果非文學以外的東西太多，那麼
> 作家就是不甘心的。〔註12〕

我們拿賈平凹做研究的個案，並不是說80年代所有作家都是這麼敏感、軟
弱、自卑並對文學批評有埋怨情緒的。而是說，雖然80年代文學有著與其它
文學期一樣的共同性，但也有它的獨特性。這種獨特性，就是80年代是一個
社會思潮和文學思潮特別集中的年代，對這些思潮的熱情投入、解釋和評

〔註11〕賈平凹長篇小說《浮躁‧序言之二》，北京，人民文學出版社，2007年1月。
〔註12〕賈平凹、謝有順：《對話錄》，蘇州，蘇州大學出版社，2003年7月，第22、
　　　　99、102、103、217頁。

論成爲當時文學批評家很繁重的一個任務。就在這種情況下，作家和作品不僅成爲一個「被解釋」的對象，有的時候他們還會由於某種特殊歷史語境的激發而變成爲文學思潮和批評的附屬物，這就是吳亮在前面驕傲地宣佈的：「喝湯我們用勺子，夾肉我們用筷子。假如說馬原的作品是一塊肉的話，我必須用筷子。」這也許就是賈平凹在前面所抱怨的，「評價一部文學作品的時候，如果非文學以外的東西太多，那麼作家就是不甘心的」的深刻的歷史原因。

布迪厄很早就殘酷地揭示了「批評」與「作家作品」之間這種不可調和的尖銳矛盾：「新定義的藝術勞動使得藝術家前所未有地依靠評論和評論家的全部參與。評論家通過他們對一種藝術的思考直接促進了作品的生產，這種藝術本身常常也加入了對藝術的思考；評論家同時也通過對一種勞動的思考促進了作品的生產，這種勞動總是包含了藝術家針對其自身的一種勞動。」然而，他也對批評家的功利目的提出了批評，認爲正是這種功利目的、物質生產、市場等因素的存在，才使得文學作品被「反覆」地「經典化」，使得作家和他毀譽參半的作品因此而名揚天下。「從這裡可以看出，評論家的操作注入的意義和價值直接暴露出來，評論家本人以及評論和評論的評論都處於一種場中——暴露天真又狡詐的虛僞的評論有利於意義和價值的注入。取之不盡的藝術作品的觀念或作爲再創造的『閱讀』，被在信仰的事物中常常可以看到的幾乎全部的暴露，遮蓋了這一點，即作品不僅可以被對它感興趣的人，被在讀作品、給作品分類、瞭解作品、評論作品、重新創造作品、批評作品、反對作品、認識作品、佔有作品中覓到一種物質或象徵利益的人造就兩次，而且可以造就上百次、上千次。」〔註13〕

賈平凹小說「後記」、「訪談錄」裏所釋放信息和布迪厄的分析，不光幫忙我們得以回到 80 年代文學的「現場」，而且提供了一個重新觀察那個年代文學多層化「場域」的線索。這就是，在所謂「理想」和「浪漫」這種單一化的 80 年代文學敘述中，還有另一個更眞實的「80 年代」。在這個正因爲更隱蔽而更容易被我們所忽略的多層化的文學年代中，「新啓蒙」、「純文學」儘管是一個最響亮的文學話語，但批評家對作家的欺負和壓力，已經存在了。伴隨著「五四」啓蒙話語的歸來，「舊時代文學」的很多東西開始在 80 年代

〔註13〕 （法）皮埃爾・布迪厄：《藝術的法則——文學場的生成和結構》，劉暉譯，北京，中央編譯出版社，2001 年 3 月，第 207、209 頁。

泥沙俱下，並在這裡死灰復燃，例如批評家借助市場對作家作品的控制，例如布迪厄所說在「批評作品、反對作品、認識作品、佔有作品」過程中對「文學作品」的「上百次、上千次」的造就，再例如浪漫文學年代的文學名利場，等等。在這個意義上，批評家既是「文學政治家」，同時也是可以用與時代話語結盟的「文學批發商」的形象而目之的。80 年代在請回一個 60 年前的「五四」的同時，也在請回與「五四新文學」相配套的市場、書商和批評家等另一種文學體制。「五四」對 80 年代的滲透不光表現在價值觀念上，同時也表現在對這種明顯不同於十七年文學體制的偷偷地借用上。

但是，賈平凹表面「自卑」而實際對文學批評不滿的表述，畢竟提醒我們注意到了文學批評與作家作品顯而易見的差異性；但他的「自傲」則暗示了批評也是不能離開作品獨立地存在的：「我接觸過一個飯店老闆，他沒多少文化知識，但他給我講了他對人的認識，他說人活在世上就像你去商店買東西，你買一個茶壺回來，有茶壺了就得買杯子，買了杯子又得去買杯子墊，然後再買桌子、椅子，人就這樣按需求來到世上的。世上的事就有秩序在裏面。」〔註 14〕賈平凹這段話使我意識到，我們在面對作家作品時，不能把批評的權利和它與社會思潮的聯盟看作是「理所當然」的事情，與此同時也應該從作家的「後記」和「訪談錄」中這些被壓制的歷史文獻中去反問，這種「理所當然」的事情是不是都是應該的？在千百萬次「想當然」的文學批評活動中，文學作品的「本來意蘊」是不是也被壓制了？不經過與作家商量就被知識化了？當然我們得承認，沒有批評家「隨心所欲」的——自然也是問題成堆的批評活動，作家作品能否成為「名作家」、「名作」並獲得經典的意義也是難以想像的。在這裡也許我們恰恰可以借用布迪厄對文學批評的批評來說明另一個問題，這就是，有了文學批評的功利目的、物質生產、市場等因素的存在，才使得文學作品能夠在文學制度的環境中被「反覆」地「經典化」，才能進一步地推動文學的生產和作家作品的大量的湧現。

三、批評對作品的滲透和帶來的問題

不過我們也經常地看到，在文學批評中，批評家並不理睬作家這種獨特的個人感受，他們不光在自我感覺上優越於作家作品，而且他們還會將新的

〔註 14〕賈平凹、謝有順：《對話錄》，蘇州，蘇州大學出版社，2003 年 7 月，第 153頁。

時代觀念灌輸到作品文本之中，來定義它們的歷史內涵。許多年後，當年的新潮批評家南帆終於醒悟到：「批評對於意義生產的迷戀可能導致某種新的不安。一系列標新立異的意義會不會將作品肢解得支離破碎——這些意義的超額重量是作品的既定框架難以承受的。」〔註15〕

有人在介紹路遙的創作時相當肯定地說：「路遙出身農村，因此他的寫作素材基本來自農村生活。他始終以深深糾纏的故鄉情結合生命的沉重感去體驗和感知生活，因而所有的作品都呈現出沉鬱、厚重的寫作特色。」〔註16〕但批評家李劼卻認為這些因素對於「新思潮」來說是落後的，並以魯迅筆下的阿 Q 為標尺，非要說「從阿 Q 到高加林德人物形象變遷，向我們提示了『五四』以來六十多年的時代變換」，「覺醒中的人們，開始以表現慘痛的人生，揭露和抨擊黑暗的社會作為自己的審美理想。」李劼還將高加林從「五四譜系」嫁接到「外國文學譜系」上，以說明他的人的「主體性」的蘇醒：「高加林性格所屬的那一族文學形象，其祖先可以上溯到一個半世紀前的法國青年於連·索黑爾。當司湯達把那位野心勃勃的年輕人引入文學殿堂時」，「他帶進去的不僅僅是一個，而是整整一族文學形象。」〔註17〕但是按照介紹人的原意，路遙在小說創作時並沒有像批評家想得那麼豐富那麼多，又是什麼魯迅、什麼司湯達的。路遙僅僅把自己工作和筆下主人公的人生都理解為一種非常樸素的「勞動」：「藝術創作這種勞動的崇高絕不是因為它比其它人所從事的勞動高尚。它和其它任何勞動一樣，需要一種實實在在的精神」，「我們應該具備普通勞動人民的質量，永遠也不喪失一個普通勞動者的感覺。」〔註18〕然而批評家卻不同意了，他們不願意作家都這麼「低層次」地看待自己和作品。批評家不會理睬路遙這種希望作為「普通勞動者」的「感覺」，他們非常主觀當然也充滿熱心地要把高加林定義在 80 年代文學所需要的魯迅和外國文學譜系上。而且正像 80 年代的很多批評家都樂意做的那樣，李劼等人把主人公對自己生活處境和歷史狀態的「超越」，看作是文學作品所呈現出新

〔註15〕 南帆：《文學批評與意義再生產》，參見他的著作《理論的緊張》，上海，上海三聯書店，2003 年 8 月，第 14 頁。

〔註16〕 李文琴：《路遙生平》，孔範今、雷達等主編《中國新時期文學研究資料彙編·路遙研究資料》，濟南，山東文藝出版社，2006 年 5 月，第 3 頁。

〔註17〕 李劼：《高加林論》，《當代作家評論》1985 年第 1 期。

〔註18〕 路遙：《作家的勞動》，孔範今、雷達等主編《中國新時期文學研究資料彙編·路遙研究資料》，濟南，山東文藝出版社，2006 年 5 月，第 8 頁。

的時代「意義」。於是這裡就出現了兩個高加林，一個是作品裏以「人物形象」的形式存在的高加林，另一個是被批評家所解釋自然是以「文學批評」的形式存在的高加林。或者說出現了一個我們在「作品原作」中讀到的與批評家的理解不那麼相同的高加林。農村代課教師高加林在這裡才真正被迫離開了他的「農村譜系」，他被解釋成了一個「新時期的英雄」：「如果把高加林看成是某種具有新人素質的新時期的農村青年形象，也許並不過分」。〔註19〕

「文學史旨在展示甲源於乙，而文學批評則是宣示甲優於乙。」〔註20〕韋勒克和沃倫提醒我們，文學批評往往都是站在比作品更高的歷史位置上要求作家服從它賦予作品的「意義」的。批評家的「甲」所代表的是「時代」、「思潮」、「歷史意識形態」等等，而作品的「乙」則指的是作家的個人經驗。所以，「文學批評則宣示甲優於乙」的結論是不會受到懷疑的。1983 年 7 月 1 日，周介人在《難題的探討──給王安憶同志的信》批評王安憶道：

> 您顯然是下定決心要去克服題材方面的困難的。因為您對這個中篇（筆者按：指《流逝》）的主人公歐陽端麗──一位生活在資產階級家庭的女子的生活並不熟悉。……於是，小說出現了這樣一種矛盾：一方面其中真實地記錄了那個年代的某些人生世相，例如菜場即景、搶房風、生產組勞作圖、動員知青上山下鄉以及某些殷實之戶突然面臨危機的困窘等等，這些都寫得相當細膩，因為那是您當時曾以不同形式在心靈中深切體味過的；但是，另一方面您對這一個資產階級家庭中的各式人物在那段歷史中可能有與必然有的表現的描寫，就顯得比較粗疏、比較浮面了。而這個中篇的重心本來是應該放在這裡的。

像路遙所遭遇的一樣，王安憶的「個人經驗」的可靠性在批評家那裡受到了質疑，原因就在「歐陽端麗生活在『文革』這樣一個到處充滿尖銳複雜矛盾的時代，難道她以及她的家庭能躲過這些彼此相互衝突的力嗎」的「歷史原因」沒有得到更令人信服的解釋。〔註21〕進一步說，也就是阿 Q、於連、「文革」這些「時代思潮」性因素被批評家看作是比路遙和王安憶小說裏的「個

〔註19〕陳駿濤：《對變革現實的深情呼喚──讀中篇小說〈人生〉》，1983 年 3 月 22 日《人民日報》。

〔註20〕 （美）韋勒克、沃倫：《文學理論》，劉象愚、邢培明等譯，北京，三聯書店，1986 年 12 月，第 32 頁。

〔註21〕周介人：《難題的探討──給王安憶同志的信》，《星火》1983 年第 9 期。

人經驗」更爲重要的東西，因此它們對《人生》、《流逝》文本的滲透就將是不可避免的了，主人公被定義爲「新時期農村青年形象」和「『文革』悲劇人物」也就在這個意義上成爲了理所當然的結論。

就在文學作品「被定義」的過程中，作家對這些批評的反抗也在不斷地出現，但我們所注意的是文學史敘述並不理睬它們。比如，在 4 天後的《「難」的境界──覆周介人同志的信》中，王安憶雖然表示寫《流逝》時「心裏確有點不踏實」，但又辯解說：創作「需要一個長時期的練功過程。而這種練功，也並非練飛毛腿，腳上綁沙袋，日行夜走」。〔註22〕她對小說創作的理解是，要達到批評家周介人所要求的「難」的境界，將是一個「長時期的練功」。因爲她意識到，這實際是一個「歷史認識」與「個人經驗」相結合的相當艱苦複雜的磨合過程，而並非像批評家們所說只要掌握了「時代」、「思潮」就那麼容易地成爲一個傑出作家，寫出傑出的作品。然而，這種南帆後來所擔心的「這些意義的超額重量是作品的既定框架難以承受的」後果，卻一直未受到文學史敘述應有的注意。例如，文學史教材採納了批評家的意見，認爲《人生》的「主人公高加林是一個頗具新意和深度的人物形象，他那由社會和性格的綜合作用而形成的命運際遇，折射了豐富斑駁的社會生活內容」；〔註23〕並把批評家的觀點吸收到對小說《流逝》的論述中，認爲它表現了「動蕩的社會背景下，普通人經濟、社會地位沉浮所獲得的人生體驗。」〔註24〕由此我們發現，80 年代文學批評對作品的滲透和定義不僅壓制了作家們的「個人自述」，而且它還在向文學史敘述深處繼續延伸。文學史敘述繼續在用「作品的既定框架難以承受的」的「超額重量」來爲這些小說的內涵定義。這正是布迪厄前面所指出的，「新定義的藝術勞動使得藝術家前所未有地依靠評論和評論家的全部參與。」〔註25〕

但是，這樣就給我們提出了一些相當難對付的問題。比如，我們經常說，「作品重讀」就是要回到「原來」的「作品」當中去。然而，通過上面的交

〔註22〕 王安憶：《「難」的境界──覆周介人同志的信》，《星火》1983 年第 9 期。

〔註23〕 陳思和主編：《中國當代文學史教程》，上海，復旦大學出版社，1999 年 9 月，第 239 頁。

〔註24〕 洪子誠：《中國當代文學史》，北京，北京大學出版社，1999 年 8 月，第 360頁。

〔註25〕 （法）皮埃爾·布迪厄：《藝術的法則──文學場的生成和結構》，劉暉譯，北京，中央編譯出版社，2001 年 3 月，第 207 頁。

代、比較和分析，我們的問題就出現了，比如，我們是應該回到「哪部作品」當中去呢？因爲經過時間漫長隧道的文學作品，已經是這麼幾種「作品」了：一個是由作家當時創作的「作品」，一個是經過批評家闡釋、定義過的「作品」，另一個是不斷在讀者中流傳（當然是受到批評影響的）的「作品」，最後是加載史冊也即文學史教材當中的「作品」。能夠接受的感受是，我們應該根據自己的研究把它們整合到我們的問題當中去，用過濾、甄別、篩選和重新分析的方式去理解我們所需要的「作品」。也就是說，需要過濾掉一些被批評過分添加上的東西，將作品被壓制的某些部分重新釋放出來；或者用作品的「本義」與批評的「定義」在做謹愼的對接，將作品內涵調試到最大最豐富的狀態。如此等等。我們提出這樣的問題並不是說我們已經想清楚了，解決了，情況也許正好相反；我們這樣做無非是以提問題的方式，提醒人們注意批評在滲透作品過程中可能帶來的一些問題，因爲只有意識到了這一點，所謂的研究才可能接近於開始。

四、從「差異性」看「80年代批評」

我在前面反覆論述了文學批評與作家作品的矛盾，認爲雖然任何時代文學都存在著這種顯而易見的「差異性」，但它仍能幫助我們進一步觀察「80年代批評」的歷史狀態，因爲這種狀態至今在深刻影響著對80年代作家作品的理解和重讀。

「80年代」與「五四」一樣是20世紀中國文學最富文學創造力的年代，而創造性年代又是文學話語、文學知識生產最爲頻繁的一個時期。正如「沒有五四，何來魯迅」的道理一樣，沒有「新啓蒙」話語，也是不可能眞正生產出「80年代文學」。而批評家，就是新啓蒙話語的主要生產者和掌握者。劉再復是相當清楚地知道這一點的，他說：「作家的主體性，包括作家的實踐主體性與精神主體性。實踐主體性是指作家在創作實踐過程中（包括爲創作作準備的感受生活的實踐）的實踐能力，主要是作家的表現手段和創作技巧；而精神主體性，則是指作家內在精神的能動性，也就是作家實踐主體獲得實現的內在機制，如作家創作的動機，作家在創作過程中的情感活動等等。我們所探討的創造主體性，主要是作家的精神主體性，即作家內在精神主體的運動規律。」〔註26〕作爲新啓蒙主要理論構件的「主體性理論」對當時社會

〔註26〕劉再復：《論文學的主體性》，《文學評論》1985年第6期、1986年第1期。

的衝擊和影響之大，許多年後還被人們回憶著：「這次對我們兩人進行批判，有三個主要會議，兩個先後在長沙（我的老家）和北京召開的的，專門批判我；一是在山東召開的，專門批判你。都批判主體性。」「大約覺得主體性理論衝擊了課堂。」〔註 27〕儘管有前面賈平凹對文學批評的抱怨和路遙王安憶對自己小說內容的辯解，但新啓蒙話語這種從文學雜誌到大學課堂，從時代氛圍到作家創作的全面滲透，已經傳播到全國城鄉的趨勢，不僅令作家們無法逆轉，即使是有權者也無力迴天，由此可見 80 年代文學批評對文學創作的影響之大之深遠。

但是，這種「批評」對「作品」的強勢性優勢，令我們看到批評所解釋定位的「個人」、「自我」、「個性解放」、「自由」、「主體性」等話語概念全面滲透作家創作，並內化爲批評家批評作品的一個「評價系統」的時候，批評對作品的簡化分析也在同時發生。這種情況不僅讓我們看到二者的「差異性」存在，更讓我們看到批評正頑強地繞開與作品的差異性而把後來讀者對作品的感受定義在他們對作品重複性的解釋之中。

> 高加林究竟屬於一代新人，還是一個資產階級的個人奮鬥者？回到這個問題，是不應該迴避中國農民的現狀和十年內亂後的農村現實的。（雷達：《簡論高加林的悲劇》，《青年文學》1983 年第 2期）

> 在《人生》中，高加林德一切奮鬥便自然擁有了現實的有效性和文學本身的悲劇性……高加林的「人生」怪圈揭示的正是這種精神逃離的無望。（惠雁冰：《地域抒寫的困境——從〈人生〉看路遙創作的精神資源》，《寧夏社會科學》2003 年第 4 期）

這兩段引文告訴人們，這種簡化表現在他們僅僅把高加林看作一個「個人」，而犧牲了他背後的中國農村歷史的複雜性和豐富性，並且犧牲了二者之間應該有的關聯點。由此可以想像，1980 年代的文學批評就是這樣從「個人」角度來理解《人生》的主人公高加林的，這種對高加林的「定型」正如我在論文開始時所說的，經過 20 多年的歲月，它已經內化並「沉澱在讀者的閱讀中」了。然而，「讀者反應」並不都是被動的，它們有時候又是複雜和多層化的。如果說一般讀者是受制於文學批評的影響的，那麼作爲作家路遙朋友的另一

〔註27〕 李澤厚、劉再復：《告別革命》，臺灣臺北，麥田出版股份有限公司，1999 年
2 月，第 206 頁。

類「讀者」也許並不想滿足批評家的願望。他們不一定意識到，客觀上卻會使批評家繞過作家本人當時的寫作狀態而把 80 年代關於「個人」的知識觀念投射到作品當中的幻想落空。正是在這種情況下，我們讀到了作家朋友對《人生》寫作狀態的最鮮活的回憶：

就在他寫作《人生》的日子裏，他兜裏連吃飯抽煙的錢也沒有了，跑來向我借錢。因為我當時管著《延河》的發行費。〔註28〕

《人生》問世後，當看到高加林那種拼命地挖地的描寫，我不由得想起路遙站在半崖上挖土的形象來。當然，高加林是帶著情緒拼命的，路遙則不，他是把自己完全地投入到勞動人民之中的。

〔註29〕

但必須看到的是，儘管這些回憶幫助我們懷疑批評的結論，因為路遙的朋友試圖在「復原」一個「真實」的路遙和《人生》的寫作情形。但在文學史的理論上說，這一切最終都是無濟於事的，因為一般性的「讀者批評」（也即路遙朋友的回憶），往往都不具備「文學批評」的那種可靠性和權威性。自有文學以來，還沒聽說過「讀者批評」會代替「文學批評」而成為對作家作品的最終結論這樣的事實，很多的「讀者批評」只能生存在被圖書館封存的發黃的文學雜誌上，永遠地呆在那裡。它們對研究者的影響是微乎其微的。這是因為，我們看到權威性的「文學批評」早已制服「讀者批評」而把高加林納入到 80 年代關於「個人價值」的解釋譜系之中。我們還看到這篇 2003 年發表的研究《人生》的論文已經在重複權威的結論，並將會把這種結論繼續傳播下去。因為直到今天，我們都是把高加林作為「80 年代」的「個人奮鬥者」來理解的。

然而更需要看到的一個問題是，「後代研究者」一方面要受制於「前代批評家」的話語暗示和影響，但他們也強烈地希望「回到作者」，藉此尋找「重讀原作」的歷史資源和激情。在這個意義上，作家的「後記」和「訪談錄」，他們對於「病」、「自傳」、「自卑」和「文學野心」的敘述，便會在這種歷史情景中重新映入研究者的眼簾，以致引發對當年的「文學批評」的一次又一次「重審」。這種重審使我意識到，雖然 80 年代都在倡導「回到文學」，但批

〔註28〕 袁銀波：《相識在〈延河〉編輯部》，《延安文學》1993 年第 1 期。

〔註29〕 劉鳳梅：《銘刻在黃土地上的哀思——緬懷路遙兄弟》，《延安文學》1993 年第 1 期。

評家和作家所理解的文學史不一樣的，文學在作家這裡意味著「寫作本身」，
而批評家回到的則是與社會思潮關係密切的「文學話語」，如「個人」、「自我」、
「啓蒙」、「主體性」等。他們必然會繞過作家的「後記」、「訪談錄」中所敘
述的「病」、「自傳」、「自卑」等純個人因素，而把「個人」、「自我」、「啓蒙」、
「主體性」定位成系列性的關於「文學」的「知識」。他們是用這些「知識標
準」進入對作家作品的解釋的，因此他們對作家作品的解釋語言中就充滿了
時代知識的氣味、痕跡和烙印，這樣他們就讓這些非常個人化的文學作品帶
上時代知識的氣味、痕跡和烙印了。例如，馬原的「敘述圈套」、路遙的「阿
Q」、「於連」、王安憶的「文革」、賈平凹的「頹廢」等。如果我們按照「這些
知識」走進作家的作品，我們無疑就「揭示」了這些「作品」的時代因素和
歷史規律；但是如果我們再次回到這些作品中，就會發現這些「時代因素」
和「歷史規律」原來都是批評家當年添加上去的，這些「時代因素」和「歷
史規律」是繞過作家解釋這些作品的「後記」、「訪談錄」而人爲和機械地存
在那裡的。當我們在若干年後以另一種心情和眼光「重讀」這些作品時，便
會驚異於批評家對作品的主觀的添加居然在光天化日下存在了幾十年，而且
它們早已積澱成了我們的「共識」。

　　通過上面長篇大論的敘述和分析，我們發現在 80 年代的文學場域中，批
評家原來是一個非常強勢的群體。他們是寄生在「社會思潮」、「文學口號」
和「知識話語」中的一群特殊的文學動物。80 年代文學因爲他們的敘述，而
成爲人們今天所知道的「傷痕」、「反思」、「尋根」、「先鋒」、「新寫實」這樣
一個文學知識譜系的，他們在此基礎上建立了一個「知識共同體」。研究者對
80 年代文學的理解是在這種「知識共同體」中才被證明是有效和有意義的。
正是在這種情景下，我們注意到大量豐富、複雜和細節化的文學作品被普遍
地「口號化」、「知識化」了，無數的文學作品身上，都夾帶著時代口號、思
潮、話語和知識的印跡。而作爲 80 年代文學的「當事人」，我們對那個年代
文學作品最清晰最眞切的印象並不都是那樣充滿理性、條分縷析和知識化
的。那麼，怎麼通過「解放知識」來實現「解放作品」的目標呢？我認爲
首先要意識到「批評」與「作品」的差異性，因爲只有這樣才能看清楚它們
之間的時代關聯性；也只有從關聯性上入手，我們才有機會再次從作家關於
「作品原作」的「後記」、「訪談錄」的「文學濕地」上出發，在對文學批評
大量的證僞、辨析、甄別和分析中，充分復原「作品原作」的歷史豐富性。

這一複雜性的循環往復的工作，將很大程度地牽涉到 80 年代文學的「經典化」、「文學批評史」、「閱讀史」和「課堂教學史」，引起文學的變局。但恰恰在這裡，會形成一個從「文學批評」回到「作品重讀」的一個非常新穎的角度。

孫犁「復活」所牽涉的文學史問題
—— 在吉林大學文學院的講演

　　從 2002 年 7 月 11 日著名作家孫犁逝世到目前，「孫犁現象」對當代今文壇產生的「衝擊波」一刻也沒有停息過。很多作家、學者都抱怨文學史沒給他應有的評價，這對文學史研究提出了很大的挑戰。於是，一個孫犁能否像汪曾祺那樣以更顯赫的地位「重回文學史」的問題便提了出來。但是，我不想討論孫犁小說的特殊價值，因為它非常複雜，不是三言兩語就能說清楚的。我更關心的是因這個話題牽涉出來的一些文學史問題，它們構成了我講演的重要立足點。

一、活著作家對死去作家的「評價」

　　不知同學們注意到沒有，孫犁辭世的幾年間，許多活著的作家都在以不同方式重新評價他，尤其是高調評價他的「晚年寫作」。這很重要嗎？我覺得是非常重要的。因為當代作家要求給死去作家追授更高文學榮譽的呼聲，會潛移默化地影響廣大讀者，進而影響文學史的寫作。當代作家之所以要「重評」孫犁，這是因為文學史對他的評價與他們對他的評價有距離。一般而言，文學史對作家「評價」與作家們的「自評」總是不盡相同的，而且敘述他們字數的多少、強調程度如何，還會反映其在文學史上的影響力和地位。例如，在夏志清《中國現代小說史》第三編「第十八章　第二階段的共產主義小說」中，談到趙樹理和丁玲，但隻字未提孫犁的小說。（這當然是有問題的）在錢理群、溫儒敏和吳福輝北京大學出版社 1998 年版的《中國現代文學三十年》（修訂本）中，孫犁的名字也未在「專章」、「專節」等頭條位置露面。在第

二十三章「小說（三）」第四節「現實與民間」中，對他創作有近 2000 字的敘述，認爲他不光在「解放區短篇小說家中」，而且是「趙樹理之外最重要的作家。」我們知道，按照文學史編寫通例，名字列爲「專章」題目的是第一流作家，列爲「專節」題目的是第二流作家，比如趙樹理和他的創作就是二十二章的題目內容。這就給我一個印象，這兩部文學史並不特別看重孫犁；在這些文學史家的認識中，孫犁在上世紀 40 年代小說中的「地位」實際與人們的期待存在著令人吃驚的差距。

這種狀況，在孫犁死後引起了嚴重不滿和質疑。它成爲當代作家高調評價孫犁的重要原因之一。在他們表述中，孫犁不單應進入「文學大師」行列，而且他的精神操守和文化修養也足以成爲許多作家的榜樣。賈平凹充滿感情地寫道：「我不是現當代中國文學的研究者，以一個作家的眼光，長期以來，我是把孫犁敬爲大師的。我幾乎讀過他的全部作品。在當代的作家裏，對我產生過極大影響的，起碼其中有兩個人，一個是沈從文，一個就是孫犁。我不善走動和交際，專程登門拜見過的作家，只有孫犁」。〔註1〕馮驥才態度堅決地認爲：「孫犁是當代文壇特立獨行的『惟一』。他是不可模仿也無法模仿的，這便是他至高的價值。」他憂心的是，「也許我們的理論界過於鍾情於種種舶來的新潮，對孫犁的空間遠遠沒有開掘。」〔註2〕當然，作爲文學史研究者，我們應該警惕活著作家在對死去作家榮譽的「追授活動」中的「過度闡釋」現象。更應該注意，九十年代後，「追悼會」或「高壽現象」往往會突然拔高某些作家和文化名人的歷史地位，急速擴充和膨脹他們在自己時代中的「精神示範性」。但鐵凝誠懇的講述卻希望把我們的不安重新納入「文學範疇」：「孫犁先生欣賞的古人古文，是他堅守的爲文爲人的準則」，她所發掘的孫犁價值的理由是，「他於平淡之中迸發的人生激情，他於精微之中昭示的文章骨氣」，而且都已經「盡在其中」。〔註3〕也就是在這意義上，「中國再不可能產生第二個孫犁。」〔註4〕（從維熙）顯然，與文學史家的吝嗇不同，作家們急欲撕開框定孫犁的文學史框架，把他放在「當代文學」、「古代文學」的宏大場域中來重新定位。他們相信孫犁在文學史中經歷了兩次「失落」：一

〔註1〕 賈平凹：《孫犁的意義》，2005 年 4 月 5 日，18：18，新浪讀書。
〔註2〕 馮驥才：《悼孫犁——留得清氣滿乾坤》，2002 年 7 月 19 日，14：28：25，千龍新聞網。
〔註3〕 鐵凝：《四見孫犁先生》，2002 年 11 月 6 日《人民日報》。
〔註4〕 從維熙：《紀念孫犁》，文學視界（http://www.white-collar.net）編輯整理。

個是他與現代文學史上的「重要作家」身份失之交臂；二是他作為當代文學創作的一個「傳統」最近才被人提起：「如果還有人再寫現當代文學史，我相信，孫犁這個名字是燦爛的，神當歸其位。」〔註5〕這種「高調評論」是否會對目前的文學史認識形成威脅，並導致它的劇烈波動，我不想討論這個困難的問題。

但我想提醒同學們注意密集的「作家評論」所帶來的兩個文學史問題。一個是將文學史中的作家「當下化」的問題。我們知道，在文學史中，孫犁已經是「歷史人物」，對他小說已有高度經典化的認識。但是，為什麼又會經典化結論中跑出「當下化」的現象呢？這就是當代和當代作家「需要」他。九十年代的文化狀況，導致了傳統文化的強勁「復蘇」。在對「左翼傳統」和「消費文化」的雙向警惕中，孫犁作品「平淡」、「文章骨氣」、「古人古文」的高古品質，顯示出警世恆言的認識價值。於是，作家們需要把他從「文學史」中「拎」出來，參與他們組織的精神自救活動，讓他來支持他們對「當下」文學的重新建構，並使這種建構因為孫犁這樣精神含量較高作家的加盟而獲得更大的現實可信性。八十年代魯迅、徐志摩和沈從文的當下化、九十年代張愛玲和錢鍾書的當下化，都是這種歷史重評運動中出現的先例，也都在這種文學史「重寫」中大功告成。這種「重評」，在中外文學史上多次發生，也不獨是今天文學的特例。但我們仍需要認真分辯，在孫犁和他作品「當下化」的過程中，哪些是他固有的東西？哪些是當代作家根據自己的歷史需要添加上去的？另外，這種經過釀造、膨脹而放大的孫犁作品有什麼理由重新放回四十年代解放區文學的課堂？我們該以多大篇幅或更準確和合理地評價他？這已經成為作家被「當下化」後需要認真對待的問題。第二，怎樣看待「左翼作家」群體在文學史重寫中被分化和分離的問題。在八十年代以前的文學史中，「左翼作家」是作為一個歷史整體而存在的。九十年代末，隨著「左翼」被重新研究，這個群體就開始經歷了不斷被撕裂和分化的歷史過程。例如，對「左翼陣營」中「激進派」和「溫和派」的分析，對丁玲身上「性」、「小資」、「都市」因素的格外關注，左翼與上海現代性關係的研究，左翼如何從全球性轉向了本土性，等等。這些研究，使左翼作家接二連三「叛離」原來陣營，開始與非左翼群體、流派和現象親密接軌。孫犁「重評」也有這個問題。我們懂得，作家們既然是當代社會的明星人物，他們的看法就會對

〔註 5〕 賈平凹：《孫犁的意義》，2005 年 4 月 5 日，18：18，新浪讀書。

公眾輿論產生強勁影響，當然也將使這個文學史問題更加複雜化。他們的表述會進一步擴大孫犁作品「傳統文化底蘊」與「革命文學」之間的裂痕，強化他當年投身革命的「偶然性」、「臨時性」的色彩，從而得出所謂「不值得」的奇怪的結論。更值得注意，在八九十年代文學史中重新「復活」的作家，都是與「革命文學」陣營無緣的。而且它逐步強化的認識是，在中國現當代文學史上，凡是「文學大師」，就都不是「革命作家」；而曾被列入「革命文學」發現又是「文學大師」的那些作家，並不是他們自己有「問題」，而是他們與「革命」的關係出了問題。……在此前提下，影響到對「革命文學」（左翼文學）的正常認識的，已經不是它的邊緣化問題，而是與它密切聯繫著的歷史生活將會在這種敘述中嚴重走樣並將模糊化的問題。這是我在當代作家「重評」孫犁中想到的一些問題。

二、從「革命文學」中剝離出的「多餘人」

近年來，在「孫犁研究熱」中有一些值得重視的研究成果，其中非常值得注意的，是郜元寶和楊聯芬兩位老師的研究。

楊聯芬的《孫犁：革命文學中的「多餘人」》這篇文章比較有影響，並獲「唐弢學術獎」，證明她的觀點已得到現代文學研究界的充分認可。〔註6〕她認為，如果說接受主流政治領導和規範的革命文學被稱為「當代主流文學」的話，出身於工農兵、成長於解放區的孫犁「向來是被作為主流文學中『正宗』的一派作家看待的。」但她指出，無論孫犁本人的「精神方式」，還是主流文化對他的評價和態度，都讓人感到他與主流文化「貌似一體」的關係中的「不協調與不愉快」。為重點論證「孫犁的精神世界遠比他的小說文本豐富和複雜得多」這個中心問題，作者從四個方面下手：一，「『主旋律』邊緣的知識分子言說」。根據是，革命文學中很少有人像孫犁那樣「去表現女性的形式美」，「文革」中連造反派都評價他是：「生活上，花鳥蟲漁；作品裏，風花雪月。」即使在戰爭年代和革命年代，他身上這種知識分子「非功利的、人情味十足的情調」──也即「小資情調」，「自始至終就沒有離開過」。二，孫犁的觀念「深受『五四』啟蒙主義影響」，一生堅持人道主義的文學主張，抗日戰爭的特殊環境雖然「使他輕易實現了人道主義與革命的統一」，然而在漫長歲月裏這兩種信仰的「不能得兼」，又使他經常感到「痛苦和憂

〔註6〕 楊聯芬：《孫犁：革命文學中的「多餘人」》，《中國現代文學研究叢刊》1998年第4期。

悶」。三，孫犁想調和這種寫作上的「中間地帶」，但發現這其實是一種「尖銳衝突的艱難處境」，1947 年《冀中日報》以整版篇幅對他紀實小說《新安遊記》的批判，都說明這是「無奈的選擇」。四，「道德二元：『多餘』的根源」。這是這篇文章的重要支撐點，也是作者借孫犁「重新討論」革命文學的歷史價值的關鍵之處。她得出的結論是，「孫犁人格中有一個核心的東西，那就是道德中心意識，這是他身上儒家文化精神的集中體現。」他的「價值觀念」和「個性氣質」，都不屬於「現實中的這個革命文化」，但理性上又將「主流革命文化視為『道統』，正是「現實」和「理想」中這兩種革命文化的激烈碰撞，使他晚年的「隨筆雜著」，「看似道的虛靜」，但「實際還是儒的退守」……

由於帶著「後革命」的眼光，郜元寶在《孫犁「抗戰小說」的「三不主義」》一文中寫道：「可以窺見孫犁『抗戰小說』的特點，也可以清理出上個世紀 40 年代興盛起來的革命文學之浪漫主義傳統的精髓，並據此進一步描寫出 40 年代以迄今天大陸文學以『柔順之德』為核心的特殊道德譜系」。正是在這「世紀性」的歷史認知框架中，他認為作家「晚年雖有劫後徹悟之《芸齋小說》，但心理皈依仍在『抗日小說』所記錄的『真善美的極致』」，「無法忘卻的早年革命戰爭的美好經歷」，不僅是他「晚年的心理依賴」，也是晚年小說抨擊人性醜惡的「唯一價值根基」。〔註 7〕這種試圖以「後革命」眼光去推敲並追問革命文學「複雜性」的研究，在作者另一篇文章《柔順之美：革命文學的道德譜系——孫犁、鐵凝合論》中又有進一步展開，但視角與楊聯芬已有差異。〔註 8〕他認為，「不正面描寫北國人民的『陰暗面』，不正面描寫『敵人』，不觸及激烈而殘酷的戰爭場面，這種『三不主義』顯明了中國現代革命文學一種至今沒還有獲得充分闡釋的品質：它的美學上的基調，不是日益緊張化的悲苦愁絕、低回淒涼，而它的主要使命，也不是抗擊外侮，或清算（啟蒙）國民內部的劣根性。因此，「抗戰時期」的孫犁，「既不簡單地從屬於『五四』以來知識分子啟蒙文學的傳統，也不簡單地延續三十年代的『革命文學』」。與前一位作者企圖以「儒家思想」來「化解」革命文學「焦慮」的設計不同，本文作者認為孫犁所代表的主要是革命文學中「對新的人情美

〔註 7〕 郜元寶：《孫犁「抗日小說」的「三不主義」》，《同濟大學學報》2007 年第 2 期。

〔註 8〕 郜元寶：《柔順之美：革命文學的道德譜系——孫犁、鐵凝合論》，《南方文壇》2007 年第 1 期。

和人性美的癡迷追求」。所以,「他的孤決與超脫,對人性徹骨的透視,絕對
不是針對自己所參與的『革命』和『革命文學』,而是針對『文革』以及『文
革後遺症』。」

　　強調孫犁小說在「革命文學」中的「人性美」並不是新鮮觀點,八十年
代的孫犁研究就是經此維度而展開的。〔註9〕但有目的地使孫犁與他原有的
「革命文學」的精神譜系相剝離,給作家戴上一頂「多餘人」的新帽子,卻
明顯是當前文化思潮規訓現代文學研究的結果。「娛樂消費文化」的興起導致
了「革命意識」的衰落,由消費文化所派生的文學意識形態,要求「重評」
革命文學的價值及其問題,這就使許多左翼作家與「革命文學」基本教義相
剝離成爲了必然。這是學界近年「左翼研究熱」之興起並很快熱鬧起來的最
大秘密。在座的大多數碩士生、博士生,對現當代文學研究中的這種「新趨
勢」和「新成果」已經不算陌生罷。

　　但不能不注意,這種將孫犁從「革命文學」基本教義中剝離的做法,與
目前研究界用「都市」、「階級與性別」、「身體想像」、「報刊」、「出版」、「敘
事」、「殖民者牢獄」、「文本」、「民族國家文學」、「病」、「文學生產」、「日常
生活」、「現代性」等新知識來擠壓和重釋「革命文學」原有內涵的研究視角
是互相幫忙的。研究者想通過對作家「原有身份」的還原,來增加革命文學
本身所謂的「複雜性」和「豐富性」,但他們引來的卻是「革命文學」的另一
個「陌生人」;他們用在今天看來司空見慣的外科分離術將作家與他們時代的
強行撕裂,來達到重構歷史的做法,倒更容易令人「在現代文學的會議中看
到這種危機意識的表達」。〔註10〕這類添加式的研究,理所當然會推出以下「新
穎」的結論:「蕭軍的《八月的鄉村》也有女人被強姦的情節。但是在這部小
說中,此類情節不過是抗日宣傳的一種轉喻。李七嫂的遭受淩辱被用來展示
中國的困境。國家民族主義在此取代了女性身體的意義。」〔註11〕（劉禾）

〔註9〕　在八十年代,曾經一度出現過「孫犁研究熱」,值得提到的成果有:郭志剛、
　　　　章無忌的《孫犁傳》(北京十月文藝出版社1990年版)、趙園:《孫犁對於「單
　　　　純情調」的追求》(《論小說十家》,杭州,浙江文藝出版社,1987年版),第
　　　　253頁,以及散見與《文學評論》、《中國現代文學研究叢刊》等雜誌上的大量
　　　　論文。

〔註10〕　程凱:《2006年度中國現代文學研究評述》,《中國現代文學研究叢刊》2007
　　　　年第4期。

〔註11〕　劉禾:《文本、批評與民族國家文學》,唐小兵編《再解讀》,香港,牛津大學
　　　　出版社,1993年,第47頁。

「如果我的分析看上去像是誇大了非政治及民間文藝傳統在《白毛女》文本中的地位，而對政治話語的強制機制做了輕描淡寫，那麼這並非我的本意。」〔註12〕（孟悅）「丁玲不是在理性的層面上討論『娜拉走後怎樣』，而是在都市的消費文化、社會的凝視的歷史背景下，把抽象的『解放』口號加以語境化了」。〔註13〕（羅崗）「通過牢獄故事與描寫對中國統治者和外國殖民者進行『地獄性』還原、顯露與揭示」，「因信仰、政治和革命入獄的政治犯人和廣大的『我們』，在敘事中被『主體化』與正義化了」。〔註14〕（逢增玉）……按照這種添加式研究繼續推理，那麼「革命文學」（左翼文學）單質、一元的元話語，就將被另一種所謂多質和多元的文學事實所代替，它的歷史敘事因為被安排了「都市」、「階級與性別」、「身體想像」、「報刊」、「出版」、「敘事」、「殖民者牢獄」、「文本」、「民族國家文學」、「病」、「文學生產」、「日常生活」、「現代性」這些新成員，它「鬥爭性」、「階級性」的歷史性質，就應當在這「歷史重評」中被徹底地解構。在這種歷史理解中，孫犁的抗戰小說勢必會成為「多餘」的東西，也正是在這種理解之後的新銳研究中，與他小說血肉相連的左翼文學在整個文學史中的「重要性」，顯然已經是無足掛齒的了。

對一些研究者來說，這種「剝離」之價值，是使在孫犁創作中長期被壓制的花鳥蟲漁、風花雪月、小資情調、道德中心意識、儒家文化精神等「非革命」元素終於揚眉吐氣，還變成比「革命」更有價值的東西；在賈平凹、鐵凝等心目中，為人、平淡、古人古文和文章骨氣對一個作家來說才是性命攸關的，它們是孫犁榮登「文學大師」之位的唯一的前提；而對有的研究者來說，就「可以窺見孫犁『抗戰小說』的特點，也可以清理出上個世紀40年代興盛起來的革命文學之浪漫主義傳統的精髓，並據此進一步描寫出40年代以迄今天大陸文學以『柔順之德』為核心的特殊道德譜系」，這樣就為革命文學的多質性找到了學理的根據。但我必須聲明的是，我之所以選一些研究者

〔註12〕 孟悅：《〈白毛女〉演變的啓示──兼論延安文藝的歷史多質性》，唐小兵編《再解讀》，香港，牛津大學出版社，1993年，第89頁。

〔註13〕 羅崗：《視覺「互文」、身體想像和凝視的政治──丁玲的〈夢珂〉與後五四的都市圖景》，《華東師範大學學報》2005年第5期。

〔註14〕 逢增玉：《三十年代左翼「牢獄文學」》，《粵海風》2007年第5期。另外，還可以參考程凱、張寧、趙尋、孟慶澍、劉震、孟遠、岳凱華、袁盛勇、姚辛等人近年來的論著和論文。

爲討論對象，其意絕不是要看低他們的成果。恰恰是因爲這些出色的成果激活了我的思考，正是由於他們這種提問題的方式進一步彰顯出這些問題是不應該被忽略的，至少是不應該不被重新追究的。

九十年代以來，基於懷疑左翼文學「單質性」歷史神話而出現的剝離式研究其實早已不絕於耳，像李書磊對「1942 年」延安初期文壇「原生態」的呈現、曠新年對「1928年革命文學」的「再敘述」，都是引人注目的研究成果。這些成果，即使沒有當面質問「單質神話」的虛構性，它們以「文人聚會」、「周末浪漫」、「都市意識」、「商業出版」等話語而包裝的另一套話語譜系，也實際對「多質性」視野中的「單質性」殘跡做了相當徹底的清掃。九十年代後，中國社會「本來面目」的歷史重現，使過分神聖化的歷史敘述陷入前所未有的難堪。而對左翼歷史的「重新解釋」，勢必就變成以對它的進一步「稀釋」、「摻雜」、「改編」、「戲劇化」爲前提來凸現所謂「人性化」的歷史內容。當歷史因爲人事原因仍然雲遮霧罩，尤其是當重大歷史判斷難以進展的情況下，這種以「改寫」爲主調、以「多質化」爲目的的歷史重釋是否眞正達到與它重新搏弈的目的，目前還看不清楚。但更深的歷史意味是，「剝離式」研究最終嚮往的是「文學性」的烏托邦前景，是對八十年代文學規劃的重新肯定，是轉型社會對左翼歷史的並不厚道的重審，是大歷史轉動鏈條對文學研究界的必然帶動，它的目的是剝離掉社會話語在文學話語周邊的堆積、侵蝕和干擾，恢復「純文學」生機昂然的新鮮氣息。「剝離式」研究是要脫離左翼文化所壟斷的沉重歷史，讓中國社會眞正與「走向世界」的歷史大趨勢完成最後的接軌。對這樣的「良好用心」，我們怎麼能不報以深刻的理解和同情？

不過我仍想指出，與「革命文學」相「剝離」也許並不出自孫犁本人的眞正意願，也不一定就是那些曾經爲「革命文學」抛灑熱血的諸多革命作家的眞正意願，儘管孫犁許多作品、包括晚年作品中確實都夾帶著與「革命文學」的不協調甚至緊張性的關係，儘管由於這種關係而給這些當事作家造成過極其深重的精神痛苦，儘管事過多年人們重提那些歷史仍會心靈顫慄。但我敢說，這種「剝離」，很大程度仍然只是文學史研究的需要，或者說是研究者爲了使現代文學研究獲得「新的活力」而不得不採用的立場和研究路徑，他們並沒有眞正「碰」到歷史的關節之處。當歷史的一切還未「塵埃落定」，我們就這麼著急地將左翼歷史和左翼文學納入自己的研究，它會不會暴露出

也許並不是我們這代人就能解決的另一些問題，說老實話我並沒有把握。當然，我得承認，人們已知的八十年代以前的那個「左翼文學」是否是「原汁原味」的，也是一個非常可疑的文學史命題，對它的追問已經十分必要；但是，我們今天這樣做的結果，是「更接近」還是「更疏遠」了革命文學本身呢？提出這後一個問題也並不是沒有必要。

三、「晚年寫作」的發現及其「重要性」

在推動孫犁「復活」的研究中，另一個需要關心的成果是對他的「晚年研究」，在這方面閻慶生老師傾五年之功而作的《晚年孫犁研究》可說是最出色的代表。

如果按學術標準去觀察，這部著作雖不能誇張說它是「驚世之作」，但至少也屬於那種「入情入理」的值得關注的拓展性研究。在閻老師的設計中，孫犁的「晚年」是在對「文革」的大反省和大徹大悟中度過的，與他中青年時代投身革命並寫出諸多著名「抗戰小說」的最初人生軌道簡直就是南轅北轍的人生選擇。而且，由「孤獨意識」、「情愛意識」、「紅樓情結」、「反思現代性」、「道家美學」等等組成的強大的「美學與心理學」的新的坐標，終於「壓倒」由諸多大概念而堆積的「革命意識」，於是得出「晚年」價值超過「中青年」價值的研究結論，並提出了孫犁的「文學史形象」應當改寫的尖銳命題：

> 孫犁作為文學大師的實績，主要在於他的晚年。以「晚年」為審視點來研究孫犁，有助於打通這位作家早年、中年和晚年的創作，從動態發展中把握其一生創作與文藝觀、美學觀的演變及其價值，從中找出某些帶有規律和學科意義的線索，從而為文學史提供比較典型、完整、深入的個案。只有這一個案做紮實了，並在它的基礎上展開縱的和橫的兩個向度的真切比較，孫犁這位文學大師的真正價值，才可能被學術界和廣大讀者進一步認識。〔註15〕

作者認為，「文革」是孫犁思想的一個重要轉折點，《書衣文錄》是 20 世紀中國文學史上一部罕見、奇特」的寫作，「『孫犁現象』的當代意義，就在於他在『文化大革命』那樣的生存困境中」，在面對文化專制時，以這種特殊方

〔註15〕閻連生《晚年孫犁研究──美學與心理學的闡釋》，北京，中國社會科學出版社，2004 年 12 月，第 1 頁。

式建立起「作爲純粹文化人的安身立命之『本』」。並經過極其痛苦和矛盾的「憂患意識」、「入世與出世的意識衝突」、「恐怖感和大病之後一度出現幻覺」等等過程，最後皈依了與「革命敘事」截然不同的以「自然」、「平淡」爲思想主軸的「道家美學」的境界。「孫犁晚年的美學思想，正是以道家美學思想爲其基質的。他相當有深度地承傳了道家崇尚自然之道的美學思想，並在當代文化語境下作出了創造性發揮」，「道家美學思想是貫穿孫犁晚年文學活動的一條紅線」；「文化精神化入主體的生命，便成爲一個人的人格」，而「人格理想與審美理想的統一性，使孫犁在按照道家人格範型塑造自我時，自然而然地在審美理想上追求『平淡』，在藝術創造上經過長期磨練達到了一個高的境界。」在作者看來，「此一時期長達 20 年，孫犁讀、寫日夜不輟，理論、創作兩翼並進、良性互動，文、史、哲融會貫通」，從而形成他「超越」現實關懷、入世情懷等矛盾的「強大的張力」。而他把這一切都歸結爲「『新』『老』孫犁的蛻變。〔註16〕

　　在將孫犁「晚年思想」與中國傳統文化、傳統美學的久塞管道打通的工作上，《晚年孫犁研究》作者難能可貴地建立起他自己一整套的邏輯。而且無疑，這套邏輯由於與賈平凹、鐵凝、馮驥才、從維熙等「重評孫犁」潮流的積極合流，並與近年現代文學界「左翼研究熱」產生精神共鳴，顯然已對目前的孫犁研究構成可以想像的文學史壓力。它使下一步的「孫犁研究」處在左右爲難當中，因爲在這一特殊的「歷史邏輯」中，任何與它悖逆的研究結論都無法在學術界生存。不過，以「晚年」來壓倒或修復「中青年」的研究方法在學界並不新奇，九十年代後，陳寅恪、吳宓、顧準、季羨林等「文化名人」的「晚年發掘」是人們熟知的「顯學」。這些發掘使一批文化明星在一般讀者中，甚至在研究界大受追捧。它通過「晚年」的「主體性恢復」來鞭撻文化專制主義，降低處在文化專制之下「中青年」時代思想和寫作的價值，從而宣佈「晚年」與當下文化語境的接軌。這種歷史敘述的本質不是要強調被敘述者一生各個時期之間的傳承關係，而重在宣佈它們之間的「斷裂」、「分離」、「脫軌」，或者它是以「斷裂」爲前提和代價來藉以證明「晚年」在「當代的意義」。孫犁「晚年」的「再評論」和「再研究」，所追求的難道不就是這麼一個「歷史的結論」？

〔註16〕閻連生《晚年孫犁研究——美學與心理學的闡釋》，北京，中國社會科學出版社，2004 年 12 月，第 3、15、215、248、245、246、258、17 頁。

同學們知道，假如我只講到這裡，它顯然不再是「文學史」的問題，而跑到思想史領域去了。所以，我想接著追問。我想問的第一個問題是，如果認爲孫犁直到晚年才根據自覺建立他「作爲純粹文化人的安身立命之『本』」，那按這種研究邏輯勢必就會推理出，他40年代作爲一個「革命文化人」是不「純粹」的，因爲他沒有找到「安身立命之『本』」。這實際等於說，「革命文學」所反映的並不是人類眞正的「終極價值」，而「道家美學」才是眞正的「終極價值」，它才是作家寫作的最根本的依據。在這種命題中，孫犁40年代的「抗戰小說」的歷史合理性將會被推翻。而實際無論在現代文學史、還是當代文學史上，孫犁主要是以「小說家」的身份被世人認知的，那麼上述結論會不會將導致這種文學史結論的重寫，導致這一歷史認識的重大危機。我問的第二個問題是，「晚年研究」和「晚年發掘」是響應並傾向於「新世紀」文化語境而出現的「研究熱點」，作家40至60年代的「革命小說」由於與這種文化語境產生矛盾而成爲熊市股，這樣一來，孫犁的晚年寫作就被表述是一種優越於他中青年寫作的「更成功」的寫作。但據我知道，一個作家的「歷史」，實際是以他的創作過程爲線索的「歷史」，換句話說是以「文學經典」爲根據的歷史。《荷花澱》、《蘆花蕩》、《白洋淀紀事》、《風雲初記》、《鐵木前傳》等文學經典正是孫犁在「中青年」時代所創作的優秀作品，經過文學批評和文學史無數遍篩選，它們已深深植入廣大讀者和文學研究者文學記憶之中，使人一想起這些小說就情不自禁地想到孫犁這個名字。那麼，我們憑什麼故意遺忘這些文學史經典，而用他晚年的《芸齋小說》、《書衣文錄》和那些隨筆、散文加以替換？我們有什麼理由把這些「晚年寫作」經典化，其根據是新世紀文化語境嗎？這又是由於社會轉型而出現的另一番文化暴民的過分功利化的舉動？凡持文學經典主張的人，都很可能會產生這種文化的憂慮。但是必須承認，這種文學史「結論」卻容易被人懷疑是一種語境化的結果，「晚年研究」的進入，將會使原有文學經典和當下語境的矛盾處在水火不相容的狀態。由此可以提問，特殊語境當然能夠催生新的問題意識，但它能否就此認定新的文學經典篇目，在多大程度上能使這種認定變得「毫無疑問」？同樣是一個值得當心的問題。第三，「晚年孫犁」所夾帶的絕不是他個人的問題，而是如何評價傳統文化、傳統美學與革命文化、革命美學關係的問題，或者如何在今天語境中重新「安放」後者的文學史位置的問題。既然傳統文化、傳統美學在孫犁研究中的復興，目的是要「復活」被現當代文學

史埋沒的孫犁，因此勢必將牽連出如何重新評價孫犁「革命作家」身份這個更加敏感和更重要的問題。也就是說，當我們想當然地把孫犁創作中的傳統文化和傳統美學因素從「全部孫犁」中剝離出去的時候，孫犁創作中的革命文化和革命美學不僅處在被壓抑、被關閉的狀態，而且還與他的整個歷史發生了嚴重斷裂，以至會出現所謂文學史上「兩個孫犁」的現象。進一步說，如果以孫犁爲個案，再由他的研究推及到「晚年胡風」、「晚年周揚」和「晚年夏衍」的研究，從而啓動對整個左翼文學的大規模的「重審」工程的話，那麼左翼文學與整個中國現當代文學史的最終歷史分手就將不可避免。由此看來，「晚年孫犁研究」一定意義上增進了革命文學研究的複雜性、豐富性，與此同時我們也不能不注意到它引來了另一層意義上的簡單化、平面化的問題。儘管孫犁研究者未必會同意我的這些觀點，但這不等於由於這種反對而我所說的問題就因此不存在。

四、現代作家在「當代」的「復活」

　　孫犁「復活」絕不是文學史上的第一個事例，在此之前對周作人、張愛玲、錢鍾書、沈從文、徐志摩、趙樹理、汪曾祺和郭小川等人的「重評」早已經開始。「經典的一個功能之一就是提供解決問題的模式。歷史意識的一次變化，比如像 18 世紀所發生的那樣，將引發出新的問題和答案，因而也就會引出新的經典。」「政治制度的變化」，都會改變「那些監督和認可經典的機構，因而也改變了經典的內部構成。」〔註17〕說的就是這個問題。

　　同學們都是中國現當代文學專業的博士生和碩士生，當會知道在晚近十幾年中，上面提到的作家都在課堂和研究中陸續復活。其實還不止這些，許多在文學史中被長久埋葬的文學觀念、理論、流派、現象、主張和術語，也都經歷過這種「向死而生」的文學歷程，如「人的文學」、「人道主義」、「感情」、「美感」、「京派文學」、「海派文學」、「鴛鴦蝴蝶派」等等。這是因爲什麼呢？在我看來，這是「社會轉型」對「文學史研究」進行「干預」的結果。一般情況下，我們都習慣於從文學史的視角看文學史問題，認爲文學史研究只是行業內部的問題，與正在發生、發展的社會沒有多少關係，否則就不算是「純文學」，這其實是一個錯覺。一定程度上，文學史是社會史中的一個組

〔註17〕佛克馬、蟻布思：《文學研究與文化參與》，北京，北京大學出版社，1996 年
　　　　6 月，第 49 頁。

件，當社會史這個母機的運作規律發生重大變動的時候，文學史勢必會調整自己的齒輪，產生配合式的反應。但是也必須看到，一個現代作家在「當代」的「復活」仍然是有條件的，有「文學規律」和「人事因素」等因素，不是什麼人想復活就可以復活，對於很多作家來說，這種現象在他們身上可能一輩子都不會再次發生。而且，這些「條件」又必須是與「當代」社會語境密切聯繫的，是後者精心認定和挑選的，它們提出的最終目的是為了證明後者存在的合理性。而在我看來，一個作家的「年齡」、「事件」、「遭遇」、「傳統文化修養」、「大家庭出身」、「歷史同情」等等，就是我所說的這諸多種「條件」之一。也就是說，在這一過程中，新的意識形態、文化觀念和倫理因素都在參與對文學史的「重寫」，它將「歷史的同情」賞賜給一部分作家，同時冷落另一部分作家，它是要將前一部分人從他們原屬的「流派」、「群體」和「現象」中抽離出來，成為人們今天看到的許多新版文學史中「充滿新意」的章節。這樣的例子，我們已從近年出版的文學史關於周作人、張愛玲、趙樹理、孫犁、汪曾祺和郭小川的敘述部分陸續地讀到。

綜上所述，對於活在今天的人們，尤其是對「當代」有著深刻生存體驗的研究者來說，都會認為最有資格促使孫犁「復活」的莫過兩個因素，一是他在「當代」的「遭遇」，另一個是他的「高齡」。閻慶生老師寫道：「新中國成立前家鄉土改時，因對家庭成分有保留意見被『隔離』過」，孫犁曾「很為這種變化而苦惱」；「1966 年夏襲來『紅色風暴』，給孫犁帶來了厄運：遭受批鬥和百般侮辱。在被揪鬥受辱的當天夜裏，他『觸電自殺，未遂』；所以「幾十年來孫犁在革命文學隊伍中，一直處於邊緣位置。」〔註 18〕楊聯芬老師的文章也告訴讀者：「建國初，《文藝報》為活躍學術氣氛，刊登了孫犁與幾個中文系學生討論《荷花澱》的通信，很快便收到『無數罵罵信件』，孫犁再度因『心浮氣盛』而受創」，這些因素加上他的處世方式、中庸色彩，更「加深了他『多餘人』的處境。」〔註 19〕我們知道，這些材料的出籠將對新的研究結論產生重大影響，因為它們撥動了學術界最敏感的神經。這些研究和它們的結論使人相信，而且連我們這些所謂最為「清醒」的「文學史研究者」也

〔註18〕閻連生《晚年孫犁研究——美學與心理學的闡釋》，北京，中國社會科學出版社，2004 年 12 月，第 3、4 頁。
〔註19〕楊聯芬：《孫犁：革命文學中的「多餘人」》，《中國現代文學研究叢刊》1998年第 4 期。

不得接受這個與「歷史材料」相連接的「事實」：正因為政治因素葬送了一個有才華作家的文學前途，它因此將激發文學史寫作對於他（他們）的同情。在新時期對現當代作家的研究中，同樣事例之所以頻繁地發生，原因就在研究者對「當代」的這種重大歷史認識。我雖然在《歷史重釋與「當代」文學》這篇文章裏認為，目前文學史著作對「共時態」中「當代」的認識存在著較大差異，（此文參見《文藝爭鳴》2007 年第 7 期）但不得不承認，大多數研究者對「當代」的「歷時性」的看法卻接近於一致。這就是，新時期的「當代」，與十七年和「文革」的「當代」是根本不同的，它們是不「同質」的兩個歷史時期。在十七年和「文革」的「當代」中，正直和有才華的作家都遭遇了「文學厄運」，他們的創作被認為是「沒有價值」的。但是，當將這些作家「回收」到新時期的「當代」，這些「文學厄運」不僅會受到同情，而且其「價值」也會得到普遍的肯定。顯而易見，我們在這種「當代」認識的主軸上讀兩位老師所列舉的歷史材料，自然不會懷疑它們的「真實性」，更不會懷疑它們作為「重評」孫犁歷史根據的正確性。

事實上，即使在九十年代後，這種政治／文學二元對立的理解方式並沒有在「重寫文學史」的聲浪中出現「變軌」，它一直是支持文學史寫作的基本遊戲規則。胡風、馮雪峰、丁玲等因為五十年代的落難，使其在八十年代文學史中得以「復活」；周揚、夏衍在「文革」中的遭遇，使其「文學史形象」在八、九十年代不斷被極大地修復和調整。同樣道理，正因為有「左翼文學」勢力長達數十年的壓抑、刪改和塗抹，周作人、張愛玲、錢鍾書等的「非主流作家」身份在新時代才得以「鹹魚翻身」。也即是說，最近一二十年來，「文革」和「市場經濟」已毫無疑問地成為改變「經典認定機構」和「經典內部構成」的兩把最重要的歷史鑰匙。它們以「歷史補償」的方式，使許多已經沈寂在文學史敘述中的作家在新的歷史條件下重新回歸公眾的視野。孫犁的「復活」很大程度是依賴於上述歷史背景才成為可能的。更需要注意的是，我們和我們研究的對象，都曾活在「當代」，因此我們會把我們對「當代」的歷史感受帶入到對研究對象的認識當中。我們會把我們對「當代」的某些「反感」的部分認識，如對「文革」的負面看法，作為一個研究出發點和邏輯起點，來重新建構我們的文學史觀念，並對符合這一觀念的作家作品進行重評，而孫犁，不過是這眾多歷史取樣中的一個突出例證。所以，當我們在進行這樣的「文學史寫作」的時候，同時也應該研究為什麼會有「這樣」的文學史

認識。這正如陶東風所指出的：文學史家不必對形成文學史的「原則」本身提問，而「文學史哲學家所要提問的恰好是原則本身」。「文學史哲學是一種元文學史學，如果說一般文學史研究的對象是過去的文學史事實，以史料為依據重構這一事實的進程；那麼，文學史哲學的對象就是人們用以重構評價過去了的文學事實的框架、依據、標準，它要詢問：這些框架、模式、依據、標準是否合理？文學史是如何可能的？」因此，「文學史哲學的任務不是將過去了的事實裝進一個模式或框架中，而是對模式和框架進行反思，通俗地說，是解決如何寫作文學史的問題。」〔註20〕我這裡引用陶老師的觀點，目的是要引進另一個視鏡，藉以「反觀」孫犁因個人「磨難」而「復活」的這個文學史寫作模式。我們會驚訝地發現，它並不是「自然而然」地出現的，而是首先了有了這種「模式」，也才出現並成為一種文學史結論的。

再看影響孫犁「復活」的「高齡」因素。孫犁1913年生，2002年謝世，屬於現代作家中的高齡老人。為什麼高齡老人在今天時代特別容易被標榜為「文化名人」，他的「影響」可以翻越本領域的地界，而受到全社會的共同矚目？一個原因是，九十年代後，隨著市場經濟的全面興起，八十年代對文化、文學的迷戀，轉向文化和文學被當作消費產品的大眾文化消費。人們普遍感到精神生活的無著、空虛，沒有信仰成為這個時代最本質的特徵之一。在這種情況下，把一個高齡作家、學者「精神價值」的放大和擴充，不僅使研究界重新奪回對文化和文學的「解釋權」，而且前者作為一種最佳「消費產品」，也特別容易受到精神生活貧乏的大眾的特別青睞。「季羨林現象」的持續升溫，他的隨筆之成為「熱門讀物」的根本原因，並不在這些隨筆真的就寫得獨異、深刻，而是在於他的名字和隨筆已經成為大眾文化消費對象，成了熱銷產品（對此，老先生在《病榻雜記》中有相當清醒的認識）。第二個原因是作家、批評家對「當代文學」的普遍不滿。我們知道，今天的所謂「當代文學」，實際就是「文革」後的「新時期文學三十年」。由於它是從一個經歷了嚴重文化毀壞的時代開始的文學，而且文學補課與文學建設同時進行，其起點和視野都不能算高。三十年來，雖然已擁有賈平凹、莫言、王安憶、余華、閻連科這樣「功勳卓著」的重要作家，當代文學卻並沒有出現自己的「白銀時代」。漢學家顧彬的「指責」儘管偏頗，我們也不一定完全認同，但他畢竟道出了人們對當代文學現狀的普遍不滿和擔心。這就為孫犁的「復活」提供

〔註20〕 陶東風：《文學史哲學》，鄭州，河南人民出版社，1994年5月，第2、3頁。

了深刻的現實根據。作家、批評家指認孫犁為「文學大師」，正因為當前文壇沒有「文學大師」；孫犁在沒有文學大師的時代的「二度」出現，恰恰說明解釋者有意在擴大、誇張他的小說和晚年隨筆的「思想藝術價值」；人們把孫犁拿出來關照、批評「當代文學」，更說明當前文學與外國翻譯文學的接軌而與本民族文學的斷裂已經到了何等嚴重的地步。通過孫犁「復活」這種現象，我們可以感覺到人們對「當代文學」的整體不滿，進一步說，也包括了人們對當代文化、當代學術現狀的整體不滿。在經濟積累成倍增長的年代，當代文化、學術和文學並沒有獲得與之匹配的增長、擴充，並像經濟那樣產生「走向世界」的巨大動力和輝煌前景。在這裡，孫犁的「高齡」某種程度上成為一面高懸於當代文學之頂的歷史鏡子，它是在以「世紀性」的眼光重新打量「新時期三十年」的「文學」，客觀上還起著反省的作用。

現代作家在「當代」的紛紛「復活」，顯然還與當代中國仍然處在重大「轉型」之中的歷史狀態有關。我們知道，這種轉型不光在悄悄修整、復蘇和恢復被革命時代壓制的許多東西，使中國回到與世界各民族價值互通的「正常社會」，而且它也構成了重大的歷史「重評」。以中國現當代文學史為例，我們注意到這二十年間，它的文學史「地圖」被一再改寫、挪移和調整。先是沈從文在八十年代初的被「重新研究」，接著是徐志摩、胡適、梁實秋，是京派文學、海派小說、第三種人、自由人、戰國策派等被恢複本來的「歷史面目」；九十年代後，周作人、張愛玲、錢鍾書這些被「現代文學史」所認定的「非主流」作家，紛紛「重迴文學史」，明顯是在以「主流」作家的身份威脅到魯、郭、茅、巴、老、曹等人的「正宗」地位——當然，這種做法已在現代文學研究界引起了爭議。人們在八十年代「當代文學」中還發現了一個汪曾祺，原因即在他的帶有舊時代痕跡和筆法的小說，在當時人們看來，比「革命文學」具有更豐富的傳統文化底蘊和審美趣味，所以他的小說在某些「先鋒作家」心目中，比「革命文學」更有「藝術價值」。在這一歷史過程中，「自由主義」、「人性」、「純文學」、「傳統文化」、「古人古文」、「士大夫氣質」、「十里洋場」、「都市化」等等一起重現出那個在歷史中「消失」的「二三十年代」，它被看作是一個令人惋惜的「歷史生活」。它因為中國社會轉型被請回到「九十年代」，它所帶來的是都市、知識分子和文學的「現代性」，被認為是土頭土腦充滿鄉土氣息「當代」文學所根本缺乏的。「二三十年代」就這樣重新擠佔了「九十年代」和「新世紀」的歷史地盤，它以「歷史還鄉」的形式，正

在那裡重構中國現當代文學的精神面貌和文化氣質。

　　一定意義上，孫犁正是與一個被歷史虛構的「二三十年代」的歷史觀和文學觀一起被「請回」到當代文學中的。他作品中的「傳統文化」、「古人古文」、「士大夫氣質」之所以被大肆渲染和高價標示，他的「『五四』啓蒙主義影響」、「痛苦和鬱悶」之所以被開闢成新的研究資源，他的「以『柔順之德』爲核心的特殊道德譜系」之所以作爲重評左翼文學的批評話語，還有他的所謂「平淡」和「道家美學思想」之所以被忽然拔高價值水準，目的都是爲了與那個在過去歷史中「消失」而又在今天曆史中「重建」的「二三十年代」進行熱烈而隆重的歷史性接吻和擁抱。它的目的就是要扭斷孫犁與「抗戰」、「革命」的所有精神聯繫、所有糾葛和所有記憶，而與「新世紀」完成全新而轟轟烈烈的精神婚禮。所以，爲了更有利於孫犁對於今天的「歷史敘述」，研究者才會如此大膽和公開地「剝離」和「貶低」他作品中的「革命氣質」，發掘其被壓抑、忽略、埋葬，特別是在晚年隨筆中才湧現的「傳統文化」精神，最終目標仍然是爲了將這位已死去六年之久的老作家淨身抬到今天的社會意識形態和大眾時尚的平臺之上，成爲另一位「尊神」。……站在這個立場，尤其是站在這種文學史研究視野之中，我對孫犁發現者、研究者們表示極大的「歷史的同情」，我不認爲他們這樣做就沒有道理。……我之所以那樣地把他們的言說作爲新的文學史樣本來研究，目的還是希望增強文學史研究本身的張力，與我的對象之間展開有質量的學術搏弈和心靈的對話。

　　不過，我不覺得在社會轉型的大背景中，請回「二三十年代」，和請回孫犁就一定能解決目前的所有問題。我想說，繞開「左翼傳統」和當代「社會主義經驗」的這次精神「還鄉」，就一定能夠緩解或擺脫當前已經非常嚴重了的文化危機嗎？且不說這種工作已經造成了「左翼文學」歷史空間的極大收縮、扭曲和質變，和二三十年代、孫犁文學價值的人爲擴大化，就說這種文學史研究吧，它是否眞正帶來了學術研究的進步？而不是已經出現過多次的所謂的「翻燒餅」？這種以展現、釋放文學史之複雜性、豐富性的研究，是不是同時也在犧牲歷史認識的深度衝突、矛盾和痛苦感呢？說老實話，我比較贊成華裔美籍歷史學家黃仁宇在《中國大歷史》這本書中的某些看法，他說：「中國的長期革命有如一個大隧道，需要 100 年時間才能摸索過去。當這隧道尚在被探索的時候，內外的人物都難於詳細解說當中彎曲的進程。即是

革命人物也會比當前困難的途徑迷惑，而一時失去方向感。」〔註21〕所以，他建議要在數十年甚至更長一點的歷史「縱深」中，發現和認識問題。在我看來，孫犁「復活」負載的最大問題，其實是「左翼文學」（也可以稱之「革命文學」）與「傳統文化」的關係。這一二十年來，這種基本關係一直在極大地困擾著中國現當代文學的研究。很多人想用「去左翼」的方式解決這個問題，但事實上收效甚微，因為很大程度上它的「成果」主要是一種「話語的狀態」；當人們把「非左翼」的東西添加在研究對象身上的時候，後者身上原有的「左翼元素」不僅沒有被剪除，反而因為剪除手段的過於簡單化而顯示了它的「在場性」。我認為他們在用「新孫犁」來壓「老孫犁」的時候，新的「文學大師」所代表的新的「當代文學」不僅沒有露面，反而將原來的那個當代文學弄得面目全非、更加的不堪……我不敢說，但確實已隱隱意識到了，那些過於性急的歷史研究者，正在受到曾經被他們藐視過的歷史本身的折磨和無休止地考驗……

2008.1.20 於北京森林大第

2008.2.3 再改

〔註21〕黃仁宇：《中國大歷史》，北京，三聯書店，1997 年 5 月，第 282 頁。

文學年譜框架中的《路遙創作年表》

一、

　　一個學科發展到一定時候，大凡都會提出「歷史化」的問題。這種歷史化包含的方面和名目很多，這裡先不詳述。而在歷史化視野中，逐步地建立作家的「文學年譜」，分門別類地把他們的文化地理背景、文學淵源和社會活動歸入其中，加之具體細緻和系統的整理，則是需要重視的工作之一。一般意義上，社會學把年譜視爲自己的研究範疇，將五百年一個周期的家族年譜，看做是觀察社會變遷規律的重要個案。但如果用歷史學的眼光看，在中國，年譜整理和研究古已有之，在治小說史的學者看來，它的思維和工作方式實際是一種典型的歷史學的研究方法。學者石昌渝說：「中國小說是在史傳文學的母體內孕育的」，「傳統目錄學家始終把小說看成是史傳的附庸。」因此，後來的目錄學編纂者有的把小說列入子部，有的列入史部，或看做「注疏」、「通於史」、「志傳」，認爲它並不單獨成立，因爲不少小說都是作者根據民間流出甚久的傳說、故事改編而成的，作家只不過是歷史傳說的整理者，例如《水滸》、《三國》等等。〔註1〕儘管唐代傳奇小說後，小說由「實錄」逐步轉向「虛構」，性質大變，後來歷經上千年，再經五四後翻譯文學的洗涮衝擊，小說與歷史的關繫日趨多元，而不再是歷史的附屬品。然「實錄」與「虛構」並存或者交叉，始終是小說創制的基本特點。按照現代文藝理論的說法，文學創作應該來自作家個人心靈的活動，許多作家和作品都是以反社會反歷史來標榜的，這在某個認識維度上當然沒有問題；然即使如此，文學史研究者

〔註1〕　石昌渝：《中國小說源流論》，北京三聯書店，1994年，第1～5頁。

如果想整體性地把握一個作家，仍然需要把他從精神個體重新還原到歷史之中，以目錄學的眼光，判定他是哪個年代、哪種文學思潮、流派和類型中的作家；如此一來，雖說作家本人並不認為自己僅僅是歷史的產物，但研究者如果跟著他們的思維走就無法開展工作。進一步說，對於相對成熟的文學史研究而言，不這樣把作家作品的活動重新歷史化，置於目錄學的視野中，他的工作就很難稱得上是理性的、客觀的和超越性的，稱得上是一種文學史的研究。

　　我這樣說，不是要在這裡自說自話，而是認為目前研究者應該遵循此前中國古代文學、現代文學研究的歷史方法而把它們看到是當代文學史研究一定會經歷的一個必然階段。「當代文學史」不可能，也無法永遠使自己脫離這一歷史程序，把自己看做是獨一無二的東西，可以自我生產，不遵守歷史學的規則。古代文學的年譜不可勝數，例如《李白年譜》、《杜甫年譜》、《曹雪芹年譜》、《施耐庵年譜》、《李漁年譜》等等，它從來都是古代文學研究的一個基礎領域。八十年代現代文學勃興後，撰修作家年譜之風大盛，規模和體系經三十年的積累已很可觀，這對該學科的奠基和穩定功不可沒。我們知道比較有名的有《周作人年譜》、《沈從文年譜》、《聞一多年譜長編》等。《聞一多年譜長編》尤其詳盡，而《周作人年譜》則有恢復名譽的成分。文學史家唐弢當時就敏銳指出：「歷史需要穩定。有些屬於開始探索的問題，有些尚在劇烈變化的東西，只有經過時間的沉澱，經過生活的篩選，也經過它本身內在的鬥爭和演變，才能將雜質汰除出去，事物本來面目逐漸明晰，理清線索，找出規律，寫文學史的條件也便成熟了。」〔註2〕八十年代初的現代文學研究者有意識地把這項工作列入重點領域，例如在《中國現代文學研究叢刊》上，「1980 年第一輯的《有關魯迅早期著作的兩個廣告》（劉增傑）、《與〈兩地書〉有關的一份資料》（錢超塵）、1980 年第二輯的《中國左翼作家聯盟》（涪村）、《〈萌芽月刊〉和〈北斗〉》（沐明）、1981 年第二輯的《艾青著譯繫年目錄》（陳山編）、1982 年第三輯的《談四十年代茅盾的行蹤》（葉子銘）、1983 年第二輯的《關於郁達夫脫離創造社及〈廣州事情〉》（潘世聖）、1985 年第 4 期的《胡風著譯繫年目錄》（下）（趙全明、吳曉明）、1986 年第 1 期的《郭沫若書簡九封》和 1987 年第 1 期的《〈苦悶的象徵〉的兩種譯本》（朱金

〔註2〕 唐弢：《當代文學不宜寫史》，《唐弢文集》第 9 卷，北京，社會科學文獻出版社，1995 年 3 月，第 494、495 頁。

順）、1987 年第 4 期的《老舍、茅盾、王崑崙》（王金陵）、1989 年第 4 期的
《一位現代派詩人的去向》（藍棣之）等等……」〔註 3〕王瑤的文章同樣強調
了開展作家「著譯繫年目錄」工作的學術價值：「我們有一套大家所熟知的整
理和鑒別文獻材料的學問，版本、目錄、辨偽、輯佚，都是研究者必須掌握
或進行的工作；其實這些工作在現代文學的研究中同樣存在，不過還沒有引
起人們應有的重視罷了。……我們考察作家思想藝術的變遷和作品的社會影
響，不能根據作家後來改動了的本子，必須尊重歷史的真實。此外，有關一
些文藝運動以及文學社團或文藝期刊等方面的文字記載，常常互有出入；特
別是一些當事人後來寫的回憶錄性質的東西，由於年代久遠或其它原因，彼
此間常有互相牴牾的地方，這就需要經過一番考訂工夫，而不能貿然地加以
采用。」〔註 4〕唐弢和王瑤是老一輩學者，都有舊學功底，也就是史學訓練。
而王瑤四十年代則是治中古文學史的學者，他的史學訓練與唐弢的舊學根
底，都證明他們希望在「現代文學研究」與「古代文學研究」之間搭建一座
橋梁，體現歷史的連續性，所以由他們領銜的中國現代文學學科之所以在十
年浩劫結束後不久就把文獻整理、作家年譜研究提上日程，並不令人感到奇
怪，是有非常深遠的文學史研究的眼光的。在我看來，他們所謂「版本、目
錄、辨偽、輯佚，都是研究者必須掌握或進行的工作」的忠告並不限於現代
文學，也適用於當代文學史研究，對我們是一個提醒。當代文學如果再把自
己看做是一個隔離於中國古代文學、現代文學之外，可以單獨發展的學科，
顯然是難以理解和接受的。

　　事實上，當代文學史的整理工作此前數年已有所展開，例如八十年代中
期貴州人民出版社推出的大型「作家研究專集」資料，這套出版二十多年的
工具書至今陳列在各大學圖書館，仍被很多研究者反覆引用。它的歷史價值，
隨著歲月流逝而愈加珍貴。洪子誠、孔範今、吳義勤、楊揚分別在長江文藝
出版社、山東文藝出版社和天津人民出版社主持的當代文學資料叢書，已經
或正在陸續出版。白燁主持的年度「文情報告」，張健、張清華主持的當代文
學編年史，吳秀明主持的當代文學史資料整理，也是引人注目的成果。當代
文學史研究者，已經意識到資料長期匱乏的嚴重性。然而坦率地說，這種工

〔註 3〕　參見拙作：《文學理論與中國現當代文學》，《文藝研究》2009 年第 12 期。
〔註 4〕　王瑤：《關於現代文學研究工作的隨想》，《王瑤全集》第五卷，石家莊，河北
　　　　教育出版社，2000 年，第 19、20 頁。

作無論規模、連續性和系統性都不能與現代文學的資料建設相提並論，迄今還有業內人士對他們的艱苦努力不以為然，以為與「當代文學」無關。對此我不想做過多評論。在我初步的設想中，在文學史整理中據以重要地位的「作家年譜」工作，擬在兩個方面進行：一是對故世作家年譜的整理工作。五六十年代作家中的一些人已經去世，有的雖然健在但年齡多在八十歲上下，身體和記憶都不太方便，因此有必要帶著搶救歷史資料的心情開展有步驟有系統的收集、整理和編纂。這項工作，實際是對歷史資料的搶救，是在與時間賽跑。但好在文字資料還在，他們的家屬還在，這種工作的進行就有一定保證。二是對八十年代開始創作的作家年譜的整理。這代作家的創作生涯已有三十年，年齡上基本屬於五〇後，除路遙等少數人之外，大部分人也只是五十到六十歲的年紀，思想、頭腦都很清楚，回憶起來沒有問題。這樣整理工作的有效性就會很大。當代作家年譜整理的意義在我心目中，一是像唐弢前面所說是對當代文學進行「歷史穩定」的工作；二是通過年譜整理，可以再五〇（少數六〇後）後作家創作的周圍，建立起歷史的視野、根據、關聯和背景。經過這種暫時的固定性的建設，對作家文學生涯的來龍去脈和未來創作的展望，都會更為紮實、可靠和深入。它遠比現在那種厚古薄今、以今非古或隨意變更看法而另闢新論的一般性的批評，更加令人信服，也更具有啓發性。也因為如此，當代文學史研究就能夠與古代文學、現代文學史的歷史聯繫合乎理性地建立起來。

二、

　　以上的敘述和展開，是我寫這篇文章的前提。路遙成為第一個編選對象，一是因為他已經故世，初步的實驗不會惹出什麼麻煩。二是正因為他的故世，我們過去看不清楚的問題，現在能夠稍微看得清楚一些了。他的「創作年表」，正好是一個最佳的研究對象。雖然路遙的文學史定位現在還是一個問題，然而這不妨礙我們先行把他列為較早建立文學年譜的作家。在下面的分析中，我不想談編纂路遙年譜的價值，而想根據有人已經整理出來的一個創作年譜，談年譜與作家身世、創作經驗、文學趣味和人物塑造的一些複雜微妙的關係。

　　我首先提出的一個問題是：「創作年表」是否真能真實地展示作家個人的歷史？這個觀點可能不好作出嚴密論證，討論起來也比較困難。例如，出於

爲賢者諱的原因，有些現代作家家屬會設定若干不可理喻的禁區，如茅盾在日本、老舍在重慶的婚外戀愛史等，都曾令研究者大感煩惱。我也曾碰到過這類情況，在寫一位作家的傳記時，爲使得材料稍微全面一些，偷偷瞞著作家現任太太去探訪他的前妻，像做地下工作的人們一樣，行跡很是詭異緊張。我這樣緊張是因爲擔心作家家屬不願意看到歷史眞實性和全貌而橫加阻攔，而治史的學者都想把眞實的歷史留給讀者。治史的學者即使與作家家裏關係如何親密熟悉，交往如何頻繁，都不能被其牽扯左右，而應該超越其上，超越其上就是超越非學術的因素之上，使自己站在觀察和研究的高度上。作家傳記、年譜能否眞實的問題，就這樣暴露出來了。我想這不是我一個人的「遭遇」，現代文學研究者恐怕碰到過不少這類問題，所以說，現在已經大量出版的現代作家的傳記、年譜是否已經做到了全面客觀，是否已沒重要遺漏也許還很難說。這使我進一步想到，對 1980 年代的作家而言，他們對「文革」中的文學活動和創作經歷也許更爲諱莫如深，因爲畢竟許多當事人還在，這段歷史還沒有最後結論。《路遙創作年表》的可信性和權威性也許還成問題，遠未到翔實的地步，但它並沒有迴避歷史，所以顯得彌可珍貴。這使它率先一步建立了路遙與「十七年」、「文革」和「八十年代」、「九十年代」的聯繫，[註5] 正是這種聯繫使《人生》和《平凡的世界》的固化形象有所改觀。

　　路遙 1949 年 12 月 3 日出生在陝西省清澗縣王家堡村，原名王衛國。七歲時過繼給伯父，遷居陝西省延川縣郭家溝。他的原名比較土氣，遠沒有筆名具有文學氣質。他的身世非常不幸和寒微，他後來的小說中都隱藏著由於童年不幸而刻下的這種敏感自卑神經質又過於自負的劃痕。從現代到當代的很多作家都不同程度地有過這種經驗，但對這種經驗的處理，在作家那裡卻有所不同。路遙的身世，就相當強烈和不自覺地傳染到主人公身上，比如高加林、孫少平等。這種敏感自卑神經質又過於自負的性格，在 1966 年有了第一次總爆發。《年表》寫道：「66 年年末至 67 年年初，初次徒步走到北京。返回後以王天笑得名字寫大字報、批鬥稿。」後成爲「紅衛兵組織『井岡山』造反派領袖」，隨著延川中學教師學生分裂成兩個派別，他率領「井岡山」成爲縣裏主流派的「紅四野」軍長。「1967 年 9 月 15 日按照『三結合』成立縣革委會，路遙任副主任。但作爲革命大眾代表並無實權。後因武鬥嫌疑被審

〔註 5〕　此年表爲我的博士生楊曉帆提供，她正在準備關於路遙的博士學位論文。

查。」之後以返鄉知青身份回鄉勞動，當隊辦小學教師。這段簡歷無損路遙的形象，經歷過那個年代的人，會不由自主地捲入鬥爭漩渦。有的是刻意爲之，乘勢整人；有的則過於盲目衝動，不小心犯下錯誤，甚至是不可饒恕的罪行。另外，在「文革」中發表作品並不丟人，「新時期作家」中很多人在「文革」中都曾如此，例如李瑛當時在公開雜誌上發表作品，蔣子龍是天津重點扶持的工農兵作者，賈平凹那時在陝西已小有名氣，等等。今天再研究他們的創作時，沒有人會覺得那是他們的污點。其實，值得探討的倒是十七年和「文革」中的「理想性」與 1980 年代文學中的「理想性」，它們之間複雜曲折的承傳關係究竟是一種什麼思想脈絡，至今都沒有在當代文學史中得到清理。路遙也是一個眞實的人，眞實的作家，觀察到他在紅衛兵運動中的「理想性」，才可能進一步延伸地試著去理解他在創作《人生》時的「理想性」所產生的歷史脈絡。它們之間是在什麼時代氣候裏被撕裂又在什麼文學背景中接續起來的，「文革文學」難道眞如很多人所說與「1980 年代文學」是一種水火不容的歷史關係嗎？恐怕直到目前爲止，是與不是的結論都是一種歷史敘述，它們沒有被落實到文學史的實證研究上。《年表》顯然具有了一定的基礎，可是它的簡單、含糊和潦草卻讓這種關係的討論無法深入和眞正地展開。

　　《年表》描述了路遙文學創作的「習作」的階段。人們據此知道他文學創作的起點應該是 1967 年，他「開始在縣文化館油印刊物《革命文化》上發表《塞上柳》、《車過南京橋》等短詩。」爲什麼那個年代的人都非常喜歡文學創作，是因爲創作可以使人出人頭地，藉此獲得參軍、改行、就業和提升的人生機會。所以，路遙的選擇並非是個人選擇，那代人多半會如此決定。1969 年在「新古勝大隊黑板報上發表詩歌《老漢走著就想跑》」。1971 年，這幾首詩在《延安通訊》、《延川文化》等稍微正式的報刊上登載，並起用最早的筆名「纓依紅」，是說革命的「紅纓」依然通紅的意思。1973 年，路遙改寫小說。這年他作爲工農兵大學生推薦到延安大學中文系就讀。1973 年至 1977年間，他發表的作品分別是：小說《優勝紅旗》，《陝西文藝》1973 年第 7 期；《銀花燦燦》，《陝西文藝》1974 年第 5 期；《燈火閃閃》，《陝西文藝》1975年第 1 期；《不凍結的土地》，《陝西文藝》1975 年第 5 期；在《陝西文藝》1976年發表小說一組，它們是《父子倆》、《劉三嬸》、《曳斷繩》、《丁牛牛》；散文《難忘的二十四小時——追記周總理一九七三年在延安》，《陝西文藝》1977

年第 1 期。等等。這些作品的主題、題材、創作風格和手法顯然是十七年文學和「文革」文學訓練出來的，是對那個年代流行文學的模仿。這些文學經驗被深深沉澱在作家的小說世界之中，因為它們很容易使研究者聯想起趙樹理、柳青、浩然等人包括八個樣板戲的創作。1978 年是路遙的「轉折」之年，四處退稿的中篇小說《驚心動魄的一幕》經過很多磨難，由秦兆陽發表在《當代》1980 年第 3 期。引起轟動的另一部中篇小說《人生》發表在《收穫》1982 年第 3 期。不做文學史研究的人，大概會以為路遙的文學創作就是從《人生》開始的，沒有人知道他還有一個文學的「史前史」。按照權威的當代文學史定論，1980 年代文學與十七年文學和「文革」文學是一種歷史性的斷裂。但有豐富文學史經驗的人卻知道，這都是後來人們為了樹立後朝代的歷史合法性而對前朝代做出的最無情意的判決，它根本經不起歷史檢驗。所以我從來都不相信作家創作的「史前史」與他的創作成功史之間沒有任何聯繫。路遙在《陝西文藝》1976 年發表小說一組《父子倆》、《劉三嬸》、《曳斷繩》、《丁牛牛》從題目到內容都夠笨拙的，散發著陝北人的土氣和淳樸氣息。但是，這種氣質並沒有因為「新時期」的降臨而在路遙小說世界裏有絲毫改變。雖然《驚心動魄的一幕》、《黃葉在秋風中飄落》、《人生》和《平凡的世界》在主題內容上與新時期的改革開放接軌了，不過活動在這些小說裏的主人公與《父子倆》、《劉三嬸》、《曳斷繩》、《丁牛牛》裏的人物並沒有本質差別，他們在性格氣質上根本沒有斷裂。相反，倒很像是同一組人物的「前世後生」，骨頭血肉精神靈魂都是緊密連在一起的，只不過年代話語對它們重新編碼了而已。例如，它們在文學史檔案裏被編碼成了「文革小說」、「新時期小說」等等，被放置在不同的書櫃格子中。又例如，前面的小說被取消了歷史合法性，後面的小說因為具有歷史合法性而受到了人們的追捧和研究。血脈相同而只是命運待遇發生了變化而已。

客觀地說，路遙創作年表比較簡單。像是一堆無人理睬的斷簡殘篇，布滿歷史的塵土。之所以利用價值不大，一是未發表的作品和發表的作品數量究竟多少，在統計上並不確切；另外，在作家寫作和發表作品過程中，有些材料需要補充，例如由於讀了誰的文學作品受到啟發，才決定這樣寫作的，發表時接觸了那些雜誌的那些編輯，作者與他們有什麼交往。我們都知道，路遙對前輩陝籍著名作家柳青非常崇拜，一直在認真閱讀他的小說，成名前後都是如此，有時連出差都帶著《創業史》等作品；又例如，「文革」中路

遙人生起伏跌宕的故事中,應該有一些當事人和朋友的敘述,交代詳細情況,使研究者得以掌握基本情況。年表這方面的交代過於簡略,有些失之粗糙,各部分之間也沒歷史聯繫。我手頭有一本李文琴編選的《路遙研究資料》,編選者顯然花費過一番工夫,尤其是「研究資料索引」——即文學批評文章的收集整理,做得較好。〔註6〕不足是「作品年表」卻極簡單,還沒有這份年表豐富——雖然僅僅是相對而言。好在書中有幾篇路遙朋友的回憶文章,說他上縣城關小說時是「半竈生」,即學校不負責全部伙食,開飯時必須趕著去學校廚房搶自己的乾糧,否則就會餓肚子,頗受屈辱。這種場面令人想到《平凡的世界》剛開始對孫少平的描寫。另一篇文章談到上大學時,路遙非常愛讀艾思奇的通俗哲學著作《辯證唯物主義與歷史唯物主義》和柳青的《創業史》第一卷,反覆閱讀,幾乎達到爛熟的程度。平時裏,也喜歡用辯證的觀點分析事物,讓同學感到充滿了哲理等等,路遙本人對此可能還比較得意。

三、

通過細讀年表,我發現有兩個元素在路遙 25 年的創作生涯中發揮著至關重要的作用。一是他童年不幸身世所形成的敏感自卑神經質又過於自負的性格,相當固執且始終控制著他文學創作的走向,決定著他創作的主題、題材和人物的內心世界。這種性格的潛意識轉移、孵化和變形在他筆下主人公身上,便是高加林、孫少平不堪貧窮而近乎病態的奮鬥掙扎。他們有時候的表現也許脫離了中國鄉村那種固化、停滯和保守的環境,超出了自己的時代,成為撫慰、激勵和煽動一代代渴望走出鄉村和擺脫貧困的中國農村青年的精神楷模,成為 1980 年代的特殊文化符號。他們的性格包括人際關係也有相當嚴重的問題,但是由於他們那種感人而且執著的奮鬥精神,反而容易被廣大讀者和批評家原諒。我們讀那個年代的文學批評,發現很多人都在鼓勵這種傾向,好像大家不會為此產生懷疑。原因就是,這些看似超時代、病態的和不可理喻的性格特徵,一次次地與 33 年中國改革開放的歷史語境發生接軌,被後者接納。在一個重大轉型的中國,任何這種非常自私、功利和頑強的精神氣質都是受到鼓勵的,是被允許的,有時候甚至是可以逾越各種道德和法

〔註6〕 李文琴編選:《路遙研究資料》,參見孔範今、雷達、吳義勤、施戰軍等主編:
《中國新時期文學研究資料彙編》,總共數十卷,濟南,山東文藝出版社,
2006 年。

律柵欄的，因爲這種歷史語境需要千百萬象他們這樣的人去支撐、去響應、去擁戴，33 年來中國社會的巨大活力也來自於此。這是我們內心都深深知道的一個道理。於是，他們身上的這些東西，就被知識界加以改造，做了歷史深度加工和概念塑造，在知識平臺上變成了「奮鬥」、「人生」、「勞動」、「尊嚴」、「生命」等等概念。這些概念又在反覆地繁衍生產著路遙的文學史形象，繁衍生產著他小說的意義和價值。這些關鍵詞通過大學、書店、圖書館、電視、報紙等等傳媒被廣爲傳播，深刻地教育了我們這代人，同樣也在深刻教育下面的一代代青年。爲什麼說路遙的小說是「勵志型」小說呢？〔註7〕爲什麼說他的小說就是 21 世紀中國農村青年的人生教科書呢？這都與作者、主人公性格與改革開放歷史語境有緊密互動的關係相關。因此，我想提出的第一個問題是，需要反省路遙小說主人公性格的問題，由此開始對路遙小說與 1980 年代文化做文學批評和文學史結論之外的重新觀察，也就要說應該把路遙小說放在文學史的環境之外。當然，我們也不能故意拔高，人爲地把路遙本人和小說再次英雄化，如果那樣，就不能理性地認識路遙現象，也不能理性地認識現在青年對他的繼續擁戴。

　　第二是他的創作與十七年、「文革」文學之間的聯繫。年表告訴我們，路遙文學創作的習作期是在這一時期完成的。我們很容易想到，如果沒有對十七年和「文革」文學營養的吸收、模仿，沒有這種歷史經驗的沉澱，沒有這種特殊的文學訓練，是否會有路遙八十年代的文學創作不免存疑。而對這個問題，此前路遙小說評論很少涉及。記得 2009 年，在我參加的《文藝報》創刊 60 週年紀念會上，曾經是 1980 年代文學論爭中有爭議人物的鄭伯農，在會上卻說過幾句具有歷史反省意義的話，他說：「80 年代文學初期的許多著名人物，都是十七年的大學培養出來的。」〔註8〕他儘管過去做過一些錯事，但他強調要用連續性的而非斷裂性的眼光看待歷史的觀點是值得重視的。這種觀點對重新討論路遙仍然有意義。年表用相當篇幅記述了路遙在「文革」時期的文學創作，另外一些資料也記述了他非常崇拜作家柳青，經常把《創業史》帶在身邊反覆閱讀，這說明柳青所代表的十七年農村題材小說對他創作的影響、定型和塑造。所以，不弄清楚路遙與十七年文學的關係，做一些具

〔註7〕 黃平：《從「勞動」到「奮鬥」——「勵志型」讀法、改革文學與〈平凡的世界〉》，《文藝爭鳴》2010 年第 5 期。
〔註8〕 這段話根據筆者的記憶記錄，鄭的發言後來也未見發表。

體切實的研究，就難以把握高加林、孫少平等人的歷史來路，不理解他們行為方式的歷史起源性的東西。例如，人們會注意到，他們都是十七年小說那種農村的「能人」，這種人物在《創業史》、《豔陽天》、《金光大道》中出現過，如梁三寶、蕭長春、高大泉等等。高加林、孫少平在某種程度上就是他們形象的「歷史轉型」。他們仍然在用前者的觀念看待人生意義，設置奮鬥的目標，只不過兩者之間的歷史結果會有差異。找出他們性格行為意義目標的差異性，才能發現他們的共同性，深入分析他們與中國農村的關係，從而才能理解農村經驗對於中國歷史的影響，理解為什麼現在還有千百萬的農村青年在那裡掙扎，由此理解農村經驗對於中國現代化進程和發展的影響。路遙像柳青、浩然一樣，都是追求用文學方式表現歷史普遍意義的作家。他們都是大作家，不是只關心自己的小情趣、小審美和小技巧的作家。因此，我想提出的第二個問題是，十七年文學和「文革」文學都是追求歷史普遍意義的文學——當然它們本身存在著這樣那樣的問題——1980 年代初期的文學也是追求歷史普遍意義的，它們都是大氣的文學。在這種時代的年譜框架裏認識路遙的小說，也才能找到這位作家的歷史位置，與此同時發現他的歷史局限。但是對路遙小說意義的認識和對他局限性更透徹的分析，仍然有賴於對這段歷史的總體評價。這種總體評價的不確定性和曖昧性，是制約認識路遙這類作家的根本因素。然而我們可以事先做些其它研究，例如作家年譜整理，例如作品分析等等。我們可以對《平凡的世界》與《創業史》裏的鄉村人物做一些比較，性格、氣質、生存的環境和處理人際關係的方式等，觀察從柳青到路遙，中國鄉村社會到底發生了什麼變化。路遙小說在哪些方面繼承了柳青小說的藝術特點，哪些又有所不同，究竟為什麼不同等等。如果對具體作品進行分析，所得出的結論就可能與簡單的宏觀判斷不太一樣。

　　當然我得承認，此前我已經說過這份「路遙創作年表」只是一個初步的整理材料，由於沒有做過實地調查，也沒有與許多當事人當面一一核對具體細節、出處和真偽，肯定錯訛不少，有些地方還可能有不盡精準的問題。這樣，僅僅根據現有年表就得出結論，顯然在材料積累和分析上都過於匆忙。這份年表做得越是真實、精準和全面，我們對路遙八十年代創作以及後來寫《平凡的世界》的想法，他的觀念和存在問題的觀察就會更加準確深入。我們文學院治紅樓夢的著名學者馮其庸教授，七十年代到遼寧做實地考察，花費很多工夫考證曹雪芹的祖籍，在掌握大量材料基礎上推翻了過去的結論。

現在姑且不去評論馮先生貢獻的學術價值，但這個事情給我們的啓示是，即使在曹雪芹這位早已經典化的大作家身上，還時不時會因他年譜的眞僞問題出現分歧和爭論，一代代學者還在費力地對之進行校正、補充和增加，更何況迄今還未起步的當代作家年譜的整理？我這篇文章並非想對路遙創作年表做進一步的辨僞、充實和整理，而是想以此爲例談點看法。但通過對路遙年表的初步討論，我意識到收集整理當代作家年譜的工作已經比較迫切了。比如，我們可以先約一些研究界同行開一個名單，例如從 1949 年起有哪些作家應該成爲年譜整理對象，哪些作家暫不列入；等待這項工作進入一定階段，取得一些成果之後，爲使當代文學學科更爲豐富、紮實、充分和全面，再考慮將這些作家列入。由路遙創作年表引起的另一個問題是，因爲缺乏舊學功底，對社會學關於家譜整理的知識也不十分瞭解，我覺得整理者應該有意識地對自己開展一點年譜整理的訓練。如此，有必要在開展當代作家年譜整理的工作之前，先召開一個小型研討會，邀請一些古代文學、社會學研究者做一點對話，以此彌補我們知識和經驗的不足，同時可以藉此瞭解到我們可以做到什麼，不可以做什麼，也能夠避免古代文學研究中的一些積習，使這項工作更具當代的鮮活性和歷史性。

2011.9.14 於北京亞運村
2012.2.8 再改

當代文學中的「魯郭茅巴老曹」

　　在王瑤 1951 年出版的《中國新文學史稿》中，出現了解放後最早敘述「魯郭茅巴老曹」創作的章節。〔註1〕之後十多年，經過各種力量的暗流湧動和較量妥協，現代文學「經典作家」的名單被確定了下來。〔註2〕八十年代的文學史著作，一直在強調名單對闡釋中國現代文學史的終端意義。由於國策調整，九十年代後的現代文學研究迅速「向右轉」並對名單加以增刪擴容，例如增加了周作人、沈從文、張愛玲、錢鍾書等，來調整中國現代文學的經典譜系和歷史地圖。但是，這份名單仍然在洶湧澎湃的新的文化浪潮中幸存了下來。〔註3〕我以此為話題，是想說當代文學也應該推出自己的「魯郭茅巴老

〔註1〕　王瑤：《中國新文學史稿》上冊，北京，開明書店，1951 年。

〔註2〕　參見拙著《文化的轉軌》，北京，光明日報出版社，2004 年。本書分析了「魯郭茅巴老曹」這一經典作家群體的形成史，展示了文學與歷史互動的性格，以及這種互動將會給未來中國文學走向帶來的深刻影響。

〔註3〕　樊駿：《〈叢刊〉：又一個十年（1989～1999）——兼及現代文學學科在此期間的若干變化（上）》，《中國現代文學研究叢刊》2000 年第 2 期。據作者統計，這十年間，發表在《叢刊》上的文章：「最具有吸引力的作家就是魯迅（32篇），其次是茅盾（12 篇）、老舍（11 篇）、郁達夫（10 篇）、郭沫若（10 篇）、巴金（10 篇）、丁玲（7 篇）、沈從文（7 篇）、瞿秋白（6 篇）、徐志摩（5 篇）、艾青（4 篇）、聞一多（4 篇）、胡風（4 篇）、周作人（4 篇）、曹禺（4 篇）、葉紹鈞（3 篇）、胡適（3 篇）、謝冰心（3 篇）等。但是最近又對張愛玲（2篇）、卞之琳（2 篇）、路翎（1 篇）、沙汀（2 篇）、王蒙（3 篇）等發生興趣了。」這個研究文章篇目印證著被研究作家的「經典地位」，這是 1989 至 1999年的情況。到新世紀，如果再做統計，會發現前面有的作家地位有所下降，如茅盾、郭沫若，周作人、張愛玲、錢鍾書的研究文章篇目，則在急劇增加。後者說明了「經典作家」的秩序、重要性經常是變化的，因時代的變化而會出現某種引人注意的調整。

曹」來。對當代文學六十年，至少在我個人對「後三十年」文學的評價中，賈平凹、莫言、王安憶和余華的文學成就，已經具有了經典作家的意義。即使在 1917 年以來的中國現代文學中，他們的成就似乎也不應該被認為遜於已經被廣泛認可的「魯郭茅巴老曹」。〔註4〕

假如從第一篇文學作品的發表算起，賈平凹（1978）、莫言（1981）、王安憶（1978）、余華（1987）都應該是有三十年創作生涯的老作家。如果採用近年新的研究成果，「第一篇作品」的發表時間則還要提前不少。對「經典作家」來說，光有漫長的創作生涯還不算，他們應該有一大批為文學界公認的代表性作品。正如斯蒂文・托托西所指出的：「經典化產生在一個累積形成的模式裏，包括了文本、它的閱讀、讀者、文學史、批評、出版手段（例如，書籍銷量，圖書館使用）、政治等等。」〔註5〕賈平凹代表性的小說有《臘月・正月》、《黑氏》、《古堡》、《商州》、《浮躁》、《廢都》、《高老莊》、《秦腔》等，莫言有《透明的紅蘿蔔》、《枯河》、《白狗秋韆架》、《豐乳肥臀》、《檀香刑》、《生死疲勞》、《蛙》等，王安憶有《本次列車終點》、《流逝》、《小鮑莊》、「三戀」、《米尼》、《我愛比爾》、《叔叔的故事》、《香港的情與愛》、《文革軼事》、《長恨歌》、《富萍》、《天香》等，余華有《現實一種》、《河邊的錯誤》、《在細雨中呼喊》、《活著》、《許三觀賣血記》、《兄弟》等。這些名作被各種文學選本反覆選用，被文學史家、文學批評家反覆提到，被讀者在圖書館反覆地借閱，而且作者也重複性地把它們編入自己的各種選集、小說集，長篇小說更是與各家出版社重複簽訂出版協議，它們的「版本」研究，已經為當下的博士學位論文所注意。張書群在博士論文中對此做過詳細的統計：

> 作家出版社分別於 1994 年 9 月、1995 年 9 月兩次出版《酒國》（出版時名為《酩酊國》）。《紅樹林》被 4 家出版社出版過 8 次，這 4 家出版社分別是：海天出版社、現代出版社、當代世界出版社、上海文藝出版社。其中，海天出版社分別於 1999 年 3 月、2002 年 9 月、2010 年 9 月 3 次出版長篇小說《紅樹林》。《檀香刑》被 4 家出版社出版過 7 次，這 4 家出版社分別是：作家出版社、當代世界出

〔註4〕 關於現代文學與當代文學的創作成就孰高孰低的問題，近年來在當代文學研究界一直存在著爭論，並有許多不失新穎的見解。這種爭論預示著當代作家經典化的工作已經開始，雖然它還需要較長一段時間的討論和沉澱。

〔註5〕 （加拿大）斯蒂文・托托西：《文學研究的合法化》，北京，北京大學出版社，1997 年 8 月，第 44 頁。

版社、長江文藝出版社、上海文藝出版社。其中，作家出版社分別於 2001 年 3 月、2005 年 10 月、2007 年 12 月 3 次出版長篇小說《檀香刑》。《天堂蒜薹之歌》被 6 家出版社出版過 7 次，這 6 家出版社分別是：作家出版社、北京師範大學出版社、北嶽文藝出版社、當代世界出版社、南海出版公司、上海文藝出版社。《豐乳肥臀》被 5 家出版社出版過 7 次，這 5 家出版社分別是：作家出版社、中國工人出版社、當代世界出版社、十月文藝出版社、上海文藝出版社。《食草家族》被 3 家出版社出版過 5 次，這 3 家出版社分別是：華藝出版社、當代世界出版社、上海文藝出版社。其中上海文藝出版社分別於 2005 年 6 月、2009 年 8 月、2012 年 12 月 3 次出版《食草家族》。《十三步》被 4 家出版社出版過 5 次，這 4 家出版社分別是：作家出版社、當代世界出版社、春風文藝出版社、上海文藝出版社。《四十一炮》3 年間被春風文藝出版社和上海文藝出版社出版過 4 次。其中，春風文藝出版社分別於 2003 年 7 月、2006 年 1 月兩次出版《四十一炮》。《生死疲勞》被作家出版社和上海文藝出版社 4 次出版。而且作家出版社出版的 2006 年 1 月版，第 1 次印刷數量高達 12 萬冊。〔註6〕

由此看出賈平凹、王安憶、余華的中短篇小說、長篇小說被文學選家和出版家關注的情況。正是這些作家創作的一大批產生廣泛影響的代表性小說，它們才進入了「文學經典」累積形成的模式之中。這種累積的模式，是依靠名家名作做支撐才得以固定，並通過傳播手段對讀者和文學界產生持續性的影響，並構築起圖書館「文學名著」的閱讀專櫃的。想想各大圖書館，尤其是大學圖書館裏陳列著的「魯迅專櫃」、「郭沫若專櫃」、「茅盾專櫃」、「巴金專櫃」，以及最近十幾年出現的「周作人專櫃」、「張愛玲專櫃」、「錢鍾書專櫃」，我們就不應該為這種「諸多名作」——「重複出版」——「圖書館效應」的經典生產模式感到不安。我之所以提到「一大批代表作品」，是因為所謂經典作家現象實際是一種典型的「規模效應」，也即托托西剛才說到的「累積形成的模式」。不擁有一大批代表性作品的作家，如想成為「經典作家」，這幾乎是不可能的。「魯郭茅巴老曹」就是這種經典作家。這是文學史的基本

〔註6〕 參見張書群「中國人民大學博士學位論文」（2013）:《從作者到作家：莫言創作的經典化過程和問題研究》，第 73 頁。未刊。

規律之一。

賈平凹、莫言、王安憶和余華還是「跨界性作家」。所謂「跨界性」是指在傷痕文學、反思文學、改革文學、尋根小說、先鋒小說、新歷史主義小說、九十年代文學、新世紀文學等文學思潮的激流漩渦中，一個作家能通過自己非凡的藝術創作力，在不同思潮階段都留下有影響的作品，最終又都自成一家的那種文學的現象。賈平凹曾經獲得過「鄉土風俗小說」、「農村改革小說」、「尋根小說」、「頹廢作家」等不同的命名，而且創作了與這些批評性命名相匹配的著名小說（例如《商州》、《浮躁》、《古堡》和《廢都》等）。這些作品以其鮮明的文體特徵和敘述風格，為上述文學思潮的價值意義，提供了相當有說服力的案例。所以，郜元寶認為賈平凹是一位在任何文學期都擁有自己創作高潮的全天候的作家：

> 賈平凹是當代中國風格獨特、創作力旺盛、具有世界影響的作家。70 年代末至今，他的勤奮見證了近二十年中國文學發展的全過程。
>
> 儘管被稱為「奇才」、「怪才」、「鬼才」，但賈平凹登上文壇，靠的還是長期不懈的努力。……
>
> 從 80 年代初開始，與時代精神若斷若續的連接，對民間文化曖昧的尋求，一直是賈平凹小說創作的兩翼。這兩翼看上去那麼不協調、不平衡，卻奇妙地交織、共存著。……
>
> 他雖然身處西北古城，卻不肯局促一隅，總是心懷天下，遙望將來。特別是到了 90 年代，也許因為意識到地位日益重要，他的一系列長篇小說往往暗含著某種直指歷史方向的寓言乃至預言意味。1993 年的《廢都》，便企圖概括 90 年代初中國知識分子的普遍精神狀態……這些作品，雖然無一例外地縈繞著賈平凹特有的曖昧詭異的民間精神，卻也始終關注著時代精神的最新發展，努力以自己的方式參與主流社會對時代精神的討論。這種突破「本地化」走向「全國化」乃至「全球化」的積極姿態與宏觀視界，屬於賈平凹後天習得的一面。〔註7〕

而對一般流派性和思潮性作家來說，他們的創作成就可能僅僅限於《傷痕》、

〔註7〕 郜元寶、張冉冉編：《中國當代作家研究資料叢書·賈平凹研究資料·序》，天津，天津人民出版社，2005 年 5 月。

《班主任》、《祺王》、《煩惱人生》等等。他們因一個思潮和流派的興起而興起，也會因一個思潮和流派的衰落而衰落。然而按照郜元寶的解釋，賈平凹是那種能夠最終走出思潮和流派局限的作家：「賈平凹是當代中國風格獨特、創作力旺盛、具有世界影響的作家。70 年代末至今，他的勤奮見證了近二十年中國文學發展的全過程。」也就是說，這樣的作家能夠突破各種思潮和流派的重重包圍，以一種非常豐富和旺盛的藝術創造力去「見證」幾十年中國文學發展的全過程。他們自己的文學創作史，事實上也是當代文學「後三十年」的發展史。作為這三十年當代文學的基本支撐點，沒有他們小說的存在，這部歷史將是沒有貫穿性、沒有來龍去脈的。因此布魯姆非常肯定地說：「一切強有力的文學原創性都具有經典性。」〔註8〕他進一步看到的現象是：「一部文學作品能夠贏得經典地位的原創性標誌是某種陌生性，這種特性要麼不可能被我們同化，要麼有可能成為一種既定的習性而使我們熟視無睹。」〔註9〕兩位批評家在這裡都在強調「作品原創性」的意義，他們認為越是具有經典性的小說就越具有原創性的藝術特點。而這些藝術特點很難被風起浪湧的各種思潮和流派所掩蓋所犧牲，這種帶有個人鮮明印記的藝術特點反而在各種思潮和流派的同化過程中獲得了某種永恒性的氣質。在利維思看來，一個時期裏某些重要作家所創造的「偉大的傳統」，不僅僅是文學傳統，還應該是道德的傳統，因為一個作家即使再優秀，也不可能完全脫離這種傳統的基因而存在。「如此一來，堅持要做重大的甄別區分，認定文學史裏的名字遠非都真正屬於那個意義重大的創造性成就的王國，便也勢在必行了。我們不妨從中挑出為數不多的幾位真正大家著手，以喚醒一種正確得當的差別意識。所謂小說大家，乃是指那些堪與大詩人相比相埒的重要小說家——他們不僅為同行和讀者改變了藝術的潛能，而且就其所促發的人性意識——對於生活潛能的意識而言，也具有重大的意義。」〔註10〕

這幾位重要小說家在短篇、中篇和長篇小說領域裏，也都取得了不同凡響的成就。我最近搜索王安憶的「作品目錄」，感歎她創作的數量真是驚人，

〔註 8〕 （美國）哈羅德・布魯姆：《西方正典——偉大作家和不朽作品・序言與開篇》，江寧康譯，南京，譯林出版社，2005 年 4 月。

〔註 9〕 （美國）哈羅德・布魯姆：《西方正典——偉大作家和不朽作品》，江寧康譯，南京，譯林出版社，2005 年 4 月，第 18 頁。

〔註10〕 （英國）F・R・利維思：《偉大的傳統》，北京，三聯書店，2002 年 1 月，第 3、4 頁。

在各種小說形式文體中均有突出的業績。說起短篇小說,她最著名的恐怕還是《本次列車終點》,但是看過另一些短篇《蚌埠》、《天仙配》、《輪渡上》、《悲慟之地》、《小皮匠》的人,會發現它們像《本次列車終點》一樣的精彩。她的中篇小說最為人稱道的當然是「三戀」、《米尼》、《我愛比爾》、《文工團》、《文革軼事》、《妙妙》、《姊妹們》、《憂傷的年代》了,不細讀這些中篇,人們還錯以為王安憶最具代表性的小說是那幾部長篇呢。孰不知,被人們經常掛在嘴邊的《長恨歌》、《富萍》、《天香》,未必就是她最好的小說。莫言、余華的情況也大致如此。在我看來,一個作家從短篇、中篇到長篇的創作程序,符合傳統文學的生產方式,就像鐵匠、木匠從拜師到出師一樣,這是一個長時期的文學歷練過程。是一個需要耐心和耐力的心理磨練。跳過這個過程一下子就成為「著名作家」的人大有人在,但絕不是我所認為的那種「經典作家」,不是領文學風騷數十年的作家,也不可能被稱作「大作家」。她在《「難」的境界——覆周介人同志的信》中說:

> 創作,也需要一個自己動起來的境界,然而要達到自己動起來的狀態,需要一個長時期的練功過程。而這種練功,也並非練飛毛腿,腳上綁沙袋,日行夜走;或者練鐵砂拳,每日對著大樹擊幾千拳幾萬掌。這氣功所練過程,不像是練,更像是修。閉目,靜心,意守丹田,心想著宇宙洪荒,慢慢地去體味,去感覺,天長日久,那真氣才能被動員起來。文學創作,似也需要這麼一個「修」的過程、人靜的過程。假如修煉不到家,那真氣沒有真正活躍起來,有時候動得很厲害,實則是個假象,是自己意識在動,或者有意無意地誇大了那運動,當然,自己滿心以為真氣在推動,只是不知哪裏有點不對勁、不舒服。〔註11〕

她觀察汪曾祺短篇小說的工夫,看出的也是真正的門道:

> 汪曾祺老的小說,可說是頂頂容易讀的了。總是最最平凡的字眼,組成最最平凡的句子,說一件最最平凡的事情。不過她也看出,這是他早洞察秋毫便裝了糊塗,風雲激蕩後回復了平靜。〔註12〕

這是在說小說創作之難。也即上面托托西說的是一個「累積的過程」。它的難,

〔註11〕 王安憶:《「難」的境界——覆周介人同志的信》,《星火》1983 年第 9 期。
〔註12〕 王安憶:《汪老講故事》,引自《我讀我看》,上海,上海人民出版社,2001 年,第 115~124 頁。

還表現在短篇、中篇和長篇小說分擔著不同人敘述任務，在形式結構、人性揭示和社會場景展示上各有不同。如果說短篇是素描，中篇是人物塑造，長篇是史詩的話，那麼一個作家在這些不同領域都能駕輕就熟，進退自如，而且各顯功力，已經屬於大大不易了。王安憶的小說之長不在故事，也不在對話，而在敘述，彎彎繞繞地、取法得體的、幽微豐富而且相互照顧到細密程度的敘述能力。她是感受力較強但不擅長歷史分析的作家，但她的歷史感覺相當驚人，她把握歷史變動的精準更是無人可比。《本次列車終點》濃縮著「知青大返城」的歷史巨變，《文工團》是一代人的困守史，《長恨歌》歷數歷史滄桑、人生無常，《天香》則是借助懷舊來重評革命史，如此等等，都可以見出茅盾當年用《子夜》來總結中國現代史的巨匠眼光和總體把握的能力。短篇、中篇和長篇還是作家與不同社會階層意識的一種對話。對話效果的大小，取決於它們的形式結構。如何運用不同形式結構來參與和不同社會階層的歷史對話，觀察他們的心靈反映，進而為後代讀者留著那些歷史場景和記憶，是所有作家都渴望完成的文學功課，也是全面檢驗一個作家思想、藝術和感悟能力的試金石。我們已經看過太多作家在短篇、中篇或者長篇面前的望而卻步，看到書寫能力的枯竭，看到力不從心的姿態，也看到過太多用非文學文體對文學文體的投機取巧和替代。正像一個學者的戰場永遠都在書齋而不是名利場一樣，一個嚴肅作家的戰場永遠都在他們的小說裏面。因此，在我看來，縱觀一個作家在短篇、中篇和長篇小說領域的創作，其實是對他（她）綜合能力的認識和評估。不是所有作家都經得起這種評估的。所以，王安憶才會說出「汪曾祺老的小說，可說是頂頂容易讀的了。總是最最平凡的字眼，組成最最平凡的句子，說一件最最平凡的事情」等精彩見解，他早「洞察秋毫便裝了糊塗，風雲激蕩後回復了平靜」這樣歷經滄桑和功底深厚的話來。站在小說之上說話的人，真正懂得「綜合評價」那才是最後的文學史評價，那是一種真正的評價。

　　前面所說的「代表作」、「跨界性」還是「短篇、中篇和長篇的成就」，都包含著對一個作家的綜合性的評價。它既是一個「累積形成的過程」，也包含著歷史的長度。改革開放三十年，是 170 年來中國社會經濟高速增長、最為穩定的一個時期。賈平凹、莫言、王安憶和余華的小說創作就處在這一進程之中，在這個框架裏理解他們的思想和創作，是一種綜合性的具有歷史長度的視野。莫言被賦予過「先鋒作家」、「尋根作家」等等命名，他其實是典型

的鄉土題材作家。但是，當他 1981 年開始發表小說時，當代鄉土題材小說已經開始了它的自我否定的過程。由於合作化運動的崩盤失敗，新時期的鄉土題材作家啟動了對它的全面深刻的反思，高曉聲的《李順大造屋》、周克芹的《許茂和他的女兒們》、張一弓的《犯人李銅鐘的故事》是最早的批判者。路遙、賈平凹、莫言、閻連科緊跟其後，他們以「受害者「的身份，對持續三十年並給中國農村農民帶來巨大傷害的合作化運動進行了前所未有的反省。他們的小說與其是對柳青、浩然鄉土題材小說傳統的的繼承，還不如說是一次歷史性的傾覆。莫言最傑出的一批中篇小說《透明的紅蘿蔔》、《白狗秋韆架》、《金髮嬰兒》、《拇指銬》以其沉痛的筆調，敘述了當代農民的苦難史，揭露了灰暗年代強加給他們的不幸和絕望。他的兩部長篇小說《豐乳肥臀》和《生死疲勞》則希望以史詩性的場景，全面展現合作化和土改運動對中國農村的深遠的影響。從 1981 年至今，莫言用了三十年的時間去整理一部當代農村史，用他全部的思想和才華將這個三十年載入了史冊，為後人留下了一部信史。季紅真當年曾令人信服地指出：「莫言的童年，正是中國農村最沈寂最蕭條的時期，一方面政治穩定，雖然沒有戰禍匪患，個體人生的自由度在嚴密的現實關係束縛下，也變得日益狹小，更不用說先人所經歷的激烈場面。另一方面，政策的失當導致長期的經濟停滯，在貧困愚昧的基礎上又極容易滋長封建特權。這種沉重的時代氛圍，無疑都對幼小的心靈有著嚴重的影響，他在貧困與沈寂中度過的歲月，形成了對世界最初的印象。」〔註 13〕莫言之成為今天的莫言，並非「童年視角」、「魔幻現實主義」等等觀點能夠解釋的，他事實上已經成為自己、也是那一代農村之子歷史生活的書寫者，是那種用總括的歷史感受來重評當代農村史的傑出的作家。「於是在我看來，賈平凹、莫言和閻連科等新時期農村題材小說創作的『起源性』東西也在這裡，這就是他們在合作化時期痛苦而屈辱的青少年生活經歷。三十多年來，他們之所以筆耕不輟，輾轉不安，廢寢忘食以致深情寄託，也都源於此。應該說，我正是在這個維度進入《白狗秋韆架》的閱讀的。多年後莫言和閻連科借參軍逃離農村，但是農村的慘痛經驗幾乎成為他們精神世界的全部創傷。」〔註 14〕如果說魯迅寫的是「辛亥革命」前後的農村史，莫言寫的則是

〔註 13〕 季紅真：《憂鬱的土地，不屈的精魂──莫言散論之一》，《文學評論》1987
年第 6 期。
〔註 14〕 參見拙作：《小說的讀法──莫言的〈白狗秋韆架〉》，《文藝爭鳴》2012 年第
8 期。

「文革」前後的農村史，跳過趙樹理、柳青和浩然這段特殊的農村史，莫言把關於中國農民命運的一部信史與魯迅傳統聯繫起來了。他把魯迅式的批判引進了當代農村題材小說的領域，他把魯迅的沉痛接續到他們這代作家的精神世界架構裏，他同時也把魯迅的自我懷疑的思想觀念引入了自己的小說的世界。在這個意義上，應該說正是通過莫言的小說，匍匐在近代以降中國社會現代化進程巨輪下的農民的命運史就昭然若揭了，而魯迅和莫言，正是在前後兩個敏感的歷史節點上完成了這一敘述的了不起的作家。能夠留在世上的作家總是這樣的作家，他的問題是從他自己開始的，他是把自己深深地放在自己的歷史生活之中的，於是他才具有了歷史的眼光、歷史的情懷、歷史的傷痛。莫言和魯迅就是這樣的作家。他們也是因爲這個才成爲文學史中的經典作家的。

2013 年 5 月 15 日於亞運村
（信陽師院文學院兼職教授，中國人民大學中文系教授）

「當代文學」與「新疆當代文學」

一、

　　如果在十七年，這個論文題目自然不是問題。眾所周知，「新疆當代文學」被認爲是中國「當代文學」歷史光譜中的「新疆少數民族文學」。除聞捷這個漢族詩人外，人們熟悉的還有哈薩克詩人庫爾班阿里、維族詩人克里木・霍加、艾里坎木・艾合坦木（1922 年出生）和鐵衣甫江・艾力約夫（1930 年出生）等。這段史實在張鍾等編著的《當代中國文學概觀》一書中有詳細敘述（北大出版社，1986 年版）。這本教材第五編第十二節「反映少數民族生活的長篇小說」，提到一些蒙古族和藏族小說家，卻沒提到一個新疆少數民族小說家。這個材料恐怕反映了一個眞實情況，即十七年文學中，能夠納入中國當代文學版圖的新疆當代文學，只有詩歌，沒有小說。哈薩克、維族詩人雖有一席地位，這一時期的新疆小說家則似乎不存在。這是否是一個文學史偏見，我不太清楚。在今天，夏冠洲教授等人編寫的新疆當代文學史終於把當年埋藏著的許多新疆小說家發掘出來了，彌補了這個缺憾，讓我這位不十分熟悉新疆當代文學的研究者瞭解了很多事實，原來新疆當代還有那麼多成績斐然的漢族和少數民族小說家。至少從這個角度看，夏教授等人的這部教材是功不可沒的。

　　但是，值得繼續追問的是，爲什麼直到 1986 年出版的《當代中國文學概觀》這種普通的文學史教材中，仍然只把新疆當代文學限定在哈薩克、維族等「少數民族」敘述範圍內，而沒有對當時整個新疆文學進行描述呢？一個原因可能是，撰史者掌握的材料不充分，沒有像夏教授他們那樣充分佔有新

疆當代文學的史料；第二個原因是，由於《詩刊》等內地知名雜誌的大力推介，庫爾班阿里、克里木・霍加、艾里坎木・艾合坦木和鐵衣甫江・艾力約夫等人的詩歌被廣為所知，在讀者和研究者中流傳（我七十年代末開始寫詩和後來研究詩歌時，閱讀過他們很多作品。這個例證很能說明他們在內地「落地」的真實狀況。），卻沒有雜誌像它那樣熱情推介新疆小說家的作品。這樣，就使內地廣大讀者包括研究者不瞭解新疆的漢族小說家和其它少數民族小說家的創作。第三個原因，是由於民族團結政策的制定，內蒙古、新疆、西藏、雲南都被塑造成「某某自治區」，結果就把廣大漢族居民在歷史光譜上省略掉了，至少是壓縮到了一個很小的角落。「我們新疆好地方」、「克拉瑪依之歌」都在那裡一遍遍地刻意塑造和複製著這種「新疆當代形象」。2005年，我與北大的洪子誠教授、石河子大學的李賦和周呈武教授一起去喀納斯湖，途經著名石油城克拉瑪依市的時候，特別讓車停下來到那裡看看。我們當時心裏都很激動，照了像，還久久不願離去。由此可以看出這種歷史複製，對我們這些內地人精神世界的影響有多大。在這種由政府主導的歷史敘述中，「新疆當代文學」最後被省略、壓縮或等同於「新疆少數民族文學」，就可想而知了。

二、

　　基於上述原因，我注意到十七年的新疆文學在閱讀場域中出現了兩種情況：一種是少數民族詩人創作的「內地化」問題；另一種是漢族詩人反映新疆生活題材的作品的「風景化」問題。

　　從維族詩人艾里坎木和鐵衣甫江詩集的題目就可以看到他們的創作內地化的問題，例如《希望的浪濤》、《鬥爭的浪濤》，《東方之歌》、《和平之歌》、《唱不完的歌》、《歌唱我的祖國》等。如果把這些詩集與內地詩人的詩集放在一起，比如賀敬之的《放聲歌唱》、郭小川的《向困難進軍》等，它們的題目指向幾乎沒有任何差別。當然我們可以說，這種問題與作者當時的社會身份有直接關係，比如克里木・霍加，他是新疆哈密縣人，1949 年參加革命，曾任《新疆文學》（維吾爾文、哈薩克文）代主編。出版過詩集《第十個春天》、《春的讚歌》，譯作《黎・穆特里夫詩選》和《雷鋒之歌》等。這種嶄新的社會身份確實對作者的詩歌創作產生了根本影響，因為擁有這種身份的作家還寫過去傳統的新疆維族題材，這在當時環境中是很不適宜的。與此同

時，我們也能夠覺察中國當代意識形態對新疆本土文化的侵入和制約，已經開始滲透到社會的各個角落，它的範圍的深廣度，恐怕遠遠超出了民國、北洋和晚晴等時期。其實，不光是詩集題目，連同內容都被內地化，出現在這些詩人筆下的，都是祖國、歌唱、民族團結喜氣洋洋的節奏和旋律，給人的印象是，好像當地老百姓放棄了日常勞動和生產，把每天都當做了節日，連結婚嫁娶都被政治儀式化，整天都沉醉在這種歡天喜地的氣氛之中似的。用一種學術時尚的話說，這種強大的內地塑造機制確實「壓抑」了新疆本地詩歌的「原始性」，新疆不僅在政治經濟上與內地連為一體，連文化、文學也連為一體了。這些詩歌讓人看不到，本時期新疆少數民族的人民到底是怎樣生活的，他們真實的喜怒哀樂是什麼，他們延續了上千年的古老的生活方式和觀念究竟是什麼樣子，那種隨著季節而遷徙的游牧生活，以及戈壁、草原、大地和突然降臨的暴風雨所包孕的神奇、原始和自然的景象等等。而這些，卻是對新疆完全不瞭解的內地讀者所希望讀到的陌生、原始和充滿異域詩意的生活。就像是許多原來就存在於那裡的古代遺址，忽然從十七年的新疆少數民族詩歌中消失了，而且消失得無蹤無影了。這種文學史的「斷代」、「斷層」現象應該怎麼看，在今天應該怎麼去研究，從哪裏入手去研究？是我非常感興趣的問題。我直接想到的一個問題是：這種情況恐怕是近百年的新疆史前所未有的。前年參加「新疆當代文學高層論壇」的會議時，一位發言者談到，這只是被翻譯成漢語的詩歌創作的情況，當時還有許多沒有被翻譯成漢語，例如用維語寫作僅僅在維族讀者圈子裏流傳的詩歌創作，鑒於語言的原因，很難進入我們的討論範圍。我的疑惑是，他們的詩歌是否還完整保持著本民族語言、風俗和文化的特徵，沒有機會被內地化？因為這位老師沒有細談，我也不懂維語，所以不得而知。但是，這裡肯定存在著一個「外部」的新疆當代文學之外的「內部」的新疆當代文學，後者是否是原鄉意義上的新疆當代文學呢？這是一種非常古老的自我循環、閱讀和消費的新疆當代文學嗎？這個問題非常複雜，而且它目前處在新疆當代文學的斷層上，很難討論。但由此令人想到，新疆當代文學不是一體化的文學現象，鑒於多民族文化的存在，它應該是一種多層次和立體化的新疆當代文學，還處在世紀前的冰層之下，還在那裡沉睡著，只有本民族的作家和讀者知道它們的存在。隨著新疆當代文學研究的深入，揭開這層神秘的歷史面紗，我想人們能夠看到很多過去所不知道的東西。這些作品和史料，證明我上面所論述的不是表面

現象，不能代表十七年新疆少數民族詩歌創作的全部面貌。今天，我在這裡只是把觀點提出來，希望以後有人能開展此類研究，真正地充實和豐富「新疆當代文學」的研究領域。

另一個漢族詩人新疆題材創作的「風景化」問題，大家都比較熟悉。張志民的詩集《西部剪影》，有一部分詩寫的是新疆；最有代表性的，自然是 1949 年跟隨解放軍一兵團進疆、後來在全國爆得大名的詩人聞捷的重要詩集《天山牧歌》和《復仇的火焰》。「風景化」在本文中是指，由於作者是所表現地域的「他者」，無法真正深入到對方的歷史傳統和風俗生活中去，只憑某種好奇去描寫。因為作者自身的陌生化，導致了表現對象的陌生化效果。而這種風景化，並不是該地域人們所需要的，而只是作者主觀願望所移植的藝術效果。於是，這種「風景化」就成為一種外在於作者精神世界的客觀存在。聞捷《天山牧歌》中有一首名詩叫《舞會結束以後》，作者寫道：

> 琴師踩得落葉沙沙響，
> 他說：「葡萄吊在藤架上，
> 我這顆忠誠的心啊，
> 吊在哪位姑娘的辮子上？」

> 鼓手碰得樹枝嘩嘩響，
> 他說：「多麼聰明的姑娘，
> 她們一生的幸福啊，
> 就決定在古爾邦節晚上。」

聞捷 1923 年生於江蘇省丹徒縣。早年在南京做學徒，抗戰爆發後去武漢，參加救亡演劇活動。這種活動是由左翼文藝家主導的，郭沫若是它的領導人，大家都知道這段歷史。由於這層原因，1940 年聞捷去延安，入陝北文工團，不久轉入陝北公學念書，此間開始從事文學創作，寫過通訊、戲劇、詩歌和散文，但都沒有文名。1949 年他隨解放軍一兵團從延安經甘肅進疆，1952 年任新華社新疆分社社長。吐魯番的維族在歷史上漢化程度和受教育程度比較高，與漢族關係一向較為密切融洽，所以沒有根本矛盾，當地居民對解放大軍是歡迎擁護的態度。據有關史料，聞捷採訪和深入生活的地方，主要是北疆的吐魯番，對象是吐魯番一帶的維族老百姓。當地人對作家的歡迎態度，讓他感到樂觀，容易看到表面上喜氣洋洋的歡騰場面。他也會參加他們的聚會，例如古爾邦節，一路上都是迎來送往的。由於生在江南，在貧瘠的陝北

生活過幾年的緣故，詩人從未見過如此奇異的山川風光、民族風俗，他一下子就陶醉在其中了。民族團結政策開始深入民心，當地老百姓都是一副歡天喜地的笑臉舞姿。我以為這是聞捷進疆五六年後，迅速順利地創作出一組組的「天山牧歌」，後集結出版的一個特定背景。他這種「外來者」視角和眼光，兼之當地極其豐富的維族民歌資源，使得「天山」、「維族」、「婚禮」、「古爾邦節」等等完全被美學化了、詩意化了。鑒於內地當時正在大張旗鼓的鼓吹民族團結，這些詩歌得以順利通過各種文化審查，它們在 1955 年《人民文學》上連續推出後，立即轟動了內地文壇。新疆，新疆當代文學，就這樣作為一幅巨大的「牧歌化」的異域「風景」，在內地當代文學的屏幕上高高樹立起來了。在那個年代，我想很多內地人都是通過聞捷的《吐魯番情歌》、《博斯騰湖畔》等組詩，通過著名的短詩集《天山牧歌》和長詩集《復仇的火焰》，知道聞捷這個響當當的詩人名字的，而且通過他知道了當代新疆。在那個年代，聞捷幾乎與當代新疆和當代新疆文學成了同義詞。

　　進入「風景化」的討論，不可否認聞捷是以「內地人」的身份進入「新疆」的。兩者歷史文化傳統的分量，它們之間強弱、輕重和主次的對比在作者寫作這些短詩和長詩之前，就存在在那裡了。我們由此知道，它們以一個背景、前提和決定的因素在那裡組織著詩人的創作，而不是詩人一個人自我陶醉、手舞足蹈地在那裡進行文學創作。面對這道風景，作為作者的聞捷顯然是一個強大的「外來者」，他對它的描寫是按照外來者的需要來進行的。「琴師踩得落葉沙沙響，／他說：『葡萄弔在藤架上，／我這顆忠誠的心啊，／弔在哪位姑娘的辮子上？』」在外來者的視野裏，這就是當地風俗，更是一道在內地看不到的旅遊的風景，是異域文化的風景；而這道風景所體現的和諧、歡樂、融洽，正是希望邊地安全、鞏固國防的內地文化所需要的，是高度一致的，它們所以能夠順利通過文化審查就被《人民文學》這家國刊所接受並迅速推介給廣大讀者，也當在意料之中。再看後來的詩句：「鼓手碰得樹枝嘩嘩響，／他說：『多麼聰明的姑娘，／她們一生的幸福啊，就決定在古爾邦節晚上。』」作者不滿足這些，後面詩句是要把前面的當地風俗和家庭日常生活進一步審美化，把它們提到一個新的歷史高度，這就是「幸福」的問題。這裡有幾個關鍵詞：「鼓手」、「姑娘」、「幸福」、「古爾邦節」，表面上看，它們只是稀裏嘩啦的少數民族生活的零碎的片斷，沒有什麼歷史邏輯性，像日出而作、日落而息而且一向隨便馬虎的維族人民古老的生活方式一樣，沒有目

的，隨便無意，只是因為要順從大自然、天命和宗教。每個人不過就是這種古老自然秩序中的一個偶然生命現象，生老病死，都由不得自己。然而，經過聞捷的「歷史整理」，這幾個雜論無章的關鍵詞忽然湊到一塊來了，儼然是那支剛剛從英國伊麗莎白女王就位六十週年慶祝大典上整齊肅然走過的皇家騎兵衛隊。它們變成一個歷史方陣，代表著一段偉大的歷史。它們不是凌亂的個體，而是一個整體，代表著一個民族的神聖意志和凝聚力。就這樣，「鼓手」的節奏推動著「姑娘」狂歡的舞姿，並在那裡表明，在顯然被內地化的「古爾邦節」上，「幸福」代表著一個民族大團結程序中被預設的概念，它無可置疑，威嚴偉大，凡是看到它的讀者都為之傾倒而激動，就像前面提到我們經過石河子以北的著名石油城克拉瑪依市時所產生的歷史激動一樣。「克拉瑪依市」是偉大內地在北疆的神聖代表，歷史性的駐疆辦，五十六個民族從此緊緊聯繫在一起，萬世不變，永存人間。

通過對鐵衣甫江、霍加和聞捷詩歌的讀解，我逐步地認識到「內地化」和「風景化」不光是認識新疆當代文學的兩個節點，它還潛移默化地變成了一個認識性的結構。正是在這裡，最近二十年我們研究新疆當代作家作品時的可能性與被限制的問題就值得注意了。

三、

在這種認識性結構中，我們得以稍微對八九十年代以來的新疆當代文學做些回望和反省。與五六十年代的新疆少數民族詩歌與內地文學的主動趨同有所不同，王蒙《夜的眼》、《在伊犁》、陸天明《桑那高地的太陽》、楊牧《我是青年》和周濤、章得益等的作品與傷痕文學思潮同步性有另外的歷史目的。這些來自北京、上海和四川的新疆作家顯然意識到，與內地文學思潮保持同步性，就能進入那裡的「文學中心」，而進入了文學中心，即可以從「地方作家」成為「全國作家」，那麼社會所造成的個人傷害就會在文學中得到補償和回報。王蒙、陸天明走得是這種路子，楊牧、章得益同樣如此，周濤雖留在新疆，但仍獲得了很高的社會地位，即是這方面最有力的證明。隨著內地社會的正常化，這些來自各地的游子們，對那裡文學思潮的響應無疑看做是對自我身份的重新確認，那是一種真正的回歸。當然，新疆文化的異域性，也賦予他們作品特殊的色彩，那種內在的「風景化」，正是他們作品吸引內地讀者眼球的一個因素。

　　九十年代後，由於東西部經濟差距的日益拉大，內地當代文學與新疆當代文學五十至八十年代保持的「同步性」逐漸在減弱，新疆再次顯示出它的「地方性」、「自治區」的歷史特徵。如果離開了「風景化」，新疆當代作家就很難進入內地讀者和評論界的視野。劉亮程、沈葦和董立勃等朝氣蓬勃的新一代作家就存在於這種認識性結構中。劉亮程的長篇散文《一個人的村莊》，敘述的是兵團後裔的農耕生活，那是一種早就被內地讀者所遺忘、也因爲作家神奇的敘述而重新展開的一種另類的生活方式。董立勃小說的路子與劉亮程大同小異，他對兵團生活原生態的重現，暴露出牧歌式建設生活本身具有的野蠻和原始的特點。沈葦不是兵團後裔，他八十年代從浙江來新疆，帶著當時青年詩人極其浪漫天眞的幻想。作爲新疆眞正的「外來者」，二十多年後的沈葦雖然完成了本土歸化，但他的取材和眼光是非常接近於聞捷的。在新疆當代文學中，沈葦是地位和成就僅次於聞捷的一個優秀詩人，在目前國內詩歌界，也已位列第一流的詩人陣容中。儘管如此，我們對這些優秀作家的評價和認識，仍然無法擺脫我所說的那個「認識性的結構」。這是因爲，八十年代後的國家發展重心儘管已由階級鬥爭爲中心轉移到經濟建設爲中心的軌道上來，但民族團結的和諧性卻開始遜位於維安性，新疆再次成爲中國的邊防重地。與河南、陝西等內陸省份的地方性不同，新疆的地方性鑒於這種考慮而具有了某種異質性。我們因此注意到，儘管河南、陝西等地的經濟發展水平與東部也日益拉大，但是它們的「地方性」並沒有影響到這些省份的作家通過自身的努力而成爲「全國性作家」，陳忠實就是一個明顯的例子。因爲在「內地」看來，河南和陝西仍然屬於是「自己人」的，河南和陝西的地方性並未成爲一種壓制性的認識結構，也沒有成爲一個不可逾越的歷史門檻。而在西藏、內蒙和新疆的文壇，如果再像八十年代那樣出現「西藏先鋒小說家群」、「新疆新邊塞詩派」，已經很難做到了。維安既是一項保家衛國維護改革開放平穩進展的國策，也在成爲今天文學史認識中的壓抑性機制。這種相似歷史現象的存在，經常會給文學史建構帶來一點點麻煩，其實這種情況歷朝歷代都有，例如南北朝、北宋南宋、清初等。文學史中出現的這種壓抑性機制，大概正是我前面所指出的「認識性結構」的支撐性基礎。

　　由此可知，儘管五十至八十年的文學已經成爲遙遠的歷史，然而它們已經成爲一種「當代文學」與「新疆當代文學」關係結構中的一個起源性的東西。雖然對於中國這種歷史發展轉型緩慢、一種變革往往要拖上很多年才有

一點點進展變化的古老民族來說，它在歷史長河中不過是一個瞬間。雖然這種瞬間也許就是我們珍貴的一生。如此想來，也難免令人傷感和難過。然而不如此想問題，我們就只會看到問題的斷面，而看不到問題的全部，不是一種全視野中的文學史研究。沈葦有一首詩叫《滋泥泉子》，作品寫道：

> 在一個叫滋泥泉子的小地方，我走在落日裏
> 一頭飲水的毛驢抬頭看了看我
> 我與收葵花的農民交談，抽他們的莫合煙
> 他們高聲說著土地和老婆
> 這時，夕陽轉過身來，打量
> 紅辣椒、黃泥小屋和屋內全部的生活

從作品所呈現的鄉村意象看，與內地鄉土題材的作品其實差別不大，但仔細閱讀，會漸漸讀出它的「新疆風味」來，這裡面是一個遙遠的異地。它是一個儲存著內地生活經驗的詩人敏銳觀察到的迥然不同的生活方式：數千年遼闊地域的養育，這裡人民基本採用聽天由命而不是內地農民那種勤奮耕種的生活態度。這種古老的生活方式，因為「夕陽」的關照，而有了一種靜止的時間效果。某種意義上，新疆的生活不是像內地那樣熱氣蒸騰和瞬息萬變的，而像歷史遺址古樓蘭，像天山、戈壁、沙漠和許多個被廢棄的村莊，永遠靜止在歷史某一時刻的。走進遼闊無比的新疆，迎面而來的就是這麼一副「風景化」的巨大畫幅，它千年不變，與存放在新疆歷史博物館的女乾屍、古驛道遺留的獸骨等等是同一種形狀的，而沈葦筆下的這座村落，不過是歷史博物館中的一件常見的陳列品而已。在我看來，這就是「夕陽」所包含著的起源性的東西。它也是九十年代以後的新疆當代文學所包含著的起源性的東西，五十至八十年代的新疆當代文學，則不過是它的史前史。內地巨大而激烈殘酷的社會轉型，與新疆這座古老村莊的沉睡的狀態，在我看來，正是今天「當代文學」與「新疆當代文學」關係中需要辨析的問題之一。

不過這樣，也促使我想到幾十年後「重新理解文學史」的問題。我意識到，由於內地政治、經濟和文化的強勢地位，五十年代後新疆當代文學出現的內地化和風景化，應該是一種「被迫」的內地化和風景化，而並非那時作家自願的選擇。在現代文明的階梯上，內地顯然是把自己放在較高的臺階上，而把新疆放在較低、較原始的臺階上的。自近代開始的中國由傳統社會向現代社會轉型的漫長時間裏，這種認識性偏見也許一直被黏黏在對新疆等少數

民族地區文學的認識上，在這種落後／先進、古老文明／現代文明的一邊倒的認識結構中，沈葦的詩歌在進入中心視野之前也許看做是一種「風景化」的詩歌現象，這正像董立勃小說和劉亮程散文留給人們的印象一樣。但能夠預見的是，如果社會轉型順利過渡和最後成功，內地大部分地區政治、經濟和文化發展的水平日益趨同化，不同省份隨著地區差異縮小而發展到歐美發達國家這種高度同質化的歷史階段，那麼像出現在歐美國家的話題一樣，所謂「少數族裔」、「地緣文化熱」也許就會提上研究日程罷。到那時，「新疆當代文學」也許就不再是邊緣性和微弱性的學問領域，而變成了一種所謂的「顯學」了罷。在那時，沈葦、董立勃和劉亮程等的作品，也許就自然而然地產生出「被發掘」的價值，正像九十年代內地詩歌發掘出了食指，九十年代文化發掘出了陳寅恪、顧準、季羨林等文化名人了罷。歷史時間的鐘擺，也許終將在內地社會形態高度成熟化、同質化並日益喪失文學的新鮮性和持續發展動力後，而倒向新疆、西藏和內蒙等少數族裔文化和文學的坐標上來。今天的歐美，也許就是明日的中國。這種歷史的循環，並不是非常遙遠的猜想。就是在這個意義上，我想再次回到文章開頭張鍾《當代中國文學概觀》對「當代文學」與「新疆當代文學」關係的敘述上來。我們想到的是，在當時社會發展的階段上，文學史家們只能用這種壓抑性的歷史態度建立它們之間的不平等關係，建立這種歷史敘述的框架。我們所以對這種明顯不公平不正確的歷史敘述充滿了理解和同情，是因為我們抱著歷史的理解和同情，「重新理解文學史」的問題才能夠順利和正常地提示出來，並成為我們不僅僅這樣去理解「當代文學」與「新疆當代文學」的關係，也可以成為我們重新理解「現代文學」與「當代文學」的關係、「現代文學」與「古代文學」關係的一種理解性的知識框架。於是這樣，整全性的文學史視野就在這種歷史關聯中體現出來了，狹隘的文學史觀念就會遜位於整全性的文學史觀念。這是邁過了艱難而漫長的歷史階段時所必須付出的代價，這也是付出代價後的值得珍惜的收穫。而「當代文學」與「新疆當代文學」的關係，不過是我藉此討論這個問題的一個例子而已。

2012.6.1 於北京亞運村
2012.6.2 修改

引文式研究：重尋人文精神討論

一、「下課的鐘聲已經敲響」

　　1995 年 9 月，王曉明在上海文匯出版社編的《人文精神尋思錄・編後記》中說：「『人文精神』的討論已經持續兩年多了。這兩年間，討論的規模逐漸擴大，不同的意見越來越多，單是我個人見到的討論文章，就已經超過了一百篇。進入 90 年代以來，知識界如此熱烈而持續地討論一個話題，大概還是第一次吧，這本身就顯示了這個話題對當代精神生活的重要意義。」〔註 1〕這場由王曉明和他學生張宏（後改名張閎）、徐麟、張檸、崔宜明在 1993 年第 6 期《上海文學》率先發起、滬上學者張汝倫、朱學勤、陳思和、高瑞泉、袁進、李天綱、許紀霖、蔡翔、郜元寶，南京家吳炫、王幹、王彬彬等在 1994 年第 3、4、5、6、7 期的《讀書》雜誌開闢對話專欄響應，後有北京的王蒙、張承志、周國平、雷達、白樺、王朔、李潔非、陳曉明、張頤武、張志忠、王一川、王岳川、孟繁華、陶東風等捲入的「人文精神討論」，是繼 1979 年「人道主義討論」之後的又一場大討論。「大討論」曾經是 1980 年代和 1990 年代中國知識界介入社會變革進程最常見的自我表達方式。80 年代他們批評

〔註 1〕　王曉明編：《人文精神尋思錄・編後記》，上海，文匯出版社，1996 年 2 月。
　　　　該書除收入發表在《讀書》、《東方》、《上海文學》、《上海文化》、《作家報》、
　　　　《現代與傳統》、《文論報》、《中華讀書報》等當時熱門雜誌上有代表性的 26
　　　　篇文章外，還將其它報刊上的 70 餘篇文章和綜述編爲「索引」放在書尾。確
　　　　如他所說，當時參與討論的學者、批評家和作家估計有數十人，文章「已經
　　　　超過了一百篇」。

的是「文革」浩劫，90 年代批評的卻是來勢洶洶的市場經濟，這種角度轉移暗示了 80 年代的結束和 90 年代的到來，這正是兩個年代的一個明顯分界點。或者說是新舊兩個文明的決裂線。

參與討論的蔡翔，這時已朦朧地意識到兩個時代之間的關聯點，他不避諱人文知識分子面臨市場經濟年代時的失語和彷徨：

> 新時期的一個顯著特點，在於精神的先鋒作用，觀念導引並啓動了社會政治——經濟的改革和發展（由此突出了知識分子的啓蒙作用和意識形態功能）。這時的知識分子，不是從社會實踐，而是主要從自身的精神傳統和知識系統去想像未來，在這種想像中，存有一種濃鬱的烏托邦情緒。然而，經濟一旦啓動，便會產生許多屬於自己的特點。接踵而來的市場經濟，不僅沒有滿足知識分子的烏托邦想像，反而以其濃鬱的商業性和消費性傾向再次推翻了知識分子的話語權力。知識分子曾經賦予理想激情的一些口號，比如自由、平等、公正等等，現在得到了市民階級的世俗性闡釋，製造並復活了最原始的拜金主義，個人利己傾向得到實際的鼓勵，靈——肉開始分離，殘酷的競爭法則重新引入社會和人際關係，某種平庸的生活趣味和價值取向正在悄悄確立，精神受到任意的奚落和調侃。一個粗鄙化的時代業已來臨。的確，某種思想運動如果不能轉化為普遍的社會實踐，那麼它的現世意義就很值得懷疑。可是，一旦它轉化成某種粗鄙化的社會實踐，我們面對的就是一顆苦澀的果實。知識分子有關社會和個人的浪漫想像在現實的境遇中面目全非。大眾為一種自發的經濟興趣所左右，追求著官能的滿足，拒絕了知識分子的「諄諄教誨」，下課的鐘聲已經敲響，知識分子「導師」身份已經自行消解。〔註 2〕

蔡翔這番話倒像是提醒，1950 至 1990 年四十年普通民眾的精神生活，一直是由政治精英和知識精英統治著的。「這時的知識分子，不是從社會實踐，而是主要從自身的精神傳統和知識系統去想像未來，在這種想像中，存有一種濃鬱的烏托邦情緒。」不過，昔日榮耀和今日的失落使他明顯帶著惋惜的口氣，「下課的鐘聲已經敲響，知識分子『導師』身份已經自行消解。」另一位學

〔註 2〕 許紀霖、陳思和、蔡翔、郜元寶「對話」：《道統、學統與政統》，《讀書》1994 年第 5 期。

者盧英平並不同情這種歷史境遇，他覺得陷入茫然的知識群體應該在更大的
歷史框架中，而不要只是「從自身的精神傳統和知識系統」和 1990 年代這個
時間點上看問題。他在《立法者、解釋者、游民》一文中認為知識者無權在
歷史大變局中固守優越性地位：「人文知識分子對社會的獨立性相當大，特別
是在歷史上，知識分子及其精神，一直是社會的主導者，『立法者』。中國古
代學者那種『窮則修身養性，達則兼濟天下』的精神很充分地證明這一點。
從春秋到五四，甚至是解放後，中國知識分子都擁有社會化的主動權。而西
方的知識分子從文藝復興開始就掌握了這種主動權，到大革命前夕的啟蒙運
動中更達到巔峰，成了社會的『立法者』。在如此長的歷史中，人文精神驕傲
地凸現於社會之上。但到近現代社會中，由於社會結構複雜化，知識分子及
其精神在社會化過程中的主動性逐漸減弱，人文學科不再是社會的全部，連
上流地位都不是。」不過他接著用安慰的語氣說：「由於我國的特殊環境，人
文精神沒有經過解釋者這一環而直接由立法者變成了游民，這樣很容易在呼
喚人文精神時自然而然地想回歸立法者的地位。」所以，「人文學者應當主動
去適應解釋者的地位。這樣，人文與社會的磨合可以較順利，人文精神可以
較主動地實現社會化。」〔註3〕

新時期揭幕後，當知識者一路意氣風發地從 1979 年直奔 1989 年，突然
遭遇人文／市場這道他們從未見過的巨大歷史溝壑時，很多人內心經歷像蔡
翔所說「下課的鐘聲已經敲響」的劇烈沮喪可以想像。1992 年南巡後，市場
經濟在城鄉上下全面鋪開，「公務員打破鐵飯碗」、「讀書人下海」、「全民經商」
的風氣迅速蔓延社會各個角落，還一度出現「研究導彈的，還不如賣茶葉蛋」
這種「腦體倒掛」的嚴重社會問題。正如李雲在研究王朔小說《頑主》時指
出的一個事實：「中國分別在 1984 年和 1987 年興起全民經商的熱潮，大量蠢
蠢欲動的城市青年相繼辭去公職。」〔註4〕又如有的研究資料顯示：「在 1986
年到 1988 年間，平均每天誕生公司 329 家，幾乎每 4 分多鐘便有一家公司註
冊成立，成千上萬各行各業的人流水般湧入個體工商戶的大軍。」〔註5〕就在
蔡翔和盧英平截然不同歷史認識框架中，人們好像又回到 1990 年代那個「鐘

〔註3〕 盧英平：《立法者・解釋者・游民》，《讀書》1994 年第 8 期。
〔註4〕 李雲：《「範導者」的實效——當文本遭遇歷史：〈頑主〉與「蛇口風波」》，《當
　　　　代作家評論》2010 年第 1 期。
〔註5〕 蘇頌興、胡振平主編：《多元與整合　當代中國青年價值觀》，上海社會科學
　　　　出版社，2000 年，第 167 頁。

聲已經敲響」的現場。難怪人文精神討論主要發言人之一、復旦大學哲學系教授張汝倫略帶誇張語氣地道出了問題的嚴重性：「其實這也不光是中國的問題。進入本世紀後，工具理性泛濫無歸，消費主義甚囂塵上，人文學術也漸漸失去了給人提供安身立命的終極價值的作用，而不得不窮於應付要它自身實用化的壓力。丹尼爾·貝爾在《資本主義文化矛盾》中對這一過程有過精闢的論述。表面上看是文化出了問題，實際上是文化背後的人文精神和價值喪失了。所以人類現在面臨共同的問題：人文精神還要不要？如何挽救正在失落的人文精神？」〔註6〕在他看來，問題好像變得異常嚴峻和緊迫，已經發展到必須推出一個徹底解決方案的地步。

本文采用引文式的研究視角，是受到本雅明「宣佈自己的『最大野心』是『用引文構成一部偉大著作』」的觀點的啓發。〔註7〕其實海外學者黃仁宇、余英時也借用過蔣介石和胡適日記來進入對他們思想的探討。〔註8〕梁啓超在《中國歷史研究法補編》第五章「年譜及其做法」中說：「我們史家不必問他的功罪，只須把他活動的經歷，設施的實況，很詳細而具體地記載下來，便已是盡了我們的責任。譬如王安石變法，同時許多人都攻他的新法要不得，我們不必問誰是誰非，但把新法的內容，和行新法以後的影響，並把王安石用意的誠摯和用人的茫昧，一一翔實的敘述，讀者自然能明白王安石和新法的好壞，不致附和別人的批評。」〔註9〕連梁啓超都主張對一千多年王安石的變法採取謹慎和客觀的敘述態度，這就提醒我們也不必現在就對二十年前這場人文精神討論信心滿滿地論述是非，做出決斷。採用引文式的研究視角，

〔註6〕 張汝倫、王曉明、朱學勤、陳思和「對話」：《人文精神：是否可能與如何可能》，《讀書》1994 年第 3 期。

〔註7〕 參見本雅明：《發達資本主義時代的抒情詩人·中譯本序》，張旭東、魏文生譯，北京，三聯書店，1989 年 3 月，第 3 頁。

〔註8〕 （美國）黃仁宇：《從大歷史的角度讀蔣介石日記》，北京，九州出版社，2008年 1 月。該書迴避直接作傳的方式，通過細讀蔣幾十年的「日記」，由此爲進路展開對蔣本人及其由他所導演的中國現代史的深入持續地觀察。它避免了作者主觀化色彩，比較忠實地還原了這段歷史進程的複雜性，以及蔣極其矛盾複雜的内心世界，全書給人耳目一新的印象。（美國）余英時：《重尋胡適歷程》，上海，三聯書店，2012 年 1 月。我們知道，在中國現代學人中，「胡適日記」是留存現世的最重要的學人檔案材料，借助它研究本人思想、學術和活動，更爲忠實和可靠。

〔註9〕 梁啓超：《中國歷史研究法補編》，北京，中華書局，2010 年 1 月，第 92、93頁。

一是不附和當時參與者的批評意見，二是也不簡單趨從今人還不穩定的批評觀點。引文式的研究，同樣能夠展開歷史的場景，緊貼引文的內容，使「讀者自然能明白」人文精神討論的「誠摯」和「茫味」，至少為觀察在此前後的80年代和新世紀的「好壞」先立起一個觀望標。

二、進入「90年代」的兩種方式

如果允許暫時把人文精神討論的觀點分作兩個面向——雖然個別人的看法迴然不同（例如北京的張承志）——人們能夠看出上海學者與北京學者、批評家和小說家面對轉向市場經濟的「90年代」時的明顯差別。如果更細緻地觀察會發現，這是雙方進入90年代的路徑不同造成的。

王曉明說「今天，文學的危機已經非常明顯，文學雜誌紛紛轉向，新作品的質量普遍下降，有鑒賞力的讀者日益減少，作家和批評家當中發現自己選錯了行當，於是踴躍『下海』的人，倒越來越多。我過去認為，文學在我們的生活中佔有非常重要的地位，現在明白了，這是個錯覺。即使在文學最有『轟動效應』的那些時候，公眾真正關注的也並非文學，而是裹在文學外衣裏面的那些非文學的東西。可惜我們被那些『轟動』迷住了眼睛，直到這起，才猛然發現，這個社會的大多數人，早已經對文學失去興趣了。」〔註10〕張汝倫說：「今天在座的都是從事人文學科教學與研究的知識分子，文史哲三大學科的都有。我們大家都切身體會到，我們所從事的人文學術今天已不止是『不景氣』，而是陷入了根本危機。」〔註11〕許紀霖說：「近10年來，大陸知識分子前後發生了兩次自我的反思。第一次是80年代中期，剛剛從社會的邊緣重返中心的知識分子在一場『文化熱』中企圖通過對傳統文化的批判，與過去的形象決裂，重新擔當起匡時濟世、救國救心的使命。第二次是90年代初，中國開始了急速的社會世俗化過程，知識分子好不容易剛剛確立的生存重心和理想信念被世俗無情地傾覆、嘲弄。他們所賴以自我確認的那些神聖使命、悲壯意識、終極理想頃刻之間失去了意義，令知識分子自己也惶惑起來，不知道該何去何從。有意思的是，80年代的知識分子是從強調精英意識開始覺悟的，而到了90年代，又恰恰是從追問知識分子精英意識的虛

〔註10〕 王曉明、張宏、徐麟、張檸、崔宜明「對話」：《曠野上的廢墟——文學和人文精神的危機》，《上海文學》1993年第6期。

〔註11〕 張汝倫、王曉明、朱學勤、陳思和「對話」：《人文精神：是否可能與如何可能》，《讀書》1994年第3期。

妄性重新自我定位。」〔註12〕高增泉說:「一個人文學者以他的思想、學術爲他的生命,他的生活方式與生活之意義完全統一,在工商社會中是否還有可能?」〔註13〕

王蒙表示:「我不認爲人文精神就是一種高了還要更高的不斷向上的單向追求,我不認爲人文精神、對於人的關注就是把人的位置提高再提高以致『雄心壯志衝雲天』。相反,「市場的運行比較公開,它無法隱瞞自己的種種弱點乃至在自由貿易下面的人們的缺點與罪惡。但是它比較符合經濟生活自身的規律,也就是說比較符合人的實際行爲動機和行爲制約。」在歷史上,「計劃經濟似乎遠遠比市場經濟更『人文』。」好像「計劃經濟更高尚,更合乎人類理性與道德的追求」,「更具有一種高揚人的位置與作用的人文精神。這也許正是計劃經濟的魅力所在吧?」〔註14〕王朔說:「有些人大談人文精神的失落,其實是自己不像過去爲社會所關注,那是關注他們的視線的失落,崇拜他們的目光的失落,哪是什麼人文精神的失落。」「冒充眞理的衛士,其實很容易。」「我覺得,用發展的眼光看,文字的作用恐怕會越來越小,一個時代有一個時代的最強者,影視就是目前時代的最強者。對於這個『打擊敵人,消滅敵人,團結人民,教育人民』的有力武器,我們爲什麼不去掌握?」〔註15〕張頤武說:「據這些人文精神的追尋者的描述,這種『人文精神』在現代歷史的某一時刻業已神秘地『失落』,而正是由於此種『人文精神』的失落,構成了 20 世紀知識分子的文化困境。」他認爲這是「它設計了一個人文精神／世俗文化的二元對立,在這種二元對立中把自身變成了一個超驗的神話。它以拒絕今天的特點,把希望定在了一個神話式的『過去』,『失落』一詞標定了一種幻想的神聖天國。它不是與人們共同探索今天,而是充滿了斥責和教訓的貴族式的優越感。」他把這種狀態定爲「『憂鬱症』式的不安和焦慮」。〔註16〕陳曉明堅持說:「對感官快樂的尋求,對一種輕鬆的、沒有多少厚重思想的消費文化的享用,壓抑太久的中國民眾,即使有些矯枉過正也沒

〔註12〕 許紀霖、陳思和、蔡翔、郜元寶「對話」:《道統、學統與政統》,《讀書》1994年第 5 期。

〔註13〕 高增泉、袁進、張汝倫、李天綱「對話」:《人文精神尋蹤》,《讀書》1994 年第 4 期。

〔註14〕 王蒙:《人文精神問題偶感》,《東方》1994 年第 5 期。

〔註15〕 白燁、王朔、吳濱、楊爭光「對話」:《選擇的自由與文化態勢》,《上海文學》1994 年第 4 期。

〔註16〕 張頤武:《人文精神:最後的神話》,1995 年 5 月 6 日《作家報》。

有什麼值得大驚小怪」，「我們當然可以抨擊並撕破那些無價值的東西給人們看，但我們同時允許民眾有自己的選擇。」〔註17〕

韋伯在《新教倫理與資本主義精神》一書中的一段引文，不妨當做理解上海人文精神倡導者確切歷史位置和思想脈絡的一個進路：「天主教徒……更為恬靜，更少有投身商業的動機，他們保有著盡可能謹小慎微、不冒風險的生活態度，寧可收入微薄地過活也不願投身於更加危險而富於挑戰的活動——即使這樣會名利雙收。有一句廣為人知的德國俏皮話說得好：『要麼吃好，要麼睡好。』顯然，新教徒吃得高興，而天主教徒則樂於睡得安穩。」他接著進一步指出：「確實，幾乎不需要證明，資本主義精神把賺取金錢理解為『天職』——作為人人有義務去追求的自在目的——是與過去所有時代的道德情感背道而馳的。」他還提出了一個值得細琢的問題：「問題是，為什麼資本主義利益在中國或印度沒有產生出它們在西方那樣的影響？為何這些國家的科學、藝術、政治、經濟發展沒有步入西方所特有的那種理性化軌道？」〔註18〕藉此也許應該注意，人文精神倡導者的言論好像更願意奉行歐洲天主教徒那種潔身自好和「更為恬靜」的生活態度，以及某種反資本主義的傾向。〔註19〕對於剛剛走出計劃經濟傳統社會的人們來說，恪守「所有時代的道德情感」毫無疑問是必須堅守的原則，經歷過漫長殘酷政治運動的知識界從未真正領受過資本主義社會所帶來的物質繁榮。所以他們像中國的思想先賢孔子一樣，像歷代「窮則獨善其身，達則兼濟天下」的中國傳統知識分子一樣，安於農業文明的更為恬靜的生活氛圍，他們的思想和知識都為這種社會模式所生產，儘管也接觸過有限的現代西方知識，但仍然會對90年代中國鋪天蓋地席卷而來的商業浪潮本能地表達驚愕、憤怒並作激烈抵抗。

韋伯著作中的引文也可做理解北京學者和批評家觀點的一個臨時嚮導，

〔註17〕陳曉明：《人文關懷：一種知識與敘事》，《上海文化》1994年第5期。

〔註18〕（德國）馬克斯·韋伯：《新教倫理與資本主義精神》，（羅克斯伯里第三版），蘇國勳、覃方明等譯，北京，社會科學文獻出版社，2010年8月，第20、42、11、12頁。

〔註19〕周作人20年代在許多論述如何「重建中國文明」的文章中，都曾比較過漢代以前中國與古希臘人生觀和哲學觀的某種「同構性」，認為他們這種順應自然和命運的觀念，構造了他們雖有差異、但同樣是緩慢和充滿農業文明詩意的傳統文化。由此也能看出，中國傳統文化與天主教精神資源上的某種相似性。

從這些引文中映照出來的思想態度和歷史反應透露著 90 年代的典型信息。眾所周知，韋伯這部傑出著作對何為資本主義精神、如何從資本主義精神中發展出新教倫理等概念範疇、知識界定及其複雜內涵，均有精闢的論述。他說：「今天，現代西方資本主義的合理性實質上依賴於技術上的那些決定性因素的可計算性；確實，這些因素是所有更為精確的計算的基礎。」在此基礎上形成了「法律」、「契約」、「信用」精神和嚴格規則。他在第二章「資本主義精神」中曾花費大量篇幅分析這一精神產生的起源，引用了美國《獨立宣言》和《美國憲法》起草者之一本傑明・富蘭克林對人們的告誡，並對這種非常具體的例證加以分析：「影響信用的事，哪怕十分瑣屑也得注意。如果你的債權人在清早五點或者晚上八點能聽到你的錘聲，這會使他安心半年之久；反之，假如他看見你在該幹活的時候玩檯球或者聽見你的聲音在酒館裏響起，那他第二天就會派人前來討還債務，而且要求一次全部付清。」因此，「你應當把欠人的東西記在心上；這樣會使你以謹慎誠實的面目出現，這就又增加了你的信用。要當心，不要把你現在佔有的一切都視為己有。」為解決宗教「贖罪」與「商業」之間的深刻矛盾，替「新教倫理」找到最根本的依據，韋伯借用並重新整理了路德的「天職」概念，他解釋說：「作為一項神聖的教令，天職是必須服從的東西：個人必須把自己『託付』給它。」「天職中的工作是上帝賦予人的一項任務，或者實際上是唯一的一項任務。」因此，新教徒為上帝從事工商業活動，只留用基本利潤維持生活，其餘都捐獻社會或用於再生產，這樣就解決了「贖罪」的問題。資本主義社會普遍的「捐款」文化，也由此產生。〔註 20〕（由此人們不由聯想到歌劇《白毛女》的劇情對楊白勞「合理逃債」的理直氣壯的辯護。與新教倫理相反，這種逃債行為有可能在中國民眾的倫理觀念中產生某種「合理性」，並引發深刻同情。此種「中西參照」確實可以從另外角度證實韋伯的「為什麼資本主義利益在中國或印度沒有產生出它們在西方那樣的影響」的判斷也許並非沒有道理）借韋伯觀點是否可以理解王朔對商業社會的正面看法自然可以討論。不過，這種用引文推導另一個引文的視角確實為人們重溫 1990 年代北京文人的現實處境，對紛亂矛盾的表述稍加整理提供了機會。王朔以

〔註 20〕 （德國）馬克斯・韋伯：《新教倫理與資本主義精神》，（羅克斯伯里第三版），蘇國勳、覃方明等譯，北京，社會科學文獻出版社，2010 年 8 月，第 10、27、51 頁。

學者圈中所少見的坦率口氣說，他當時「是跟深圳先科公司合作開辦的『時事文化咨詢公司』，主要搞一些紀實性的記錄片；另一個就是跟北京電視藝術中心合搞的這個『好夢影視策劃公司，主要搞藝術性的電視劇或舞臺劇。」他為此辯解道：這是由於「看到現在新型的人和人的關係，就是契約關係，純粹地呼喚道德想讓社會進步，只是一種幻想。」〔註 21〕雖然張頤武的批評帶點情緒化，但這種意見可以看做對韋伯「天職」概念實證性解釋的響應和對王朔觀點的聲援。他指出：「『人文精神』確立了掌握它的『主體』不受語言的拘束而直接把握世界。這無非是在重複 80 年代有關『主體』『人的本質力量』的神話，只是將處於語言之外的神秘的權威表述為『人文精神』而已。」〔註 22〕王朔、張頤武說這些話的時候，正好是 80 / 90 年代社會轉型的敏感時期。正如前面所言，「全民經商」正漫捲全國城鄉，政治社會的崩潰與市場社會的興起就是 90 年代的「歷史現場」。王朔、張頤武道出了試圖從「窮則獨善其身，達則兼濟天下」的儒家傳統軌道上脫軌出來的一些人的真實想法。這種新銳叛逆的姿態，在人文精神倡導者眼裏自然難以接受：「前不久我在一家小報上讀到北京大學一位副教授的文章，他批評知識分子談人文精神是『堂‧吉可德對著風車的狂吼』」，「我真是沒有想到中國近代知識分子人文精神最集中的北京大學的副教授，竟會用這種輕薄狂妄的口吻來批評知識分子自己的傳統和話題。」〔註 23〕韋伯與王朔、張頤武這兩段引文在這裡看似無意的密約，只是我們寫文章時臨時整理的結果，它更有意義的是幫助人們將上海和北京知識界進入「90 年代」的兩種方式相互加以參照。這些歷史材料，也許是未來若干年後在研撰當代知識者的「編年史」的時候所需要的。

我們不妨認為，兩方面的觀點已經牽涉到對「90 年代」的想像和規劃。在王曉明這裡，「文人下海」、「雜誌轉向」是導致「文學危機」的直接原因；而在王朔這裡，「辦公司」、「當編劇」其實不過是「重新選擇了一種生活態度和生活方式」而已，唯一的變化只是由傳統作家轉變成了職業作家。在張汝倫看來，「物質性」的話題是對人文精神的污染；但在王蒙看來，這乃是計劃

〔註 21〕 白燁、王朔、吳濱、楊爭光「對話」：《選擇的自由與文化態勢》，《上海文學》1994 年第 4 期。
〔註 22〕 張頤武：《人文精神：最後的神話》，1995 年 5 月 6 日《作家報》。
〔註 23〕 陳思和：《關於「人文精神」討論的兩封信——致阪井洋史》，《大潮文叢》第四輯（1994 年 12 月）。

經濟時代的陳舊思維在作怪，他認為應坦然面對人文精神的多元性和多層性，「文化市場，反應的畢竟是人的需要。」〔註 24〕圍繞著 90 年代文學是否應該具有「物質性」特點的爭辯，標示著 80 年代／90 年代之間有一個明顯的分界點；更應該注意的，是在這個分界點上已經攜帶著「80 年代」是如何跨入「90 年代」的等諸多尚未解開的問題。對此，王一川曾經有比較理性的分析：「80 年代審美文化以純審美、精英文化、一體化、悲劇和單語獨白為主要特徵。具有這種特徵的審美文化，往往服務於呈現啟蒙精神。」而「在 90 年代，從純審美到泛審美、精英到大眾、一體化到分流互滲、悲劇性到喜劇性以及單語獨白到雜語喧嘩，審美文化的這種變遷從根本上披露了啟蒙精神衰萎的必然性。」他認為，在「經濟形態的多元化（國營、集體、個體及合資經濟）和社會構成上的分層化（工人、農民、軍人、商人、名人等的階層分野趨於明顯）」歷史情境中出現的這種歷史分化現象，並不是從 90 年代才開始的。「80 年代審美文化並不是鐵板一塊，而應看作變化的過程。」「首先，『尋根』小說帶著尋覓『民族精神』的初衷在邊緣地帶苦求，相反卻發現『根』已經衰朽（如丙崽），這無疑動搖了啟蒙精神的合理性根基；其次，馬原、余華、蘇童、格非和孫甘露等的先鋒小說，集中拆解傳統敘事規範，以無中心的泛典型取代中心性典型，瓦解了啟蒙精神賴以建立並持續存在的元敘事體；再次，被稱為『新寫實』的那些小說（如《煩惱人生》、《單位》和《一地雞毛》），透過印家厚、小林和小李從富於宏偉理想到這種理想在日常生活瑣事中的無所不在的失敗，顯示出 80 年代啟蒙精神的無可挽回的衰落命運」。「總之，審美文化在 90 年代具有不同於 80 年代的鮮明特徵，這是一個歷史性演變進程」。〔註 25〕

三、「個人實踐性」、「崗位」及其它

不過有意思的是，儘管價值取向上有意表露出與北京某些人分道揚鑣的決然姿態，但王曉明在 1994 年第 3 期與張汝倫、朱學勤和陳思和的「對話」中仍然敏銳意識到了討論人文精神過程中葆有「個人實踐性」的重要性。他說：

> 今天我們談論終極關懷，我就更願意強調它的個人性，具體說

〔註 24〕 王蒙：《人文精神問題偶感》，《東方》1994 年第 5 期。
〔註 25〕 王一川：《從啟蒙到溝通──90 年代審美文化與人文精神轉化論綱》，《文藝爭鳴》1994 年第 5 期。

就是：一，你只能從個人的現實體驗出發去追尋終極價值；二，你
能夠追尋到的，只是你對這個價值的闡釋，它絕不等同於終極價值
本身；三，你只是以個人的身份去追尋，沒有誰可以壟斷這個追尋
權和解釋權。正是在這個意義上，我相信人文學者在學術研究中最
後表達出來的，實際上也首先應該是他個人對於生存意義的體驗和
思考。〔註26〕

在人文精神討論中出言比較謹慎的朱學勤，這時對其進行了補充性闡釋：「王
曉明強調的是，一個普遍主義的人文原則，在實踐中卻必須是個體主義的，
這是一個非常重要的限定。沒有這個限定，人文精神的普遍主義，有可能走
向反面，走向道德專制」。「用我們現在談話的語言說，就是以普遍主義方式
推行普遍主義原則，我們今天談論的人文精神，似乎也應以此為戒？我想說
的是，一個人文主義者，如果不願放棄這一理想，是否應對原則上的普遍主
義與實踐中的個體主義，持有一種謹慎的邊界意識？」〔註27〕從對「個人實
踐性」和「邊界意識」的強調來看，上海人文精神一部分倡導者並不像張頤
武指責的「設計了一個人文精神／世俗文化的二元對立」、非把「自身變成一
個超驗的神話」，相反他們倒意識到這種討論如果「不接地氣」和不從具體實
踐層面上來操作，它的有效性就值得懷疑。

不過，張頤武的批評倒似乎適用於陳思和「崗位意識」的主張。陳思和
指出：「這些問題直接涉及到知識分子人文精神的價值取向，即它的崗位應該
設在哪裏。我剛才說過封建時代的知識分子居廟堂中心，它進而入廟堂，退
而回到民間，無論辦書院搞教育，還是著書立說，都是在一個道統裏循回，
構成了一個封閉性的自我完善機制。20年代胡適提倡好人政府，50年代熊十
力上書《論六經》，都是知識分子企圖重返廟堂的努力。但20世紀廟堂自
毀，價值多元，知識分子能否在廟堂以外建立自己的崗位，同樣能夠繼承和
發揚人文精神，塑造自己的人格形象？這是一個非常現實地擺在知識分子
面前的問題。」〔註28〕雖然在陳思和這裏，不能說「廟堂」與「民間」完全
是張頤武所說的「設計了一個人文精神／世俗文化的二元對立」、是把「自
身變成一個超驗的神話」，但聯繫倡導者 1980 年代以來的思想發展脈絡，從

〔註26〕張汝倫、王曉明、朱學勤、陳思和「對話」：《人文精神：是否可能與如何可
　　　　能》，《讀書》1994 年第 3 期。
〔註27〕同上。
〔註28〕同上。

倡導人文精神到強調研究「潛在寫作」、「無名寫作」，再到「廣場」、「民間」
理論的推出，陳思和給人在純精神層面處理文學問題的印象確實明顯。張
頤武的批評是否正確姑且不論，不過這倒無意地指出了在理解什麼是人文精
神和怎樣在個人研究層面上落實它的問題上，倡導者圈子中也是有所不同
和因人而異的。從中也可以看出，在批評陳思和等人討論問題過於抽象的
時候，張頤武的批評也給人比較抽象和不具體的感覺，這是應該留意的細微
地方。

　　亞當‧斯密 1776 年 3 月出版的深刻解釋資本主義生產秘密和規律的《國
富論》被認爲是他的傳世之作，但他另一部可稱之爲英國工業革命時代「人
文精神討論」的著作《道德情操論》卻於 1759 年 4 月提前問世。他早在 250
多年前，同時早於 1993 年中國人文精神討論 234 年前，就已注意到人類社會
經濟發展與維護人文精神之間的嚴重脫節和不平衡的巨大困境。要取得歷史
進步，社會就不得不從事資本主義生產，用於刺激消費和增加財富，然而道
德淪喪也在向財富增加的相反方向全面下滑。正是在這種歷史情境中，他非
常注意從「個人實踐性」的視角研究問題，並提出了許多非常具體和豐富的
見解。他在《國富論》中指出：「在物質匱乏的年月，維持生活不容易，而且
生活不穩定使得那些人又渴望回到原有的工作崗位上去。但是食品價格的昂
貴，用於供養人的基金的減少又使得雇主們寧願減少傭工，而不願增加工人。
再者，在物價昂貴的年月，貧窮的獨立工人往往把以往用來補充自己工作材
料的少數資本都用來消費，於是爲了維持生活也都被迫變成了短工。需要工
作的人更多了，而得到工作也就更不容易了。於是許多人寧願接受比通常更
低的條件，這樣一來僕人和短工的工資在物價昂貴的年月便更低了。」他在
論及雇主與傭人的關繫時的抽象思維很有意思，在具體中又非常抽象和富於
啓發性：「一些具有極大使用價值的東西，往往不具有或僅具有極少的交換價
值。相反，一些具有極大交換價值的東西又往往不具有或極少具有使用價值。
沒有什麼東西比水更有用的了，然而它不能購買任何東西，也不能交換任何
東西。相反，鑽石沒有任何使用價值，但它往往可以交換到許許多多的其它
商品。「〔註29〕讀者注意到，在討論十分具體的生產關係甚至物質方面的問題
時，亞當‧斯密始終把資本主義生產過程中的「人性問題」擺在中心位置，

〔註29〕　（英國）亞當‧斯密：《國富論》（上），謝祖鈞譯，孟晉校，北京，新世界出
　　　　版社，2007 年 1 月，第 69、24 頁。

雇主與傭工的關係如此，使用價值與交換價值的關係也是如此，而不像我們往往喜歡把問題拉到遙不可及的倫理道德的層面，進行純粹抽象——實際也達不到真正抽象思維層次的不及物的操作和辯論。以「人性」為立足點，這就導出了他在《道德情操論》中對它的深刻分析及如何加以約束和平衡的問題。他說：「人們歷來抱怨世人根據結果而不是根據動機作出判斷，從而基本上對美德失去信心。人們都同意這個普通的格言：由於結果不依行為者而定，所以它不應該影響我們對於行為者行為的優點和合適宜的情感。但是，當我們成為特殊的當事人時，在任何一種情況下都會發現自己的情感實際上很難與這一公正的格言相符。任何行為愉快的和不幸的結果不僅會使我們對謹慎的行為給予一種或好或壞的評價，而且幾乎總是極其強烈地激起我們的感激或憤恨之情以及對動機的優缺點的感覺。」他又解釋說：「無論人們會認為某人怎樣自私，這個人的天賦中總是明顯地存在著這樣一些本性，這些本性使他關心別人的命運，把別人的幸福看成是自己的事情，雖然他除了看到別人幸福而感到高興以外，一無所得。這種本性就是憐憫或同情，就是當我們看到或逼真地想像到他人的不幸遭遇時所產生的感情。」「這種情感同人性中所有其它的原始感情一樣，決不只是品行高尚的人才具備，雖然他們在這方面的感受可能最敏銳。最大的惡棍，極其嚴重地違反社會法律的人，也不會全然喪失同情心。「〔註30〕他的意思是，在社會轉型、資本積累的年代，最容易誘發出人性的自私和醜惡來，然而「合適宜的情感」卻能夠克服某些人性弱點，把人的「憐憫和同情」調度起來，進一步克服至少可以部分地平衡金錢利益與道德的嚴重悖謬。

王曉明和王蒙雖然都強調了人文精神討論中的「個人實踐性」，但他們並沒有「落地」，真正「落地」的卻是當時大多數「知識分子」都深惡痛絕的小說家王朔。當然，王朔的「個人實踐性」與王曉明的主張不是發生在同一個歷史層面上的，無法將它們並置在一起來討論，但這不妨礙我們對它問個究竟。王朔的言論好像是在與亞當·斯密的政治經濟學自覺接軌，他宣稱：「有些人喜歡以貧交人，我不願意這樣。我不是拿不義之財，弄了個好東西，當然要賣個好價錢。」〔註31〕他不僅口頭表白，而且早就有了「下海」的「個

〔註30〕（英國）亞當·斯密：《道德情操論》，蔣自強、欽北愚等譯，胡企林校，北京，商務印書館，2008 年 7 月，第 130、5 頁。

〔註31〕白燁、王朔、吳濱、楊爭光「對話」：《選擇的自由與文化態勢》，《上海文學》

人實踐」。李建周爲我們提供了很多鮮爲人知的材料:「1978 年發表短篇小說
《等待》以後,王朔受到《解放軍文藝》的極大重視,被借調到該刊當編輯。
正好趕上『三中全會』召開,政策的鬆動使得各種經濟活動全面鋪開。由於
管理部門缺乏經驗和政策法律不健全,許多經濟活動處於合法與非法之間的
灰色地帶,造成了改革初期的混亂局面。」「受先前哥兒們影響,無心看稿的
王朔去了廣州,搖身一變成了空手套白狼的『倒爺』。現役軍人身份又是一把
無形的保護傘,『光倒騰走私的彩電、錄音機,南北一調個兒便能淨得百分之
一二百的純利。』」〔註 32〕與大多數呆在書齋裏坐而論道的學者和批評家相
比,王朔確實非常勇敢而且先人一步進入了「90 年代」。儘管他的「個人實踐
性」是與王曉明的「個人實踐性」南轅北轍的,以致對後者是否定和鞭撻性
的,不過這位充滿爭議的作家確實又在另外的層面上率先實踐了人文精神討
論的主張。(豈料又過了若干年,當年參與人文精神討論的學者和批評家們,
不都學會了與書商打交道,而且策劃起了很多明顯帶有「市場意圖」的學術
叢書?從這個角度看,他們與王朔此前的下海只是五十步與一百步而已)如
果這樣看,王朔也許是一個還沒有被真正認識到的爲「90 年代」而「殉道」
的典型例證。他在今天「落魄」的命運,給我的印象可能也是如此。因爲有
事實證明,王朔當時並非要甘心下海做一個商人,他不過是爲維護文學這個
「志業」而暫時屈身而已,他在這一階段仍然勤奮地寫出了《動物兇猛》、《過
把癮就死》等不錯的小說:我「自己搞公司,除了實現自己在影視上的一些
追求外,還有一個想法就是少受自己做不了主的那種累,以便更好地寫些東
西。」〔註 33〕楊爭光也曾替他辯解道:「辦公司賺錢並不是目的,主要還是想
幹事業,在影視上搞出些好東西來。現在來看,這個想法還是浪漫了一些」。
〔註 34〕1993 年的中國,這時正在艱難地走出那個荒謬不經的計劃經濟年代而
邁向資本主義的前夜。「人文精神討論」可能正是這代「50 後」知識者在走向
資本主義前夜時的最稚嫩的也是最珍貴的思考。舊的歷史一頁剛剛翻過,新
的歷史一頁也剛剛掀開。我們對新的歷史一頁的認識,必須以舊的歷史一頁

1994 年第 4 期。

〔註 32〕 李建周:《身份焦慮與文本誤讀——兼及王朔小說與「先鋒小說」的差異性》,
《當代文壇》2009 年第 1 期。

〔註 33〕 白燁、王朔、吳濱、楊爭光「對話」:《選擇的自由與文化態勢》,《上海文學》
1994 年第 4 期。

〔註 34〕 同上。

的脈絡紋理中去尋找和發掘才可能具有思想的深度。

四、十七年可能是「人文精神」討論的新觀察點

在討論了 80／90 年代的歷史關聯性之後，我們再將它往前延伸，看看除此之外另一個時間點能否給它的定義做一些解釋。今天看來，純粹在 90 年代歷史情境中重新考量「人文精神」討論的意義和得失是不准確的，因為這樣，必受當時批評和今人批評的影響與干擾。它的歷史立足點，我們可以嘗試著在這代人的十七年境遇中來奠基和再次地展開。

實際上，雙方已爭論到十七年的歷史問題，只是後來人們並未注意到這個問題對於人文精神討論的真正含義。據我看到的歷史文獻，上海的人文精神倡導者都未注意到十七年這個重要的歷史資源，倒是為王朔命運憤憤不平的作家王蒙把它當做了自己立論的出發點。他以略帶挖苦的口氣說：「對於人的關注本來是包括了對於改善人的物質生活條件的關注的，就是說我們總不應該叫人們長期勒緊腰帶喝西北風並製造美化這種狀況的理論來弘揚人文精神。但是，當我們強調人文精神是一種『精神』的時候，我們自古以來於今猶烈的重義輕利、安貧樂道、存天理、滅人欲、舍生忘死、把精神與物質直至與肉體的生命對立起來的傳統就開始起作用了。毛主席講的人要有一點精神，也是指解放軍戰士不吃『蘋果』的精神，蘋果多了，吃了，又從哪裏去體現『人是要一點精神』的呢？毛主席講的是解放軍遵守紀律的精神，他講的是正確的與動人的。但這裡的所謂『精神』，仍然是對於某種眼前的物質引誘的拒絕，有了蘋果就失落了精神，其心理暗示可謂淵遠流長。」在梳理了「十七年貧困社會主義」的思想內核和它的傳統文化資源後，王蒙又在馬克思主義那裡去尋找其來源和根據。「意味深長的是，從脫離物質基礎的純精神的觀點來看，計劃經濟似乎遠遠比市場經濟更『人文』。計劃經濟的基本思路是，人類群體特別是體現公意的社會主義國家的執政黨及政府，（筆者按：像十七年和「文革」時期的中國、現在的北朝鮮和古巴均為顯例）認識、把握並自覺地運用經濟的發展規律，摒棄經濟活動中因為價值規律的作用而出現的自發性、盲目性、無政府狀態，（馬克思主義認為，資本主義的基本矛盾之一是個別企業的生產的計劃性與整個社會生產的無政府狀態之間的矛盾。）把人類群體的主觀意志與客觀的經濟需要結合起來，使人真正成為經濟活動的主人，社會生活的主人，歷史前進運動的主人。斯大林的命題是，社會主

義經濟的基本規律是最大限度地滿足人民的物質與精神的需要，而資本主義經濟的基本規律是最大限度地追求利潤。」〔註35〕王蒙這樣就把「人文精神」討論拉回到將物質／精神刻意對立的十七年的現場。他的歷史經驗告訴自己，這種嚴肅的討論不能越過剛剛過去的十七年和「文革」，而僅僅站在八十年代新啓蒙立場和西方知識層面去重建人文精神。如果這樣，這就不是一場具有歷史感的討論，這種脫歷史的姿態就不是從中國問題出發的討論問題的方式，它的意義就值得懷疑。

對十七年，金觀濤有著與王蒙同樣深刻的記憶。他認爲 1980 年代是中國社會的「第二次啓蒙」，但是對它的認識一定要放回到特定語境和更大的框架中才能產生歷史縱深感。「20 世紀有兩次現代化高潮，而從 1920 年代後期至 1980 年代之前這五十年間，中國大陸經濟增長相對緩慢。這是因爲帝制崩潰之後，中國要首先完成社會的整合，才可能有經濟的超增長。1949 年中國完成了社會整合，但由於實現社會整合是依靠具有革命意識形態的政黨，只要社會整合一完成，黨就必定會把去實現意識形態規定的道德目標放在首位，不斷革命、不斷擴大社會動員的規模；只有到發現烏托邦的虛幻、革命意識形態解構，社會現代轉型和現代化的目標才會再次凸顯出來。」他爲此提供了具體個案：「上個世紀 50 年代至 70 年代，我在中國旅行的時候所看到的鄉村、城市面貌基本是不變的。就以我的故鄉杭州爲例，我出生的時候，杭州大概是六十萬人口，到了 1980 年代初，杭州還是六七十萬人口，基本沒有改變。當時城市格局包括街道、人口規模，都是 20 世紀初期的第一次現代化高潮期奠定的。五十年間，雖然經濟發展緩慢，革命和意識形態的展開卻驚心動魄。就中國大陸而言，1949 年至 1978 年的歷史，實爲毛澤東思想的展開，它可以用革命意識形態和社會的互動來概括，一直到文化大革命毛澤東思想解構。隨著文革災難的結束，中國人才再一次回到未完成的現代化事業中來。文革災難也使知識分子意識到啓蒙沒有完成，所以 1980 年代從反思文革痛苦經驗開始，中國出現了第二次啓蒙運動。」〔註36〕

王蒙、金觀濤根據他們這代人的歷史經驗，試圖在敘述中建立「落後時代」與「先進時代」這樣的認識性框架，從而推演出 1980 年代啓蒙運動對於

〔註35〕 王蒙：《人文精神問題偶感》，《東方》1994 年第 5 期。

〔註36〕 金觀濤：《中國歷史上的兩次啓蒙運動》，參見《五四運動的當代回想》，新加坡，南洋理工大學中華語言文化中心出版，2011 年 12 月，第 115、116 頁。

中國現代化轉型過程的思想意義。在這種十七年「停滯社會」與 80／90 年代「進步發展社會」的比較視角中，金觀濤，尤其是王蒙緊迫地意識到，對「如何進入 90 年代」的反省，是不應該繞過十七年「停滯社會」這個歷史維度來展開的。80 年代的思想啓蒙，最終是要推動 80 年代進入 90 年代的市場經濟社會，從而尋求人的全面解放的歷史藍圖，雖然這種藍圖今天被證明並不都是理想如意的，它甚至還給當代中國人帶來了在 80 年代未能預想的痛苦和困難。然而在他們看來，在「落後時代」與「先進時代」的比較性框架中，90 年代的市場社會仍然是社會進步的主要動力，是歷史鏈條上的重要一環，沒有這一環，中國就還可能退回到十七年的烏托邦狀態（例如重慶的「唱紅打黑」），就不能像近代知識分子所希望的那樣被納入到世界的體系當中，中國也不可能有機會建構成一個真正意義上的「現代民族國家」。正是在這個維度上，王蒙和金觀濤幫助人文精神討論擁有了應該擁有的歷史感，當然也從這個維度令人意識到了人文精神討論視野的局促狹窄，這些引文實際還幫助我們重新認識了那個曾經充滿思想辯論色彩的年代。

就在人文精神討論進行過程中，年輕的郜元寶已經注意到：「90 年代的社會運作很多方面確實逸出了知識分子的原有的人文構想」。〔註37〕這番話讓人意識到，人文精神倡導者當時是以 80 年代新啓蒙的理想標準來要求 90 年代的，而 90 年代則打出了另一面市場經濟的旗幟。這種差異性中就有兩個問題值得探討：一是單向度的新啓蒙知識框架難以令人信服地解釋市場經濟中的多元架構及其複雜問題。這就是我們爲什麼要更換一個認識框架，引用韋伯和亞當·斯密對資本主義社會結構和生產矛盾的引文，藉以重新認識人文精神倡導者當時知識的困難和局限，以便於使對人文精神討論的研究繼續向前推進的理由；二是由於當時人文精神倡導者只是在人文學科危機的相關範疇裏面向 90 年代的問題，而沒有在「十七年」與「90 年代」之間建立一個關聯性的邏輯結構，沒有意識到 90 年代物質欲望的突然膨脹恰恰是十七年的嚴重物質匱乏造成的這樣一個中國問題，這就使這場討論缺乏現實針對性和必要的歷史感。那時候的人文知識分子主要在學科範疇及個人命運中想問題，這種想問題的方式，就與 90 年代的大眾社會和文化明顯脫節了，從而失去了

〔註37〕 許紀霖、陳思和、蔡翔、郜元寶「對話」：《道統、學統與政統》，《讀書》1994
年第 5 期。

立言的立足點。當然更主要的原因是，人文學科的知識積累還沒有能力解釋
90 年代的市場經濟和大眾文化問題，這就使更適應解釋 90 年代的政治學、經
濟學、法學和社會學乘虛而入站到了歷史前沿。人文學科在歷史中遜位和
社會科學成為顯學的現狀在今天依然存在，就連我這個精力不濟的研究者也
不得不忙中偷閒地補課，補充自己的知識儲藏。採用引文式研究視角，實際
正是知識社會學給我的啓發。另外也需看到，對二十年前的 90 年代市場經濟
興起和因此引發的人文精神討論，不可能在當時、也可能在今天才看得比
較地清楚。就連長於理性精神的西方學者看他們的「資本主義興起」並作出
有分量的歷史解釋，也大多是到了很多年之後。且看我們繼續引用的這兩段
引文：

　　「1895 年，阿克頓爵士在劍橋大學發表的就職演說中表達了他的信念：
現代歐洲與其過往時代之間存在著一條『顯而易見的界線』。現代與中世紀之
間並不是一種『以合法、正統的表面符號為載體的正常繼替』」。因為「歷史
科學的存在預設了一種普遍變化的世界，更為重要的是，預設了一種過去在
某種程度上已成為負擔，必須把人們從中解放出來的世界。」〔註38〕安東尼・
吉登斯實際指出了我們在文章開頭所說的中國的 80 / 90 年代、也即現代歐洲
/ 過往時代之間的「邊界」。丹尼爾・貝爾則告訴我們：1789 年，當喬治・華
盛頓就任合眾國第一任合統時，「美國社會還不足四百萬人，其中七十五萬是
黑人。城市居民微不足道。當時的首都紐約只有三萬三千人。」到了他《資
本主義文化矛盾》這本書出版的 1976 年，「美國人口已大大超過二億一千萬，
其中一億四千萬以上的人居住在大都市地區（也就是說，每個縣至少有一個
五萬居民的城市）。住在農村的還不到一千萬人。」他指出美國從傳統社會（熟
人社會）邁進大眾社會（陌生人社會）並完成現代化變革，主要源自以下兩
個原因：

　　　　相互影響。然而，「大眾社會」並不單單是由數構成的。沙皇俄
　　國和中華帝國就是幅員遼闊人口眾多的社會。然而，這兩個國家的
　　社會基本是網狀隔離的，每個村莊大致上概括了其它村莊的特點。
　　法國社會學家杜爾凱姆在他的《勞動分工》中為我們提供了認識大
　　眾社會特徵的線索。每當隔離狀態消失，人們相互影響，並隨之產

―――――――――――――

〔註38〕 （英國）安東尼・吉登斯：《資本主義與現代社會理論・導論》，郭忠華、潘
　　　　華淩譯，上海，上海譯文出版社，2007 年 9 月。

生了競爭（它並非僅僅導致衝突），由此形成更加複雜的勞動分工和
互相依存的關係，以及深刻的結構差別。此時，新的社會形式便應
運而生了。

　　……

　　自我意識。……這種身份變化是我們自身的現代性的標記。對
我們來說，已經成為認識和身份源泉的是經驗，而不是傳統、權威
和天啓神諭。甚至也不是理性。經驗是自我意識──個人同其它人
相形有別──的巨大源泉。〔註39〕

正如王一川前面指出的，「這個進程」在 80 年代中期的尋根、先鋒和新寫實
小說中已經開始。或者說它在 1984 年啓動的中國「城市改革」中就開始了。
但是，大多數討論者並沒有意識到或注意到這個事實。如果這樣去認識，以
「80 年代」的人文知識積累和理想願望試圖進入不兼容的「90 年代」的多元
社會和文化結構，並缺乏對現代社會的基本認識，就可能是人文精神討論所
遺留給今天的主要歷史問題。

　　　　　　　　　　　　　　　　　　　　　2012.8.4 於北京亞運村
　　　　　　　　　　　　　　　　　　　　　2012.8.23 再改

〔註39〕　（美國）丹尼爾·貝爾：《資本主義文化矛盾》，趙一凡、蒲隆等譯，北京，
　　　　　三聯書店，1989 年 5 月，第 136、137 頁。

六十年代人的小說觀
—— 以李洱的《問答錄》爲話題

　　九十年代後，畢飛宇（1964）、李洱（1966）、韓東（1961）、朱文（1967）、李馮（1968）、東西（1966）、邱華棟（1969）、刁斗（1960）、魯羊（1963）、荊歌（1960）和張生（1969）等「60 後」作家大面積崛起。按作家二十年更替一代的規律，今天他們早雄據文壇中心。然而二十年過去，各種預測都沒有發生。莫言、賈平凹、王安憶、余華等依然是全體作家心目中的鎮山之石。儘管這期間畢飛宇、李洱都有令人刮目相看的小說名世。本文無意比較評論兩代作家的文學成就，而想以李洱的重要創作談《問答錄》爲對象，從其敘述的這代作家的小說觀來勘察他們所處的歷史方位、思想和文學狀態。我把這種分析看作一種「理解」式的解讀，這種理解是「必須能夠進入他整個人之中，以他的眼光來看，以他的感受來感受，以他的準則來評判」，「從他的角度出發重新思考他的想法，總之與他心意相通」，也即一位歷史學家所說的，「如果不通過友情，我們對任何人都無從認識。」〔註 1〕我想它是一種友情式的分析和解讀。

〔註 1〕　（法國）安托萬·普羅斯特：《歷史學十二講》，王春華譯，石保羅校，北京，北京大學出版社，2013 年 12 月，第 163 頁。在中國傳統學術中也有類似說法，如「知人論世」、「理解之同情」等等。就是說，與歷史保持距離的歷史學家，同時也要設身處地使自己的精神生活和研究狀態進入到研究對象的歷史情境之中，所有卓有成效的研究工作不能置身於歷史之外，完全保著冷漠超然的態度。否則，我們就不能與過去的歷史產生對話，從中找到「歷史」的「今天性」。

一、「我們」與歷史的關係

在《問答錄》裏，李洱接受過吳虹飛、孫小寧、黑豐、梁鴻、吳天眞等多人採訪，他是以「我」，但在我看來是以六十年代生作家的「我們」的角度回答問題的。「我」只是「我們」這個複數的一員，「我們」才是他對自己這代人的歷史稱謂。他將六十年代生作家與五十年代生作家做了明確切分：「前幾天我聽阿來講一個故事，說他和閻連科一起做講座，閻連科在講臺上談起自己的經歷，聽眾特別感興趣，群情激昂。阿來說，輪到他自己談寫作的時候，他能夠感受到下面的人雖然在聽，但興趣沒了。我們這一代人的生活，別人是不感興趣的。所以，我特別不願意做講座，做訪談，因爲你不能提供傳奇性的經驗。」〔註2〕對於爲何沒有「傳奇性」的「經歷」，李洱的解釋這樣的：

> 六十年代出生的作家，因爲成長背景大體相同，所以他們的寫作肯定是有共性的，就像中國作家區別於美國作家，是因爲各自都有一定的共性。具體說到六十年代作家的共性，我想把他們說成是懸浮的一代。與上代作家相比，他們沒有跌宕起伏的經歷，至少在九十年代之前，他們很少體驗到生活的巨大落差。不過，他們也經歷了一個重要的變革。這個變革就是某種體制性文化的分崩離析，但與此相適應，某種美好的烏托邦衝動也一起消失了。這個變革是什麼時候發生的？他們的青春期前後！而他們的世界觀，正是那個階段形成的。對於如何理解這一代人，我想這是一個關鍵點。〔註3〕

如果從李洱的「角度出發重新思考他的想法」，那就是他希望把賈平凹、莫言、王安憶們看作是曾經被「大歷史」壓在社會底層的「一代人」。他們因改革開放而走入上層社會，所以人生經歷中必然充滿了「傳奇性」色彩。這種帶有巨大落差特點的人生遭際，最容易形成二元論的歷史觀念和思維方式。另外他希望表明，他和畢飛宇、韓東、李馮和朱文等剛踏進社會就是大學

〔註2〕 李洱：《九十年代寫作的難度——與梁鴻的對話之四》，《問答錄》，上海，上海文藝出版社，2013年1月，第168頁。阿來，1959年生於四川省馬爾康縣，藏族。閻連科，1958年8月生於河南省洛陽嵩縣。在年齡上，兩人都是五十年代生人。不知阿來還是李洱，把阿來與閻連科的歷史觀念做了區分，而把阿來當做了「另一代人」。

〔註3〕 李洱：《「傾聽到世界的心跳」——與魏天眞的對話之一》，《問答錄》，上海，上海文藝出版社，2013年1月，第194頁。

生，沒有底層與上層的比較性反差，不僅沒有而且更會反對這種二元論觀念。「很多六十年代生人的世界觀裏，從骨子裏就是非二元論的，也就是說，這是非自覺的。」「除了這種非自覺，還有一種自覺，那就是反對二元論。」〔註4〕他進一步解釋說：他們「很少有此岸與彼岸的概念，思維方式也不是非此即彼的」。更值得注意的是：「對主流的意識形態，他們不認同。同時，對於反主流的那種主流，他們也不認同。六十年代作家，有『希望』，但沒有『確信』。有『恨』，但『恨』不多。身心俱往的時候，是比較少的。他們好像一直在現場，但同時又與現場保持一定的距離。他們的感覺、意念、情緒、思想，有些上不著天，下不著地，懸浮在那裡，處於一種『動』的狀態，而這種『動』，很多時候又是一種『被動』。」為了把這代人與歷史的關係說得更清楚，對這種歷史位置做更精準的拿捏，李洱講了一個自己的故事：「『文革』歌曲、樣板戲，我就不會唱，而比我大上幾歲的人，卻是張口就來，溜得很。而我呢，到了九十年代才會唱。你一定記得，九十年代初，大街小巷都在傳唱『文革』歌曲。那些歌曲不是通過『文革』時期的那種大喇叭唱出來的，而是通過磁帶唱出來的，是出租車上的交通電臺唱出來的，是在歌廳裏唱出來的，是通過電視臺的綜藝晚會唱出來的。它是商業文化、娛樂文化的一部分」，「但又被主流意識形態所兼容的。」〔註5〕

在這種敘述中，由於將懸浮感／非二元論／被動與大歷史這兩組詞並置在一塊，一種非整體性的歷史觀就被呈現在眼前了。在驚心動魄的大歷史一幕降落後，非整體性和零碎性，是李洱所描述的六十年代生這代作家精神生活的主要特徵。而他在暗指的五十年代生這代作家的精神生活，則是與之迥然不同的具有紀念碑意義的整體性的歷史生活。對這種個別與整體之差別，黑格爾幫我們做了嚴格區分：「在赫拉克利特看來，就是真理的本質。因而那種對一切人顯現為普通的東西，就有信念，因為它分享了普遍而神聖的邏各斯；但是那種屬於個別人的東西，由於相反的原因，自身是沒有信念的。」〔註6〕這就令人想到，李洱在敘述自己的故事的時候，也在進行著整理的工

〔註4〕 李洱：《「傾聽到世界的心跳」──與魏天真的對話之一》，《問答錄》，上海，上海文藝出版社，2013年1月，第203頁。

〔註5〕 李洱：《「傾聽到世界的心跳」──與魏天真的對話之一》，《問答錄》，上海，上海文藝出版社，2013年1月，第194、195頁。

〔註6〕 （德國）黑格爾：《哲學史演講錄》，第一卷，賀麟、王太慶譯，北京，商務印書館，1996年6月，第315頁。

作。個別和整體在作者的整理中，是那樣的涇渭分明和邊界清晰：在形象很壞的「文革」年代，那些歌曲仍然是嚴肅、昂揚和整體性的；然而九十年代經過磁帶、出租車的交通臺、歌廳和電視綜藝晚會傳唱的這些歌曲，由於被改造成了商業文化和娛樂文化，已經「自身是沒有信念的」了。歷史就在這裡沉沒。

二、人物性格與人物道德

鑒於離開了蘊含著真理的「總體生活」，離開了歷史的整體性，經過李洱推導，小說創做到了這麼一個階段：他對吳虹飛說：「我關心人物的性格，要大於關心人物的道德。這可能是小說家的職業病。我內心當然有善惡標準，但不會要求讀者認同我的標準。」〔註7〕他對梁鴻說：「小說確實越來越複雜了，也越來越專業了。十九世紀的小說，那些經典現實主義作品，那些鴻篇巨著，哺育了很多人。它們的著眼點是寫人性，寫善與惡的衝突，故事跌宕起伏，充滿悲劇性的力量」。而「現在，誰再去寫一個《復活》，別人都會認為你寫的是通俗小說。」〔註8〕我們不由得得到，中國當代小說在 1985 年後迅速翻過了十九世紀文學的一頁。二十世紀文學現在已完全佔領十九世紀文學的傳統地盤，它統治著每一個小說家的心靈，包括他們對每部小說、每個人物和每個句子的構思。今天展開在每位讀者面前的文學史地圖，就是這樣的山川地貌。

對為什麼會出現人物性格正在取代人物道德的這種小說創作環境，李洱做出的解釋是：「個人生活，或者說作為作家的那個個體，其實已經分崩離析。你不可能告訴讀者你對世界的整體性的感受，那個整體性的感受如果存在，那也是對片斷式、分解式的生活的感受。我自己在閱讀當代小說的時候，我總是不由自主地關心小說的敘述人：這部小說是誰在講述？而在讀那種傳統意義上的小說的時候，我不會關心這個問題。雖然一部小說，毫無疑問是由作家本人講述的，但奇怪的是，我們對作家本人失去了信任，我們需要知道他講述這篇小說的時候，是從哪個角度進入的，視角何在？不然，我就會覺得虛假。」不過，當梁鴻用充滿尖銳質疑的口氣向他提出這種「這並

〔註7〕 李洱：《與吳虹飛的對話：從知識分子到農民》，《問答錄》，上海，上海文藝出版社，2013 年 1 月，第 35 頁。

〔註8〕 李洱：《虛無與懷疑語境下的小說之變——與梁鴻的對話之二》，《問答錄》，上海，上海文藝出版社，2013 年 1 月，第 109、110 頁。

不是我一個人的感受，還可能是很多閱讀者的感覺，好像我們對小說的概念、感覺和要求還停留在十九世紀那個經典年代，但實際的小說創作已經走得很遠了。這是不是意味著，我所說的仍是一種傳統意義的小說？而現代意義的小說已經棄了許多東西」的問題時，李洱剛開始有點遲疑，但很快就承認他依舊對十九世紀文學抱有某種好感和留戀。我「有時候也翻看一些十九世紀的小說。我讀的時候，常常感到那時候的作家很幸福，哪怕他寫的是痛苦，你也覺得他是幸福的。哪怕他本人是痛苦的，你也覺得他作爲一個作家是幸福的。十九世紀以前的小說家，是神的使者，是眞理的化身，是良知的代表。他是超越生活的，是無法被同化的。」例如陀思妥耶夫斯基生活貧困潦倒，兒子也死了，失敗感伴隨了他終生，但他依然是幸福的。梁鴻不想讓話題停留在這種難堪場面：「本雅明有一句話說得非常好。他說，眞理的史詩部分已結束，小說敘述所表現的只是人生深刻的困惑。」李洱也馬上轉換話題說，我太想寫出那種小說了。然而「整個世界的語境都發生了變化，作家進行情感教育和道德啓蒙的基石被抽走了。卡夫卡的那句話就是一個很好的例子。卡夫卡說，巴爾扎克權杖上曾經刻著一句話：我粉碎了整個世界；我的權杖上也有一句話，整個世界粉碎了我。」他沮喪地承認，當代小說現在連卡夫卡那種寓言性的功能，也都不存在了。〔註9〕梁鴻問，這背後是不是由於作家的世界觀發生了改變？他毫不遲疑地承認了。

需要緊接著追問的是：蘊含著眞理的「總體生活」是否已經過去，「道德」不再是小說的中心，它已遜位於人物性格了嗎？這樣的邏輯推演究竟能不能成立？它的理由和根據是什麼？另外，如果很多閱讀者和批評家對小說的感受和要求還停留在十九世紀經典年代，而現代小說爲什麼就置其不顧，可以走得很遠，這樣的命題是基於什麼理論成立的？這類問題其實可以平心靜氣地討論。而且在我看來，對它的討論不是可有可無的。我們知道在傳統文學理論中，文學儘管具有超階級、超時代的性質，但總體上能夠與時代潮流保持同步性，因爲有這種一個時代才有一個時代的文學的文學史規律。六十年代生的作家，是在大學讀書階段形成他們一整套歷史觀、文學觀的，八九十年代大學和思想文化界對中國文學思潮的沙盤模型推演，深刻影響了這代作家的思想文學意識。從書本到書本是否就是他們最直接最深刻的文學現實？

〔註9〕 李洱：《虛無與懷疑語境下的小說之變——與梁鴻的對話之二》，《問答錄》，上海，上海文藝出版社，2013年1月，第110～113頁。

「脫時代」是否就應該是他們觀察社會的窗口？這一切還都像謎語一樣潛藏於這代作家略顯玄奧的文學世界裏。它們等待著文學史推土機的開掘。當然我意識到即使對於開掘者，他們一定也是帶著萬般疑惑在從事這種工作的。我們正好生存在一個充滿疑惑的時代，我們沒辦法超越自己的歷史狀態。如此，我們能否有理由把他們這一切與五十年代生作家的那一切區別開來？李洱說：「我喜歡寫小說，很重要的一個理由，就是小說是對經驗的探究，是對自我的發現。當一個有趣的人物突然走進你的小說，當一句有趣的話突然從這個人物的口中說出，當這個人物和這個人物的語言對我們進退維谷的文化處境具有某種啓示意義的時候，你就會有一種被擊中的感覺。」〔註10〕確實，如何講述這個人物的性格，而不是人物的道德是深深吸引這位作家的某種根本的東西。莫言說他之所以萌動寫長篇小說《豐乳肥臀》的念頭，是因為在地鐵站看到了這幕情景：「我在北京積水潭地鐵站，看到一個農村婦女，估計是河北一帶的，在地鐵通道的臺階上，抱了一對雙胞胎，一邊一個，叼著她的乳房在吃奶，夕陽西下，照著這母子三人，給人一種很淒涼也很莊嚴的感受。婦女滿面憔悴，孩子們卻長得像鐵蛋子一樣。」〔註11〕「想到此我就明白，這部作品是寫一個母親並希望她能代表天下的母親，是歌頌一個母親並企望能藉此歌頌天下的母親。」〔註12〕他還以《我寫農村是一種命定》為題，專門回答了採訪者關於小說與道德關係的提問，絲毫不掩飾對道德這種命題的傾心。〔註13〕將李洱與莫言兩人的創作談略做比對，是可以發現「人物／道德」、「個人到個人」（李洱）與「道德／人物」、「個人到總體」（莫言）這種先後秩序的安排的。它就像兩代作家的歷史分界線，也可以說它就是中國當代文學史在時代急變中的又一個岔路口。

三、故事的統一性、完整性與碎片性

以上推斷都在暗示十九世紀文學傳統的終結，李洱很肯定地對採訪者說：「一個最直接的感受，就是敘事的統一性消失了。小說不再去講述一個完

〔註10〕 李洱：《人物內外》，《問答錄》，上海，上海文藝出版社，2013 年 1 月，第 282頁。

〔註11〕 莫言：《我在部隊工作二十二年》，《莫言研究》2013 年第九期。

〔註12〕 莫言：《〈豐乳肥臀〉解》，1995 年 11 月 22 日《光明日報》。

〔註13〕 莫言、劉頲：《我寫農村是一種命定——莫言訪談錄》，《鍾山》2004 年第 6期。

整的故事，各種分解式的力量、碎片式的經驗、雞毛蒜皮式的細節，塡充了小說的文本。小說不再有標準意義上的起首、高潮和結局，鳳頭、豬肚和豹尾。在敍事時間的安排上，好像全都亂套了，即便是順時針敍述，也是不斷地旁逸斜出。以前，小說的主人公不死，你簡直不知道它該怎麼結束。主人公死了，下葬了，哭聲震天，那就是悲劇。主人公結婚了，生兒子了，鞭炮齊鳴，那就是喜劇。現在沒有哪個作家敢如此輕率第表達他對人物命運的感知了。」〔註14〕

這讓我回憶起 1988 年 5 月，我在揚州書店買到美國 W.C.布斯所著的《小說修辭學》這本書的時候，被裏面關於傳統小說和現代小說的嚴格區分驚呆了。我的經驗裏，從來不知道世界上還有如此不同的現代小說的存在。布斯對傳統小說故事統一性和完整性的定義是：它們「當然在於它所表現的道德選擇和包含在選擇中打動我們情感的效果。」「由於它被詳細地戲劇化了，事實上也就被寫成了故事的中心情節——雖然產生的故事應該與我們現在看到的大相徑庭。像現在的處理，這種選擇是嚴格地根據它在全篇中應有的重要程度來寫成的。因爲我們直接體驗到蒙娜的思想感情，我們只得同意敍述者對她的高度評價。」因爲只有故事的統一和完整才能實現這一切。而布斯對現代小說的指認，是通過非戲劇性、反諷距離和隱含作者等概念來定義。他說：作家「必須提供一種他根本不存在於作品之中的幻覺。如果我們有一刻懷疑他坐在幕後，控制著他的人物的生活」，那就不是現代小說。「薩特反對莫里亞克對他的人物『扮演上帝』的企圖，批評他違反了所有支配『小說的本體』的『定律』中『最嚴謹的一條』。」「小說家可以是他們的目擊者或他們的參與者。」「小說家不是在裏面就是在外面。因爲莫里亞克沒有注意到這些定律，他毀掉了他的人物的內心。」〔註15〕在布斯看來，現代小說是那種故意讓故事碎片，是隱含作者身份曖昧和表現現代人充滿荒誕生存感的文學作品。我相信李洱即使沒看過這部書，至少也看過當時流行的熱奈兒的《當代敍事學》。

〔註14〕 李洱：《虛無與懷疑語境下的小說之變——與梁鴻的對話之二》，《問答錄》，上海，上海文藝出版社，2013 年 1 月，第 110 頁。

〔註15〕 （美國）W.C.布斯：《小說修辭學》，華明、胡曉蘇、周憲譯，北京，北京大學出版社，1987 年 10 月，第 14、54 頁。弗朗索瓦·莫里亞克（1885～1970），法國詩人、小說家。這裡可能是老作家莫里亞克，而不是 2014 年獲得諾貝爾文學獎的小說家莫里亞克。

這還讓我想到，所有的作家都離不開自己時代特定的知識的氛圍。具體地說，作家與大學教授和廣大讀者在共同的時代中，是讀著相同的和大致相同的那些書的。因此可以說，《小說修辭學》、《當代敘事學》等流行書籍與李洱這一代畢業於大學、屬於科班出身的年輕作家是如影相隨的。他們在大學所接受的學院化的知識訓練，遠要比五十年代生作家要自覺和系統得多。而這種訓練，也必然隨時隨地出現在他們對現代小說觀念的理解中：「當代生活是沒有故事的生活，當代生活中發生的最重要的故事就是故事的消失。故事實際上是一種傳奇，是對奇跡性生活的傳說。在漫長的小說史當中，故事就是小說的生命，沒有故事就等於死亡。但是現在，因爲當代生活的急劇變化，以前被稱作奇跡的事件成了司空見慣的日常生活。」「我們整個生活的結構被打破了，所以生活不再以故事出現，生活無法用故事來結構。應該說，講故事是作家的本職工作，但是，當代作家幾乎不會講故事了。」在如此分析後，他就把自己這代作家與前代作家創作理念的差異予以了釐清。他對莫言、閻連科小說創作喜歡講故事毫不隱諱進行了批評：「作家有不同的類型，有一種作家，比如莫言和閻連科這種作家，他們仍然可以源源不斷地講故事。他們的外國同行，比如拉什迪，比如馬爾克斯，也仍然不斷地向我們講述故事，而且那些故事照樣引人入勝。在他們那裡，故事並沒有消失。他們仍然是這個時代滔滔不絕的講述故事的大師。這樣一些作家，他們仍然保持著對過去生活的記憶，敘事的時間拉得很長，人物的命運在較長的時間內徐徐展開，慢慢生長，有如十月懷胎。他們的小說，具備著一種奇特的當代性，它體現爲記憶與現實的衝突，歷史與當代生活的衝突，本土經驗與外來文化的衝突，政治與人性的衝突。」〔註16〕

李洱聲稱讀過福柯的書並深受其影響。人們都知道，福柯等後現代主義思想家想破除的就是邏各斯的中心論，是社會認識論的整體感和統一性。〔註17〕福柯在《知識考古學》中說：「岡奎萊姆對概念的位移和轉換的分析可

〔註16〕 《虛無與懷疑語境下的小說之變──與梁鴻的對話之二》，《問答錄》，上海，上海文藝出版社，2013 年 1 月，第 115～117 頁。

〔註17〕 在《「賈寶玉們長大以後怎麼辦？」──與魏天眞的對話之三》中，李洱說自己受外國作家影響要大於中國作家，「國外作家當中，我喜歡加繆、哈維爾和索爾·貝婁。年輕的時候，八十年代中後期，我喜歡博爾赫斯，很入迷，但後來不喜歡了。加繆和哈維爾既是作家，又是思想家。哲學家當中，我喜歡本雅明和福柯。」參見《問答錄》，上海，上海文藝出版社，2013 年 1 月，第 238 頁。

以成爲分析的模式，他的分析說明，某種觀念的歷史並不總是，也不全是這個觀念的逐步完善的歷史以及它的合理性不斷增加、它的抽象性漸進的歷史，而是這個觀念的多種多樣的構成和有效範圍的歷史。」據此，福柯對基督誕生之後數千年的歷史統一性，展開了最尖銳的批判：「自從歷史這樣的學科誕生以來，人們就開始使用文獻了。人們查詢文獻資料，也依據它們自問，人們不僅想瞭解它們所要敘述的事情，也想瞭解它們講述的事情是否眞實，瞭解它們憑什麼可以這樣說，瞭解這些文獻是說眞話還是打誑語，是材料豐富，還是毫無價值；是確鑿無誤，還是已被篡改。」因此，福柯想到重建歷史，但不是在現有的歷史知識框架中重建，而是將它們重新打亂、分割和組織之後再加以重建：「歷史試圖通過它重建前人的所作所言，重建過去所發生而如今僅留下印跡的事情；歷史力圖在文獻自身的構成中確定某些單位、某些整體、某些體系和某些關聯。」〔註18〕

　　李洱這代作家接受上述理論影響並由此形成了自己的小說觀，其來龍去脈就這樣展現在我們面前了。毫無疑問，這些六十年代生作家同屬「文革」終結後的一代人。他們從小長大被灌輸的歷史文獻，是四十年代末建政後重建的革命歷史教育文獻，但「文革」又親手將它們徹底地爆破和轟毀。歷史故事的「統一性」和「完整性」，就這樣由於新時期歷史觀對前歷史觀的批判、推翻和質疑而變得支離破碎了，變成了一堆無法再修復如初的四處散落的歷史碎片。歷史連同它的文學史，在他們的心目中變成了一片不值得再珍惜的廢墟。他們就是在這片文學傳統的廢墟上成長、讀書、思考和走上小說創作的道路的。在他們心目中，歷史教育文獻的統一性完整性，在知識結構上與十九世紀文學歷史敘事的統一性完整性有著極其驚人的同構性。而他們發現自己精神狀態的個人性、破碎性和非二元性，與這種認識論的同一性完整性則完全無法對接了。正像十九世紀與二十世紀之間已經出現一道巨大的鴻溝一樣，他們與這種經典歷史敘事也有一種恍若隔世的感覺。正是在這種特殊個人位置和歷史處境中，他們內心產生出「它們憑什麼可以這樣說」的深刻質疑，產生出「這些文獻是說眞話還是打誑語，是材料豐富，還是毫無價值；是確鑿無誤，還是已被篡改」的深刻的歷史不安感。而且從「改革開放」的八十年代到「市場經濟」的九十年代，他們還發現：「某種觀念的歷史並不總

〔註18〕　（法國）米歇爾・福柯：《知識考古學・引言》，謝強、馬月譯，北京，三聯書店，1998 年 6 月。

是，也不全是這個觀念的逐步完善的歷史以及它的合理性不斷增加」。歷史預言總在歷史進程中徹底落空，歷史推進的結果也並不是原先想要的那種結果。本文前面說，正是這種前提下，在兩代作家的歷史經驗和小說觀念上出現了一道歷史分界線，說它就是中國當代文學史在時代急變中的又一個岔路口，不是沒有理由的。

四、有沒有愛

但如果由此就把六十年代生作家當成中國當代文學史上心灰意懶的「局外人」，看作感情冷血動物，這不光簡單，那也會是大錯特錯的。不過，既然歷史感、人物道德感和故事統一性都不存在或不再重要了，那麼研究者將會好奇的是：作家還能相信什麼嗎？比如，他們是否還需要愛人、愛這個世界呢？如果連這都沒有了，那麼他們是否還有必要去寫小說？我想就連讀過六十年代生作家作品的普通讀者也會忍不住如此想問題的。因為這是文學的常識。這是凡是人都會具有的人間情懷。

倒是李洱又給了讀者一個新的結論。隨著問題的推進，梁鴻的提問越來越峻急犀利起來，她直接批評說：「這一代作家好像喪失了愛的能力，或者說，在你餓們的作品裏面，愛不是本質的存在，它的存在本身就是值得質疑的。」李洱認為原因很多，他以受過學院訓練的習慣把問題分層和精細化的語氣回答說：「通常來說，這代人寫作的時候，控制得比較緊，而是文本的控制，很少情感的宣泄。」這是由於他們在八十年代接受新批評、存在主義和法蘭克福學派的影響，文學上是法國新小說和拉美的新小說。這些構成了這代人的知識背景。他承認他們作品中有種冷漠、人與人之間的疏離感。「但是，你不能因此就說作家沒有感情。或者正是因為感情比較濃烈，感情的要求比較高，欲壑難填，他才更能捕捉到那種疏離感。」他表示也不認同新小說的零度寫作。

梁鴻認為，如果作家把愛看得過於虛無，不再當做作品的精神支撐和信仰的時候，沒有這個支撐點的小說，氣象就非常小。李洱對「格局小，氣象小」的批評不置可否。但卻辯解說：「博爾赫斯有一句話，中國人當然說出來比較困難，但其實很有道理，叫個人為上，社稷次之。對寫作來說，尤其如此。這肯定不是說，作家不要關心社稷，這怎麼可能呢？『個人』這個詞就是相對於社稷而存在的嘛。而是說，作家是從個人的經驗出發來寫作

的，這種情況下就會使你的『愛』顯得比較小。而且，你的寫作常常是否定式的、懷疑式的，它是懷疑中的肯定，不是直抒胸臆。」而那種簡單的浪漫主義反倒是很虛假很不眞實的。他又明確反對用感情來統治讀者的小說的做法。

當梁鴻認爲，這個時代由於愛失去了統治，這種力量的降低，才使得日常生活和情感的其它層面能夠顯露出來；但是這樣，又使文學的整體力量變小變輕了。李洱對梁鴻的坦率提問很不贊成，他坦率做出了回應：「也不一定。我看庫切的小說《恥》，非常感動，庫切像做病理切片，病理分析一樣，把愛放在顯微鏡下，切分成不同的側面去分析。你看到他這樣分析的時候，你就會感到冷，寒光閃閃。讀這樣的作品，人們不再像讀浪漫派小說那樣，有強烈的共鳴，伴隨而來的不是眼淚，而是歎息與思考。同樣是非常冷靜的作家，紀德的《窄門》與庫切在精神氣質上是有相同之處的。紀德和同時代的別的法國作家比較，他是非常冷靜的，但與庫切相比時，他又顯得有些浪漫主義了。就像現在的我們之與『八〇』後作家，可能他們又會認爲我們非常浪漫。我看《恥》裏面教授與女學生的感情時，覺得小說中充滿著肌膚之親，他描寫的教授和女學生之間的感受是非常眞誠的，但是在女孩子的男朋友看來，在學校體制裏面，他又是一個流氓，但那確實又是一種愛啊。小說寫了各種各樣的愛，他與女兒的父女之愛，女兒的同性之愛，女兒被強姦之後的愛，人與狗之間的愛，殖民者與黑人之間的愛。其中任何一種愛，都是處在最危險的邊界。」「這樣的小說，在中國注定是不受歡迎的。」〔註19〕

五、整理後的一些斷想

在寫這篇文章的過程中，我時常意識到如何給這代六十年代生作家準確定位，是頗感困難的地方。經過對李洱《問答錄》中重要訪談的學術性整理、分類和略作展開，我逐漸認識到：九十年代後中國社會的巨大歷史變遷，國家政策對一些敘述領域的「讓渡」，他們獨特的歷史記憶和個人體驗，在大學所受的系統文學教育等，是六十年代生作家的中心場域。歷史大陸的漂移，決定了一代人的位置。「紀念碑」敘述在五十年代作家生的小說創作中是一種「起源性」的東西。而這代作家的歷史感覺，則恰好處於「紀念碑」與電視

〔註19〕 李洱：《九十年代寫作的難度——與梁鴻的對話之四》，《問答錄》，上海，上海文藝出版社，2013 年 1 月，第 187～189 頁。

臺綜藝晚會唱出來的「文革」歌曲之間，也即是處在大時代風暴記憶與轉型期和平時代的縫隙之間。正如李洱在文章第一節中所指出，他們自覺地反對二元論，「對主流的意識形態，他們不認同。同時，對於反主流的那種主流，他們也不認同。六十年代作家，有『希望』，但沒有『確信』。有『恨』，但『恨』不多。身心俱往的時候，是比較少的。他們好像一直在現場，但同時又與現場保持一定的距離。他們的感覺、意念、情緒、思想，有些上不著天，下不著地，懸浮在那裡，處於一種『動』的狀態，而這種『動』，很多時候又是一種『被動』。」這種「後歷史主義」並沒有把自己置於歷史活動之外，但是有意無意地退至歷史生活的邊緣，然而同時又對商業文化和娛樂文化警覺地保持著一定距離。這種模糊不清、猶豫不決的歷史觀是不是也可以稱作這一代小說家的歷史觀，這是可以繼續仔細辨析和深入討論的。但在認識它的時候是沒有歷史維度可以做參照的，它的問題是不在可以看到的分析框架之中的。這就需要根據他們的所作所為去重新設置一個分析模型，假定一個歷史關係模式，然後把他們與歷史的關係放到這個模型裏去觀察。

在我借李洱的言論去敘述他們的思想觀念和文學觀的時候，我還產生了一種印象，也就是說他們認為自己的小說是二十世紀的小說，而不是十九世紀的小說。例如，十九世紀的小說非常強調對「總體生活」的提煉和概括，正像他前面所說「十九世紀以前的小說家，是神的使者，是真理的化身，是良知的代表。他是超越生活的，是無法被同化的。」他還認為，在中國九十年代以後，無論在普通人那裡，還是在作家那裡，「個人生活，或者說作為作家的那個個體，其實已經分崩離析。你不可能告訴讀者你對世界的整體性的感受，那個整體性的感受如果存在，那也是對片斷式、分解式的生活的感受。」這是一種完全不同於十七年、「文革」和八十年代這種典型的社會主義實踐的歷史生活，與哺育了五十年代生作家的歷史生活完全不同了的一種生活狀態。因此在這種時代語境中，在這種不同於過去生活的當代生活中，人物道德就不再是小說的中心。對六十年代生作家而言，他們感興趣的，「就是小說是對經驗的探究，是對自我的發現。」如果貼著李洱的言論去分析，這就是十九世紀的「總體生活」才會產生「人物道德」這樣代表著「神」、「真理」和「良知」的符號；而隨著總體生活在九十年代分崩離析，個人生活取代總體生活並成為社會生活的主要樣貌後，「人物道德」就對作家失去了神的支配和統治的地位。

也由於是二十世紀小說觀重新武裝了六十年代生作家的創作世界，所以純粹從小說創作角度看，就像李洱在第三節所表述的：「一個最直接的感受，就是敘事的統一性消失了。小說不再去講述一個完整的故事，各種分解式的力量、碎片式的經驗、雞毛蒜皮式的細節，填充了小說的文本。小說不再有標準意義上的起首、高潮和結局，鳳頭、豬肚和豹尾。在敘事時間的安排上，好像全都亂套了，即便是順時針敘述，也是不斷地旁逸斜出。以前，小說的主人公不死，你簡直不知道它該怎麼結束。主人公死了，下葬了，哭聲震天，那就是悲劇。主人公結婚了，生兒子了，鞭炮齊鳴，那就是喜劇。現在沒有哪個作家敢如此輕率第表達他對人物命運的感知了。」他還對梁鴻說：「在閱讀當代小說的時候，我總是不由自主地要關心小說的敘述人：這部小說誰在講述？」〔註20〕他進一步解釋說：「哈韋爾的文字只要能看到的，我幾乎都喜歡。這並不是因為哈韋爾不光解釋了世界而且部分地改變了世界，而是我從他的文字中能夠看到一種貼己的經驗，包括與個人經驗保持距離的經驗。隨著中國式市場經濟的發展，我們會越來越清楚地感受到哈韋爾身上所存在的某種預言性質。」〔註21〕在這些表述中，我們清楚地看到了布斯《小說修辭學》中對二十世紀小說概念、範疇和案例所做的具體分析，看到了源自於福柯的《知識考古學》的對基督誕生之後數千年的歷史統一性的懷疑，以及「將它們重新打亂、分割和組織之後再加以重建」的後現代主義歷史敘述理論，已經深入到六十年代生作家的文學世界中去了，它們被潛移默化為一種知識的自覺和小說的自覺。後現代理論，在二十世紀小說觀和六十年代生中國作家的小說觀中，原來是一種至關重要的認識性裝置。

令人略感意外的是，李洱在回到梁鴻問題時提到了「愛」。但我們知道那不是莫言意義上的文化原鄉式、十九世紀小說規定中的普遍性的愛，而是個人意義上不具有道德統一性約束性的「一種貼己的經驗」。他在前面敘述中首先就承認：「小說寫了各種各樣的愛，他與女兒的父女之愛，女兒的同性之愛，女兒被強姦之後的愛，人與狗之間的愛，殖民者與黑人之間的愛。其中任何一種愛，都是處在最危險的邊界。」「這樣的小說，在中國注定是不受歡迎的。」為了緊貼著和進一步理解六十年代生作家們這種不同於文化原鄉

〔註20〕 李洱：《虛無與懷疑語境下的小說之變──與梁鴻的對話之二》，《問答錄》，上海，上海文藝出版社，2013 年 1 月，第 112 頁。

〔註21〕 李洱：《它來到我們中間尋找騎手》，《問答錄》，上海，上海文藝出版社，2013 年 1 月，第 311 頁。

式、十九世紀小說中那種普遍性的愛,我覺得再引入梁鴻對這代作家的批評
將會成為一個參照性的觀察角度。梁鴻說,如果作家把愛看得過於虛無,「作
品沒有了支撐點,氣象非常小,也缺乏某種更為深遠的精神存在。」她還說,
「在這個時代裏,愛不再是統攝的力量。這種力量的降低使得生活與情感的
其它層面也能夠顯示出來,呈現出更加複雜的東西。但同時,可能使文學的
整體力量也變得小了,輕了。」但李洱回應說:「我只能說,我們習慣了非黑
即白,非此即彼的思維方式,沒有在一種界面上行走的能力。「梁鴻的批評則
是否定的:「但也許這並不是作家的本意,或許正如你前面說的,出現這種情
況也與作家所選擇的故事方式有很大關係。這段時間我集中閱讀了韓東、朱
文、畢飛宇等人的作品,我感覺到,當作家試圖用一種拆解式的方法寫感情
時,往往顯得過於平淡,在某些地方處理得也相當簡單化。」〔註22〕

　　李洱與吳虹飛、梁鴻和魏天真等人的「對話」,事實上告訴我們的是一條
關於九十年代「60 後」作家興起與創作的文學史線索。我們沿著這條線索走
進這代作家的思想和文學世界,進而獲得了一個觀察這代人的難得的機會。
這代人錯過了鑄造歷史紀念碑的大轟烈同時大悲劇的年代,錯過在社會底層
當農民、當知青的掙扎而痛苦的生活,也錯過了與民眾一起告別「文革」走
向「改革開放」時代的大歡喜。他們剛成年,就順利地進入了全國各種名牌
和普通的大學,在安靜學府裏接受思想解放運動和各種西方著作的精神洗
禮。他們對剛剛過去的大歷史的瞭解,只是在「電視臺綜藝晚會唱出來的『文
革』歌曲」中;而他們的現實感,也許就來自八十年代中期後物質上日漸富
足而精神上日漸貧乏的轉型中的中國社會。但是非常值得注意的是,當前人
們文學閱讀的主要對象,仍然還是十九世紀的經典文學,是托爾斯泰、巴爾
扎克、魯迅等有能力概括歷史總體生活的偉大作家們。當然也包括試圖用長
篇小說去描寫和概括當代中國生活史的莫言、賈平凹、王安憶和余華等作家。
因為在人們心目中,1979～2015 年三十多年「改革開放」的年代,與歐美十
八、十九世紀的社會模式和歷史生活面貌其實是完全一樣的。這是李洱與梁
鴻在《虛無與懷疑語境下的小說之變——與梁鴻的對話之二》中,梁鴻面對
面提出來、而卻被李洱含糊過去的一個問題:「這並不是我一個人的感受,還
可能是很多閱讀者的感覺,好像我們對小說的概念、感覺和要求還停留在十

_____

〔註22〕 李洱:《九十年代寫作的難度——與梁鴻的對話之四》,《問答錄》,上海,上
　　　　海文藝出版社,2013 年 1 月,第 188～190 頁。

九世紀那個經典年代，但實際的小說創作已經走得很遠了。」〔註 23〕這句充滿質疑的話猶在耳畔，令人驚醒。這就是說，當廣大讀者和文學批評家對小說的認知仍停留在十九世紀文學那裡時，六十年代生作家卻還在頑強地用二十世紀小說觀念製作著他們的作品。這是不是五十年代作家因此仍是文學之中流砥柱，而六十年代生作家雖已崛起卻沒有像預期那樣受到廣泛歡迎的原因，我認爲是可以就此開展一場熱烈坦率的討論的。

2015.4.27 於北京亞運村

2015.5.10 再改

〔註23〕 李洱：《虛無與懷疑語境下的小說之變──與梁鴻的對話之二》，《問答錄》，上海，上海文藝出版社，2013 年 1 月，第 110 頁。

當代文學海外傳播的幾個問題

　　在三十年來中國社會發展的歷史主軸上，「走向世界」的理念具有發動機的作用。在這個認識框架中討論「當代文學海外傳播」，它的意義不言自明。近年來，一些年輕研究者開始注意這一領域，令人印象深刻的有武漢大學方長安教授指導的博士論文《「我們」視野中的「他者」文學——冷戰期間美英對中國「十七年文學」的解讀研究》，北師大張清華教授指導的博士論文《認同與「延異」——中國當代文學的海外接受》（作者劉江凱）。〔註1〕兩部博士論文花費相當工夫，對當代文學「漢譯」的作品數量、譯者、讀者反應做了詳細統計和分析，這種基礎性的工作對下一步工作的展開，顯然有奠基性作用。儘管如此，我仍然覺得一些問題需要深度展開和討論，如果不瞭解「海外傳播」的具體歷史場域、現場氛圍等細部情況，我們的研究可能只會給人觀念化的印象，從而影響對中國當代文學在世界文學中的定位的基本判斷。

　　一是翻譯介紹中國當代文學的漢學家在西方主流學術界的權威性問題。我們知道，最近 200 年來，西方主流學術關注的是歐美文學問題，即使偶而涉及亞洲、非洲文學，也基本是爲闡釋歐美文學的「正宗地位」服務的。所以，在西方學術界視野裏，被「漢譯」的「中國當代文學」連同它們的漢學家都處在邊緣性位置。按照傳播學理論，傳播方式及其對象一般分「主傳播渠道」和「分支性傳播渠道」等形式，處在主傳播渠道中的作家作品，更容

〔註1〕 劉江凱的博士論文《認同與「延異」——中國當代文學的海外接受》，對 1990 年代以來中國作家作品被翻譯情況做了比較詳細的調查和統計，並對不同國別的資料做了整理，這對我們的進一步研究提供了方便。未刊。

易被主流化的西方讀者所重視和接受；與之相反，處在分支性傳播渠道上的非西方國家的作家作品，即使偶而會進入西方主流讀者視野，但總體上仍然是被整體性忽視的狀態。正如有人指出的：「媒介技術的確具有某些內在的偏向性——它放大和鼓勵某些理解社會的方式和行爲模式。」〔註2〕這種翻譯的選擇，顯然放大了西方文學在西方國家讀者心目中的分量，他們會把「歐美」等同於整個世界。因此，我想提出的問題是，一些在中國當代文學界可能大名鼎鼎的漢學家，在西方讀者界其實無人所知，經由他們翻譯介紹並在西方國家出版的中國當代作家的命運也就可想而知。然而，我們在很多當代作家作品的「作者簡歷」、「序言」和「後記」中，經常看到他們的作品已被譯成英、法、德、俄、日、韓等幾十種文字，再加上有些作家附在小說集前面的「英譯本序」、「法譯本序」、「意大利本序」等等，這就使中國讀者產生一種印象，即中國當代作家在西方各國已廣爲人知並大受歡迎。這種「錯位」式的對當代文學海外傳播的理解，使很多人，包括我們這樣的專業研究者都相信，隨著中國經濟在世界經濟體系中舉足輕重的影響和位置，「中國當代文學」已經眞正地「走向世界」。不過，在我看來，處在這種「錯位」式理解中的中國當代文學，恰恰是我們理解中國當代文學與世界文學關係的一個不應忽略的角度。這個角度不僅涉及當代文學與世界文學的確切關係，也涉及當代文學如何自我定位，而不是靠世界文學的框架來定位，與此同時更牽涉到當代作家與西方漢學家的關係等等問題。至少有一個問題我覺得需要提出來，這些年來，我們有些一線當代作家在創作上是不是過於期待和依賴漢學家們的「評價」，後者的文學趣味、審美選擇和優越的翻譯身份，是不是會變成一種暗示，一種事先存在的認識性裝置，被放在了當代作家的創作過程之中。當然，這個問題過於複雜，我在這裡不做詳細討論。我擔心的是，在當代文學海外傳播的過程中，中國作家會不會因而使自己的作品變成與漢學家相約相知的「小圈子」的文學。另外，如果在更細微的方面看，翻譯者的文化背景、翻譯語言風格也會影響到西方讀者對中國文學的認識。例如，會不會以西方文化的優越性比照中國文化的劣勢地位，故意把這些作品中的某些陰暗、傳統的部分放大，變成作品主體性的東西；會不會因爲翻譯語言與翻譯作品之間的差異，而造成對作品內容的誤讀和歧義理解。這些

〔註2〕　（美國）斯坦利·巴蘭等：《大眾傳播理論》，曹書樂譯，北京，清華大學出版社，2004年，第9頁。

現象都在張藝謀、陳凱歌輸送西方世界的中國電影中反覆出現，而西方翻譯家，雖然不是所有人但也不排除少數人這種優越於中國文學的心理，在翻譯過程中隱形地浮現。我們知道，在中國作家作品「英譯」、「德譯」、「法譯」或「日譯」的過程中，由於翻譯家本人不同的文化背景，某種「傾向性」的選擇並非都不存在，比如美國翻譯家葛浩文對蕭紅《呼蘭河傳》灰暗面的欣賞，顧彬對北島、顧城詩歌裏某些反抗東西的故意認同，就是這方面的例子。

　　第二是當代作家在海外演講的問題。這是當代作家在海外傳播的另一種重要方式，因為講演可以通過大眾媒體迅速提升演講者在文學受眾中的知名度，藉此平臺使其作品得以暢銷，進入讀者視野。但問題在於，我目前對這種情況的把握，基本來自國內媒體宣稱某某作家在英國劍橋大學、美國哈佛大學、哥倫比亞大學等著名學府講演的零星信息，以及作家本人的「口傳文學」——當然這是他們對海外講演故事的典型敘述。有些詩人自海外訪問歸來，寫出諸多回憶性文章，談到自己演講如何引起轟動，如何產生很大影響等等，詩人的筆觸表現出比小說家們更為誇張的風格，自然這不令人奇怪。不過，因資料整理不足，目前我們還很難瞭解到演講者的聽眾層次和範圍，也不知道海外報導這種消息的媒體到底是小報小刊，例如華人報刊，還是主流媒體。如果聽眾層次和範圍只限於漢學家、東亞系學生、來自中國的訪問學者，那麼這種傳播的受眾面和影響力就會大大折扣。這事實上是一種「小圈子」裏的傳播，或叫「內部傳播」。最近，去年獲得諾貝爾文學獎的秘魯作家略薩來中國社科院演講，我們發現到場的全是北京的主流媒體，主流翻譯界，當代重要作家，以及研究中國現當代文學、西班牙文學的中國人民大學、北京大學和社科院的師生。令人驚訝的是，有兩個知名女作家還當場拿出 20 多年前購買的略薩翻譯成中文的小說，藉以展示這次演講所衍生的歷史長度和深度。另外值得舉的例子是，聽完略薩演講後，我去見一位來自上海的親戚。聽說我剛聽完演講，他馬上說上海已經報導了略薩將要去北京訪問的消息。這完全是一個「文學圈」之外的人士，略薩的動向居然連他都知道，這真是匪夷所思。當然，由此也可以知道大眾傳媒對提升作家影響力的特殊作用，「對某些人加以報導以後，往往能提高某人的社會地位。這就是所謂的『授予地位』的功能。」〔註3〕這一跡象，也足以說明

〔註 3〕 沙蓮香主編：《傳播學》，北京，中國人民大學出版社，1990 年，第 169 頁。

略薩是「世界級」的作家，他在中國的影響遠遠超出了「專業圈子」的範圍，關於他來中國講演的各種報導，一時間充斥北京的各大媒體，成為一個重要的「文學事件」。在這裡，我拿略薩的演講與中國當代作家在海外演講作比較，不是說略薩的小說就一定比中國當代作家的小說高很多檔次，而是說，由於聽他演講的聽眾層次、範圍和報導的媒體的不同，我們可以觀察到這種「海外傳播」才是真正具有世界影響的一個事實。通過這種傳播，它顯然已經對中國作家和讀者構成了支配性的影響力，因為略薩小說獲獎，其小說在北京一度熱銷的情況足夠證明。以上情況說明一個問題，即我們在評價當代文學在海外傳播的時候，不能僅僅根據某些作家和國內媒體的「自說自話」，而應該直接去他們演講國的媒體上取樣，收集詳細材料，對演講現場情況有真正的掌握和瞭解，才可能有基本判斷。在文學史研究中，作家、作品、讀者和研究者既是一種合謀的關係，也是一種相互猜忌的關係。完全沉溺在作品情節中不能自拔的讀者，顯然不是自覺和研究意識的讀者。同樣道理，完全被作家的自我敘述所暗示和控制，不能做出自己獨立觀察和判斷的研究者，也不能算是有見解和優秀的研究者。因此，在聽到當代作家「海外演講」的自我敘述後，研究者首先應該想到的，就是如何想辦法在網上收集信息，判斷這些信息來自國外哪些層次的媒體，瞭解其真實情形，而不是跟著作家的敘述再重新敘述。因為，這種純粹根據作家自我敘述建立起來的「海外傳播」研究，不能算是經過資料篩選和整理後的歷史研究，由於它的主觀色彩，它仍然處在文學史研究的「非歷史化」狀態。它的學術價值因此是不可靠的。

　　第三是出國參加各種文學活動的問題。海外傳播的第三種方式，顯然跟國外邀請中國當代作家參加文學活動有密切聯繫。能被邀請參加這些活動，說明當代作家在國外受到的關注度，尤其是被一些西方大國的會議主辦單位所邀請，更說明他們正在逐步進入主流國家的社會視野，這對當代文學的海外傳播自然是好事。但我希望討論的問題是，由於國外的文化環境相對自由，出版和會議組織採取「註冊制度」，這就使無論著作出版還是舉辦會議的自由度都很高，因此也造成分層化的狀況，即這些出版物和會議實際是參差不齊、良莠不分的。如果不做實證分析，我們還會以為這些會議都等同國內要求嚴格、層級較高的「國際會議」。但實際情況可能正好相反。例如，一位作家朋友年初去澳大利亞參加一個文學活動，到那裡才知道，這種所謂的「文

學活動」，實際是一場大型綜合性的文藝活動的一個「分活動」。各種電影、繪畫、音樂、表演的活動同時進行，有種眾聲喧嘩的感覺。他這次去只做了一個小講演，聽眾屬於臨時組織來的，三五成群、聚散無常，令組織者也比較難堪。然而，如果不是我認識這位作家，這種活動在回國後的敘述中就會被放大，其影響會被人爲擴撒，造成某種「文學化」的效果。在 1980 年代的文學雜誌中，我們經常會看到某作家受邀參加國際會議的散文、隨筆，由於當時很多人沒有出國機會，大家會把文學想像帶入到對這些散文、隨筆的解讀之中，從而無形中擴大這些會議的神秘性、嚴肅性和權威性。對 1980 年代的讀者的我而言，這種「誤讀」式的閱讀經驗，可以說是記憶猶新的，我想很多人都會有相似的經歷。那麼，爲什麼我要在這裡討論這個問題呢？因爲「文學會議」是「組織文學生產」的特殊方式，很多重要的文學會議，包括它出席者，最後都在文學史上「青史留名」。例如，1984 年底在杭州召開的「文學與當代性」座談會，就被認爲是「尋根文學」的發端，出席這次座談會的作家、批評家雖然後來創作上有不少貢獻，但不能不指出，作爲「出席者」的「身份」往往被附加在他們後來作品的「影響力」上，他們會被文學史家編入某個文學流派，從而大大提高他們在文學界的個人聲望。以上兩種情況，都說明參加文學活動對於「重塑作家形象」的重要性。依我所見，由於國內對「當代文學海外傳播」的研究明顯滯後於當代作家的出訪，加上缺少第一手資料，研究者根本無從把握和瞭解這些國際性文學活動的檔次、影響力和地位等等。也因爲這種情況，鑒於作家本人對這些文學活動的誇張性敘述，會無形中放大它們在西方國家的影響力和文學地位，這就使我們無法準確地把握真實狀況。這種情況下，將作家出訪與他國際影響力相掛鉤的海外傳播研究，必然會出現一些問題。

最後，是異識文學作品在「海外傳播」中的增量問題。東西方國家在價值取向和歷史文化傳統上存在明顯差異，這是不爭的事實。隨著中國三十年改革開放取得的巨大成就，雙方的價值分歧和衝突自會大大增加而不會減少。有些漢學家在選擇中國當代文學作品翻譯介紹給西方讀者時，可能會將這種集體無意識帶進去，他們往往把一些「闖禍」的作品視爲「異識」作品，這些作品一旦被納入這種意識形態系統，其文學價值便會大大增量。這些作品也因此變爲「名作」、「名著」而廣爲流傳。當然，不能排除有些作家樂見這種局面，他們會藉此提高自己的國際影響力，轉銷國內同時對文學批評和

文學史研究形成暗示和控制。但我想指出的是，這種文學篩選程序所存在的問題，是隨著文學評價標準的意識形態化，作品的藝術價值遜位於其社會價值，被它選擇的作品可能往往都不是作家本人最優秀的作品。這種增量現象，還會發生在西方讀者的文學接受中；他們會以為，這就是對中國現實的真實表現，是「中國形象」的真實寫照。當然，我們也不能把這種文學作品篩選程序的嚴重性估計得太高。對於社會觀念和文化形態更為多元化的西方讀者來說，即使是非常誇張的異識文學作品也不過是一種文化商品，它們本身就存在著某種時效性，也會很快貶值。當新的文化商品被推出，這些西方讀者的興趣會立即轉移，他們不可能永遠停留在對中國當代文學的興奮點上。因此，值得關注的倒是造成海外傳播過程中異識作品增量背後的兩個問題：一是由於中國實行了三十年的改革開放，中國社會的物質層面，例如摩天大樓、高架橋、地鐵、高速鐵路、互聯網，包括普通人的飲食衣著，與西方國家社會產生了更多的同質性。所以，西方讀者在閱讀被漢學家選擇的異識作品時，其好奇性便會被極大地刺激起來。這一過程中，這些異識作品的重要性便會被提升到前沿性、尖端性的位置；二是中國經濟的快速發展和民眾財富的增加，會使西方一些人的「歐美中心論」產生挫折感，這種價值觀的衝突有時候便延綿到對異識作品的故意挑選上，這種故意挑選構成了對這種挫折感的寬慰和轉移。我們不能否認，在現代化的歷史進程中，各國之間的競爭除了經濟實力的競爭外，還包括了軍事、政治和文化的競爭。不能以為西方國家堅持普世價值，他們就會把普世價值帶入到對非西方國家的競爭關係之中。可能恰恰相反，這種包含著潛在國別競爭的文學選擇和文學評價，很大程度上將影響到這些異識作品歷史位置的挪移。因為在中國讀者中，這些作品的藝術價值也許並不高；而在西方某些漢學家和讀者心目中，它們可能就是中國當代文學的「代表性作品」。在進行海外傳播研究過程中，研究者應該警惕這種現象的發生，對此做出更理性的分析和評估，否則文學傳播本身的意義便會隨之貶值。

對於 200 年來懷揣著進入世界先進國家行列夢想的中國人來說，當代文學的海外傳播自然是實現這種夢想的一個重要環節。對於國內當代文學史研究者而言，這一課題的前沿性和尖端性顯然構成了對他們過去工作的一種挑戰。也正因為如此，我們對它的意義不能低估。但更應該注意的是，對它的研究不能停留在感性階段上，應該加強實證性、客觀性的研究，先建立起豐

富詳細的資料庫，通過對這些資料的取樣、分析和整理，逐步將研究的問題推向深入。也許只有這樣，對當代文學的海外傳播現象的研究，才真正會進入到實質性階段。

2011.6.19

2011.6.23 再改

文學、歷史和方法
——程光煒教授訪談錄

程光煒、楊慶祥

一、80年代文學作爲方法

　　楊慶祥：還是讓我們從80年代文學研究談起吧，這幾年在您以及其它一些學者的倡導和推動下，80年代文學研究成了學界的一個比較有導向性的研究思潮。據我瞭解，您已經在人大開了近5年的80年代文學研究博士生討論課，李楊、賀桂梅在北大、蔡翔等人在上海都開設了相關的研究課程，我想您能不能簡單地介紹一下您目前這方面的研究情況以及存在的一些問題？另外，我個人覺得每個學者進入八十年代的側重點其實是有不同的，您覺得您和其它學者研究方式的主要區別在什麼地方？

　　程光煒：我是2005年9月在中國人民大學文學院爲博士生開設這門「重返80年代文學史」的課的。剛開始，我還沒有你說的這麼自覺清楚的「問題意識」。開這門課，主要是出於對當代文學史研究現狀的不滿，想帶博士生做一點比較切實的研究，先從一些小的個案入手，再對某一局部問題做整體性的考量，但方法上仍然堅持實證研究與理論思辨相結合。幾年下來，再回頭看我和同學們的研究成果，才發現我們的工作並不都是盲目和缺乏理性的，而是在慢慢形成一種比較清晰的研究方向，一種看問題和處理問題的角度。在具體工作中，我會要求博士生先到圖書館查資料，通過對當年歷史文獻的鑒別、挑選，過濾出一些問題來，然後再從這些問題中想問題和尋找處理它們的辦法。後來，我把這種方式表述爲「歷史分析加後現代」。或叫中國傳統的史學研究加福柯、埃斯卡皮、佛克馬和韋勒克的方法。這種表述當然比較

簡單。具體點說,我更傾向於從文學當時發生的實際歷史情況出發,對歷史抱著同情和理解的態度,而不是拿某種既定的理論方法去找問題,強行讓歷史材料服從這些理論方法。自然,在收集、消化和整理這些材料的基礎上,我們會用一些所謂的「理論」,這種理論我覺得也不盡然是福柯啊、佛克馬啊、韋勒克啊、後現代什麼的,而是從理論中提取一些與今天語境比較密切的成份,然後再通過它們去重新激活問題。如果更準確地概括,可以稱之為「文學社會學」的研究方式罷。這就是把過去當代文學研究比較強調「作家作品」的研究方式,稍微往「文學及周邊研究」方面靠靠,通過把過去的研究成果「重新陌生化」,再重新回到「作家作品研究」當中去。我們的目的,是最後推出一套「80年代經典文學作品」。從既往文學史研究的經驗看,沒有「經典作品」做支撐的「文學史研究」,不可能獲得學科的自主性。這幾年,我本人的研究基本是在這兩條線上展開的:一條是個案研究,比如今年9月北大出版社出版的《文學講稿:「八十年代」作為方法》,選擇的都是80年代比較重要的文學思潮、現象和作家作品,緊扣它們做具體研究,並做適度地展開;另一條是對當代文學史研究比較宏觀的反思性的東西,比如2009年2月河南大學出版社出版的《文學史的興起》這本書。我的反思不僅針對別人,也包括我自己研究中亟待反省的問題,或者更多是以我個人為對象而展開的。如果說,這幾年的研究還有什麼不足,我們可能會對問題闡釋過度,或者在充分釋放、呈現和擴大作品「社會周邊」容量的過程中,作品文本內涵因為受到明顯擠壓而趨向減縮。所以,這學期我們把工作重心轉向「作品細讀」,試圖想對之做一些調整。下學期還可能有另外考慮(這裡暫時保密,一笑)。蔡翔、李楊、賀桂梅等人的研究成果是我非常注意的。我們之間看問題的角度存在某種差異,但顯然構成了一種相互激發的學術關係。蔡翔的研究中有一個馬克思的視角,他喜歡從思想史的角度進入問題,注意貼著歷史語境去分析作家作品,比如,他把「勞動」、「勞動階級」、「克服危機」、「革命中國」和「現代中國」等概念引入對十七年文學的觀察。李楊使用的是「再解讀」方法,但他的問題意識比較強。賀桂梅整合問題的意識好,她的理論出發點和要處理什麼問題都很清楚。如果說我們有什麼不同,坦白地說我寧可將學術意識與歷史對象之間的關係處理得再鬆弛和模糊一點兒,讓理論意圖稍微向後面靠靠,對我思考的問題不產生強迫性和干擾性。因為,當我們真正接近所謂的「歷史遺址」的時候,會發現它原本存在的複雜性、豐

富性和多樣性實際漲出了理論預設的空間，如果非要把它們硬塞進理論框架去的話，那麼必然會犧牲其豐富性，出現簡化問題的現象，這是我比較擔心的事情。如果那樣，我們不又重新回到「二十世紀中國文學」、「重寫文學史」和「再解讀」他們那裡去了？這就需要我們的工作帶著一點的包容性、理解性，而不能一味地概括和整合，把研究對象都主觀地說成你希望的那種樣態。

楊：這裡實際上就涉及到一個歷史研究的方法問題，在我看來，與一般的文學史研究、經典重讀不同，您的 80 年代文學研究一個最大的特點就是有比較明確的方法論意識，您最近出版的《文學講稿：作爲方法的 80 年代》一書就很直觀地體現了這一點。也就是說，80 年代文學研究在您的規劃中針對的不僅僅是作家、作品、現象、思潮的羅列和排比，而是某種文學史研究「範式」的變化和重構，是一種帶有綜合意義的方法論和研究思路，我想這可能是對當代文學史研究的一個激活和推動，您剛才實際上已經對這一方法論進行了闡釋，不過方法論這個東西也不是一個預設的觀念，而是與一定的歷史語境聯繫在一起，您能否談談這方面的問題？在我看來，當代文學研究目前存在的一個很重要的問題就是方法論意識的薄弱，這也可能是造成整個當代文學研究（也包括現代文學研究）整體水平偏低的一個重要原因，您是怎麼看這個問題的？

程：前面講到，剛開始我的「方法論意識」並不是很明確。讀者大概已注意到，2005、2006 年兩年我在《南方文壇》、《當代作家評論》等雜誌上發表的「重返八十年代文學」幾篇系列文章，還處在摸索階段，殘留著不少知識轉型的生硬痕跡。但做著做著，就開始意識到這有問題了，需要做些調整。調整的理由是，我們所處理的「80 年代文學」，實際是經過 80 年代文學批評、文學史研究與改革開放相結合而共同塑造的一種文學形態，比如「啟蒙論」、「重寫文學史」、「文學主體性」、「純文學」等等。它在形成的過程中，當然有自身的歷史邏輯和問題意識。但隨著 90 年代市場經濟的興起，一切都發生了深刻變化。這種變化使我們在重新認識 80 年代文學的興起、傳播和讀者接受時，突然有一種「醒悟」的感覺，這就是：即使在 80 年代，文學對社會公眾的「影響力」也不像我們這些中文系的師生「想像」得那麼大。我們那時候既是中文系學生，也是「文學青年」，這種特殊的雙重「身份意識」會把個人的歷史感受無限制地膨脹，有意放大甚至覆蓋整個民族的歷史感受。

而實際上，文學的影響恐怕只限於中文系師生和城鄉文學青年這一很小的社群範圍。主管國家的人考慮最多的還是農村改革、城市改革、價格調整、姓社姓資什麼，而老百姓最關心的則是「三大件」，都不是文學的問題。這就使我們的歷史判斷，出現了嚴重偏差。雖然新時期最初幾年，文學討論確實在某種意義上促進著社會觀念的進步，但也不像人們估價得那樣高。我以為正是這種「判斷偏差」的存在，使人們普遍對「80 年代文學」採用了一種誇張並且放大的歷史想像方式，他們會把作家和批評家看作國民的精神導師。出於這種估計，我並不認為「80 年代文學」對 80 年代有那麼大的影響力。所以在文學史研究中，先不妨把 80 年代文學稍微放低一點，也不要急於把它作為你研究文學的真理性原點，應該意識到它不過是你研究的對象而已；另外，需要自覺與它保持一點距離。應該去擁抱包含了我們精神思想痛苦和文學生活的「80 年代」，但同時也應意識到，它已經成為一種「過去」的文學。比如，一說到《苦戀》批判，你上來就那麼「義憤填膺」，這怎麼行？把「批判方」的道德立場完全等同於你所要研究的歷史對象，對「同情方」拼命加分，卻對「不被同情者」拼命減分。這就使你的研究孤立於歷史之外，退回到當時的文學史認識水平上，而沒有把它充分「歷史化」。按我的理解，「《苦戀》批判」牽涉的面很廣，它包含著 1970、1980 年代之間「社會轉型」過程中的很多複雜問題和隱蔽層面，它可能只是當時歷史即將發生重大變動的一個測繪點。通過對這個測繪點的具體、深入和具有包容性的歷史觀察，我們才能看清楚地看到 80 年代人們思想、生活的狀況，看到 80 年代中國社會的多層性變化的微妙律動。無須隱瞞，在面對這些複雜情況時，我的研究狀態經常是模糊的、不確定的和嘗試性的，但有一點我很明確，這就是 80 年代文學已經成為一座「歷史文化遺址」，我意識到我們只能通過「重訪」的方式，才可能比較客觀和真實地接近它，把其中已經被當時各種敘述所覆蓋、壓制和埋葬的東西盡可能地揭示出來。這種揭示的目的不是「揭破歷史真相」，「發現歷史隱秘」，而是把它變成研究今天文學問題的一個重要參照物。因為我堅信，「歷史」從來都不是按照「今天」的願望而存在的，而是源自歷史本身當時的狀況而存在的，所以，只有把歷史本身當時的狀況包容進來的「今天的研究」，才能說得上是一種真正的歷史研究和有效的歷史研究。

至於你說目前當代文學史研究的方法論意識薄弱，是導致它整體水平偏低原因的看法，我深有同感。中國當代文學研究會 1979 年成立至今已有 30

年，與中國現代文學研究會的起步時間和歷史差不多。但為什麼他們已成為一個獨立完備的學科，當代文學還一直被視為「文學批評」，被認為仍停留在比較低的狀態；更令人不解的是，當代文學的有的人甚至要求把 1980 年前的文學都交給現代文學去做，當代文學僅僅負責當前文學的跟蹤和批評呢？這裡恐怕有兩個原因：一是現代文學起步時，處在第一線的都是學問家，如李何林、王瑤、唐弢等。而當代文學的一線人物都是從延安來的，如馮牧、陳荒煤、朱寨等，當代意識都比較強，而學問意識則比較弱（當然，朱寨的《中國當代文學思潮史》還不錯）。由於剛打倒四人幫，為文學正名的批評任務非常繁重，所以需要大批文學批評家承擔這一歷史任務，所以不光第一代，連第二代當家人都捲入了當時無休止的論爭、批評之中，這就奠定了當代文學研究過於「當下化」的傳統和歷史積習。二是 1980 年代當代文學研究的「學院意識」普遍不強，雜誌上頻繁露面的是大量的批評家，而現代文學那時已經開始資料彙編等學科基礎建設工作，在自覺走上「學院化」的道路。由於學科意識天然地缺乏，使當代文學的從業人員至今都對「學院意識」存在很大誤解。到今天還有人一聽說「學院批評」就跳起來指責，好像當代文學的「學院研究」都是死學問，只有「文學批評」才鮮活和有真正的生命活力，這其實是對學術研究與批評之間關係的非常幼稚的看法。關於這一點，韋勒克和沃倫在他們著名的《文學理論》一書中說得再明白不過了。我認為，真正有成效的學院研究是最具有「批判性」的，它的歷史力度和後發的敏銳性，絲毫都不遜色於感性文學批評。我也認為真正好的文學批評有自身的價值，它可以豐富學院化的學術研究。但我覺得需要警惕的是，由於近年反對「學院化」的聲浪越來越高，這就容易使感性化和宏觀化的「當代文學研究」仍陷於自我膨脹狀態，更不願意反省自己。而在我看來，所謂「方法論意識」首先是一種歷史意識，沒有歷史意識並把歷史作為你批評的重要知識參照物的批評工作，水平恐怕是很難上去的。現代文學為什麼一直看不起當代文學，很大程度是由於他們看不到當代文學的「歷史化」，老看到當代文學的人在那裡奔來跑去，作品研討會呀，出席頒獎呀，老坐不下來。會認為那是一個浮躁的知識群體。而對當代文學研究存在的問題，很多當代文學研究者都不肯去面對，啟動自我反省的程序。

　　楊：確實如此，如果沒有一個「歷史化」的認識，估計很難推動學科研究的深入。我注意到在您的一系列文章中，「歷史化」是一個出現頻率比較高

的關鍵詞，也可以說構成了處理研究對象的一個基本原則。在我的理解中，「歷史化」有兩個方面的涵義，一是要回到歷史現場，還原歷史語境，二是意味著「知識觀念」的重構和再配置，（所謂一切歷史均是當代史就是從這個意義上說的），但是這兩者之間並不總是能夠協調一致的，甚至存在有很多的矛盾和衝突，那麼，我想問的是，有沒有這麼一種理想狀態的「歷史化」研究，能夠在這兩者之間求得平衡並構成一種比較有效的、有張力的研究方法？

程：「歷史化」觀點的提出，針對的是始終把「當代文學」當做「當下文學」這種比較簡單化的歷史理解。具體地說，我試圖用知識觀念和知識範疇把總在變動無常的「當代文學史」暫時固定住，就在暫時被固定的當代文學史範圍內中開展對它較爲客觀和具有歷史感的研究。「歷史化」確實有你所說的那兩個方面。但是僅僅有這兩個方面還不夠，而是要對具體問題做具體分析。比如，我們在重新討論一些已經被「結論化」的思潮、現象、論爭、團體和雜誌等時，這種「歷史化」的工作相對好做一點，因爲你可以把它們表述得相對準確、具體，具有某種可操作性。例如，我們說「重寫文學史」思潮其實是在拿「純文學」觀念簡化「左翼文學」，用「五四文學」理念來重構一個理想化的「當代文學」等等，這種歷史化分析容易被人們接受。但是，如果研究具體文學作品，可能就會有麻煩。舉例說我們做劉心武小說的研究。通過對劉心武小說《5·19長鏡頭》的分析，可以說作爲作品主體敘事的「足球事件」表明「西方輿論」試圖把80年代中國理解成還在「文革」的混亂階段，但滑志明等球迷的叛逆行動卻表明了80年代青年對「新國家」的想像和重塑。這種將小說「文本歷史化」的工作也稍微容易一些。但是，我們如果再走進80年代更爲複雜一點的小說，例如路遙的《人生》、《平凡的世界》、王安憶的《本次列車終點》、張賢亮的《男人的一半是女人》、高曉聲的《李順大造屋》等等時，就發現問題不那麼簡單了，要處理的問題堆積很多，常有顧此失彼這些令人頭疼的事情。具體地說，假如我們把這些小說文本過分地問題化、歷史化，非要求證出一個什麼結果來，是不是也容易犧牲掉它本身的豐富性？而假如不首先把它們問題化、歷史化，就很難說得上是對當代文學史研究的重新討論與進展，這實在是一種二難的研究處境。這種麻煩不光我的研究，在我的博士生們的研究中也經常碰到，大家一直感到很難處理好。

　　所以，我理解的「歷史化」，不是指那種能對所有文學現象都有效處理的宏觀性的工作。而是一種強調以研究者個體歷史經驗、文化記憶和創傷性經歷為立足點，再加進「個人理解」並能充分尊重作家和作品的歷史狀態的一種非常具體化的工作。所以，我前面強調具體問題要具體分析，就是這個意思。至於你所說的「有沒有這麼一種理想狀態的『歷史化』研究，能夠在這兩者之間求得平衡並構成一種比較有效的、有張力的研究方法？」這個問題提得非常好，很敏銳。但我覺得很難做到。你想想，如果所有研究工作都是非常個人化的，每個人的知識感覺和觀念感覺都不一樣，怎麼要求一個人先實驗出一種理想化的「歷史化」的研究方式後大家紛紛去仿傚？恐怕不存在一種「真正理想」的研究狀態。有的只是你怎麼根據自己面對的問題，設想出一種能夠貼著問題本身，且有一定隱含的理論張力和歷史感的東西在後面支持它，用一種比較符合自己知識狀態的表達方式去接近問題自身，並與它能夠達到一種「歷史性」對話效果並用你「自己的話」將其表達出來的問題。我的意思是，你得根據研究對象，來設想你自己的研究路徑，然後再根據你希望的效果比較謹慎、妥貼地對所研究的問題加以整理。因為處理的問題不同，採取的方式也得有變化。在這個意義上，所謂「理想」的「歷史化」的研究，我覺得主要是根據自己的問題而開展的與歷史語境相結合的研究，具體到每個研究者，情況可能都不一樣。

　　楊：我記得詹姆遜在《60 年代斷代》這篇文章中曾經說過，一個歷史時期無論如何不能認為是一種無所不在的共同思想和行為方式，而是指一個相同的客觀情境，在這一情境中總有林林總總的不同反應。聯繫到您剛才對「歷史化」的闡釋，我覺得「歷史化」不僅是一種情境化、語境化，其實也是一種「經驗化」，總是在這樣不斷的互動中才能發揮效用。

　　程：你說得對，是這個意思。

二、文學史研究的興起

　　楊：您今年初出版了一本書叫《文學史的興起》，我覺得這個書名很有深意，讓我想起了 P·伊恩·瓦特的《小說的興起》。從您書中的內容來看，我覺得您大概的意思就是對當代文學研究局限於「批評化」的現狀不是太滿意，試圖從「文學史」的角度重新觀照當代文學。在我個人看來，目前的當代文學研究兩方面都是很糟糕的，一是批評讓人不滿意，沒有特別厚重的、有建

樹的批評，批評流於時評；一是文學史研究也讓人不滿意，缺少真正有理論建構，有歷史意識的研究。當然這是一個比較大概的認知，不一定很準確，我想問問您是怎麼看待目前當代文學研究的這種狀況的？

程：你的批評非常尖銳，也很到位，具體情況我就不說了，因為那樣會得罪人。我寫《文學史的興起》的大部分文章時，是有你說的那種比較明確的通盤考慮的。現在很多人都說過，當前文學批評存在的問題是作品生產過分「市場化」造成的，然而不少人都擔心，在「新作品研討會」上露面少了，會對名氣的保持有損害。在這樣一種文化生態中，即使批評家再有思想，有建樹能力，也經不起這麼出場的重複折騰，人的精力畢竟有限嘛。其實文學史研究同樣不理想，主要是太在意「海外學者」的動靜，什麼「再解讀」啊，暑假回國見面啊，什麼做「國際學者」、「亞洲想像」啊，這都會管不住自己，不願在書齋中枯坐，耐得住寂寞。這些現象真實反映著人們的研究心態，根本問題是名利思想太重，互相攀比得厲害。所以我建議年輕的研究者，當然也包括我自己，能夠真正「坐下來」，冷眼觀察周遭的一切，耐住性子做自己的研究，長時期地有明確方向感的朝既定的目標去努力。如果這樣的人多了，我想當代文學批評和文學史研究的狀況就會得到改善。

楊：在您一系列文章發表後，在學界產生了一定的反應，在肯定讚賞的同時，也有學者提出了一些問題，在一些學者看來，當代批評可能是當代文學最有活力和創造力的部分，文學史的研究是不是就會削弱批評的地位和作用？也就是說，如何確認當代批評在文學史研究中的位置？我個人覺得，因為中國當代文學特殊的歷史構造，僅僅的學術史研究估計也是不夠的，那麼文學史如何介入批評？而批評又如何建構起文學史？我覺得這是您整個研究需要面對同時也是一直在試圖處理的問題。

程：前面我說過，關於文學批評與文學史研究各自承擔的任務和它們的關係，韋勒克、沃倫在《文學理論》裏有非常精彩的界定和辨析，這些觀點至今都對我有很大的啟發。你知道，我以前也是從事文學批評的，曾在詩歌批評上下過很大力氣。後來我洗手不幹了。但這種經歷卻對我後來做文學史研究幫助很大，所以我並不後悔當年與詩人們混在一起，甚至還遇到不愉快的事情。我在《當代文學學科的「歷史化」》這篇文章中說，「文學經典化」必須經過「文學批評」——「文學課堂」——「文學史研究」這幾個環節才能完成，所以文學批評對文學史研究其實起著很大很關鍵的作用，當然這是指

有見解有深度的文學批評，而不是那種空洞無物的批評。不過，比較一般的文學批評也能幫助文學史研究，它們儘管只是一些臨時和零散的歷史材料，也會讓文學史家意識到當時文學的時代性症候。在這個意義上，文學史研究一定得有非常敏銳的批評眼光，通過這種眼光再去整理文學史，而文學史研究的重要任務之一就是將裹挾在作家作品研究深處的批評意識加以歸類、整理和分析，由此推導出某種歷史性的看法。這樣，文學史研究就負起了對許多年前的文學現象進行歷史批評的責任，而這種歷史批評對當前文學創作也是具有建設性的和啓發性的，是能形成有價值的對話的。我 2007 年花費很大力氣查找資料，通讀能找到的王安憶的所有的小說，寫出《王安憶與文學史》這篇文章。讓我沒想到的是，聽說一些作家讀了比較認可，他們好像意識到「文學史」與他們的「創作」並不是完全沒有關係的了。換句說說，我們的文學史研究與當前的文學批評難道沒有關聯點嗎？過去，我們總是把「文學史研究」與「文學批評」（包括「文學創作」）對立起來，或者有意識地分離，好像井水不犯河水，其實並不完全是這樣。李健吾在他的《咀華一集二集》中，有很多關於這方面的精闢論述，我看了很佩服，也意識到我們的工作終於不是所謂的「死學問」了。確實如你所說，我們的工作就是要喚起人們對實證性研究的尊重。

楊：我記得《王安憶與文學史》這篇文章我是一氣讀完的，當時感覺很震驚，因為以前很少讀到這種歷史研究和現場批評如此契合的研究文章。實際上我也是從那個時候開始嘗試在個體的作家作品研究中引入宏觀的歷史視野和批判意識。但有時候不得不面對一個很尷尬的問題，那就是發現一切必須從頭開始。以我最近重讀路遙的《人生》為例，我發現近 20 年來對於該部小說的相關研究都停留在一個非常淺的層次上，除了很少的幾篇文章外，絕大部分文章都是一種很簡單的印象時評，比如人物分析、故事重述等。也就是說我必須以一種完全「無知」的狀態進入該作品，這就讓我的研究缺乏一種歷史感，而這種缺失，我覺得並非我個人造成的，而是我們這個學科，我們的批評史和文學史沒有給我提供這種有歷史感的語境，我覺得這可能是當代文學研究者不得不面對的一個很尷尬的難題。如何處理這個問題？如何在學科史的範圍內建構起研究的歷史意識和理論意識？在這個意義上，相比「十七年」、「文革文學」、「新世紀」文學研究，您為什麼特別強調要從 80 年代文學研究做起，是不是因為「80 年代」作為一個認識裝置已經內化於現當代文

學研究者的研究中，比如純文學、個人寫作等觀念，其不證自明性還沒有在學科史的意義上被充分揭示出來，從而影響了對其它文學史階段和文學史範疇的判斷？

程：你抱怨80年代以來很多評論《人生》的文章沒有提供必要的歷史意識和歷史感，我能理解。不過，我以為你自己的「歷史感」是可以建立起來的，就是通過閱讀當時——也許有很多你不喜歡的評論文章，在對這些文章加以反省、甄別和挑選的過程中找到適宜自己知識狀態和知識感受的「歷史位置」（或叫研究位置），也就是「歷史感」。你們這代人是有自己的「歷史位置」的——當然會與我們這代人不一樣——這種歷史認識的差異性實際就是你的「歷史感」。不知道我這樣表述是否清楚？但是，確如你指出的，當時很多文章確實沒有留下值得珍惜的思想材料，這毋須諱言。然而，我又不願意相信你和80年代批評家之間真的存在「經驗斷代」這個事實。我總以為，「社會思潮」總在變來變去，但社會思潮、文學創作和批評內部的「結構性」東西卻不會變化。這是由於，什麼時代都會有高加林因為要改變自己生存環境而絕然拋棄自己戀人的情況，什麼時代都會有路遙這種明知文學已經轉型到「先鋒文學」階段，「現實主義文學」不吃香，卻偏偏要繼續做艱苦思想探索，一心要成為有氣節的「大作家」的文學苦行僧。我們這代人經歷的人生無常和太多的戲劇性，你們這代人難道就能避免？就一定能夠規避掉？我是深懷疑問的。所以，我相信，「人性」是能夠穿透歷史而呈現出普遍性的，正是在這條線索上，我覺得你反而特別能夠理解路遙，包括高加林的莽撞和痛苦，你寫的《重讀〈人生〉》這篇文章事實上已經告訴我了。

你剛才問得好：「如何在學科史的範圍內建構起研究的歷史意識和理論意識？」「您為什麼特別強調要從80年代文學研究做起，是不是因為『80年代』作為一個認識裝置已經內化於現當代文學研究者的研究中？」這個原因很簡單：一是「80年代」是整個新時期文學三十年思想最為活躍和解放，同時為知識界提供了最為豐富的知識話語和思想見解的十年。如果做「知識考古學」研究，我們發現後來二十年文學的很多現象都能在這十年找到「起源性」、「原點」性的資源。所以，我覺得要想瞭解「新時期」、「當代文學六十年」，一定要把它作為一個「認識性裝置」內化在我們的研究工作中；二是我們這代人的思想和知識都是在80年代形成的，因為我們這代人的存在，這些思想和知識至今仍在各大院校裏傳播，影響著一屆屆的本科生和研究生。所以，要整

理今天之學術，應該首先整理 80 年代之思想；第三，我們應該怎樣在學科範圍內建立起研究的歷史意識和理論意識呢？那就應該選擇一個最為典型的「年代」為對象，作為相對穩定的文學史研究的知識平臺。首先把它「歷史化」，建立一種知識譜系和系統，然後再通過它重新去整理別的文學年代。如果不這樣做，那麼當代文學學科就會永遠陷入一種無政府主義的混亂中。現代文學不就是首先建立起關於「五四」、「魯迅」的「歷史意識」和「理論意識」，才逐步發展成一個相對成熟的學科的嗎？所以，如果我們花上幾年甚至更長一點時間集中精力去研究一個文學年代的問題，對很多沉埋在批評狀態中的作家作品、現象和問題開展非常耐心的大規模的發掘工作，深入細緻地研究具體問題，一步一個腳印地走下去，「當代文學」的歷史意識和理論意識，我想自然就會慢慢出來了。

　　楊：我很贊同您的觀點，對於我們這些更年輕的研究者而言，如何把「知識」轉化為「經驗」和「感覺」可能是一個更有難度的問題。實際上，任何一個學科的合法性都必須建立在一定的「共識」上，這些「共識」，往往是這個學科需要解決的「元問題」，而這些問題，往往是與該學科的歷史維度和社會維度密切相關的。我注意到您在文學史研究中非常關注文學與政治、意識形態、歷史轉折點、社會改革、文化結構的變更等社會內容的緊密關係，比如關於傷痕的那篇文章以及新時期文學起源等論題的探討都是圍繞這些展開的，這裡面也就包含了這樣一個視角，即在對當代歷史深刻地理解的基礎上，從而更全面和更具洞察力地來審視當代文學，這也是當代文學研究較為欠缺的維度。那麼您如何理解當代文學研究與當代史以及這兩者中都包含的當代性的關係？如此看來，「80 年代文學研究」實際上是包含了兩個面向，一是「作為方法的 80 年代文學研究」，另一個就是「作為問題的 80 年代文學研究」，前者涉及到歷史化、知識化的研究立場，後者則是對 80 年代的知識立場、價值觀念、情感關懷、文學範式等歷史敘事的懷疑主義態度，進而展開的知識考古，從而進一步地審視我們面對的是何種文學，何種歷史，以及我們具有何種的文學可能性和歷史可能性的問題，這也使得當代文學研究能夠歷史的深層脈絡中展開。請您談談您對這一問題的設想和計劃？

　　程：過去，我們的「當代文學史研究」總習慣把「文學挫折」歸罪於「當代史」，這種思維習慣至今還在學科裏盛行。這樣做對不對呢？當然對。你不能強要一個被歷史傷害過的人，會一下子原諒了歷史本身。比如，你無法要

求猶太人原諒希特勒和納粹，正如我們不能要求在「文革」中被迫害和無端死去親人的親屬，輕易地忘掉「文革」的殘酷。但這是社會倫理層面上的事情。我們的文學史研究，一方面要對這種情況抱著深切的同情和理解，另一方面也不要被這種社會情緒拌住手腳，讓研究被它牽著鼻子走，從而喪失學術研究的自主性。這是一個非常複雜的辯證法。正像你已經意識到的，怎樣來理解「當代文學研究」的「當代性」呢？套用老黑格爾一個觀點，這就是沒有包含當代文學史研究與當代史歷史關係的「當代文學史研究」，是不可能產生真正的「當代性」的，我所認為並一直在強調的「當代性」，正是在「文學」、「政治」、「社會意識形態」、「歷史轉折點」、「社會改革」、「文化結構變更」這些多層次複雜的歷史關係中，最後生成出來的。

至於我對這個問題的設想和計劃（如果說有「計劃」的話），我想應該在兩個方面來展開：一是花上若干年的時間，與中國人民大學文學院現當代文學專業的同事及博士生們合作，編出比較系統的「中國當代文學史資料彙編」。就像我曾經在《「資料」整理與文學批評》一文中說過的，事實上並沒有所謂「純粹」的資料整理，資料整理其實就是「整理歷史」，它包括「整理歷史」的「問題」和「方法」。我們要按照自己對「當代史」的理解，整理出一套相對比較完備（當然也無法避免缺點和局限）的「資料彙編」（估計有甲、乙、丙、丁等多種，幾十部資料吧）。它的目的，是形成一個學術研究可依託的「歷史框架」，讓人們在這些歷史文獻中體會到什麼是「當代史」；二是繼續做「80年代文學」研究，也可能逐步會擴大到「80年代社會」、「80年代媒體」、「80年代中國與世界」、「80年代都市與鄉村」等等「泛文學」的研究。因為，你只有建立起一個相對比較寬闊的歷史研究範圍，一個較大規模的寬幅的歷史圖景，更貼切、生動的「80年代文學」，「當代文學六十年」也可能才會從中整體性地浮現出來。前一段《文藝爭鳴》雜誌社之約，我寫過一篇五萬字言的《當代文學六十年通說》。儘管它因寫作時間倉促還比較粗糙，不少觀點沒有來得及細化和深化，但我突然意識到，以研究「80年代文學」為基礎而形成的新的學科意識，不是正在那裡要求著我們「重寫文學史」嗎？這當然是一部新的《中國當代文學史》。不瞞你說，我自己都為這種「不切實際」的大膽想法弄得驚訝不已了，儘管它也許永遠都不能實現，但我們的「歷史視域」不是正因為這幾年的「80年代文學研究」而忽然擴大了許多嗎？僅僅如此，就是值得的。

三、整體觀和經驗論

楊：在您的多篇論文中，都可以看出一個整體性的視野和研究觀念，從學科史的角度來看，眞正的文學史研究實際上已經暗含了一種整體的觀念，因爲沒有「整體」實際上也就談不上有效的歷史研究。就中國現當代文學史而言，我們知道，從 1917 年到 2009 年近 90 年的文學歷史，實際上是由很多不同的斷裂的歷史階段組成的，比如學術界一直討論的三個「三十年 1917～1949、1949～1979、1979～2009）」，實際上複雜性遠不止如此，在每一個十年內又有不同的斷裂，而且這種斷裂不僅是時間性的，同時也是不同的空間和文化建制的結果，在這種情況下，整體性的研究視野是否有效？或者說，何種意義上的「整體觀」是可以被建構起來的？

程：我承認這是受到了老黑格爾的影響。他在《哲學史講演錄》第一卷中，對個別／全部的複雜關係有長篇嚴密而精彩的論述，這種論述顯示了他思考問題的深度和厚度，也爲我們討論問題提供了一個具有相當深廣度的歷史視野。「整體性」的觀念和經驗我是最近幾年才逐漸萌生的。90 年代初在武漢大學跟隨我導師、著名新詩研究專家陸耀東教授做研究時，剛開始我對他強調的「整體性」歷史觀並不理解。原因可能是我們這代人受「文革」後長達 30 年的「斷裂論」等主流思想的影響很大，它讓我們對「歷史」抱著簡單懷疑甚至盲目敵視的態度。好像一談「整體觀」，就與民族、國家扯到了一起，成爲所謂宏大歷史敘述的思想附庸，從而阻礙對歷史本身清醒自覺和總體性的理解。80 年代，「整體觀」曾經在學術界熱鬧過一陣子，但那種強調「宏觀研究」方法的整體觀，與我所理解的這種整體觀不太一樣。我理解的整體觀不是它本來就在那裡，原封不動地存在著，是一種預設的「眞理性」的東西。比如「二十世紀中國文學」論者等的那種，他們認爲通過「純文學」，就能夠把被「左翼文學」和「非文學」破壞的「文學史」再整合成一個整體性的符合知識界願望的「二十世紀中國文學」。他們那樣做當時有進步意義，但其實很簡單，包括認識歷史和分析歷史的方法，都存在著過於簡單化的問題。這種簡單化，就是採用「排斥性」的理解問題的方式把歷史整體性縮小壓癟，變成歷史功利性的東西，這種所謂「整體性」，實際是一種產生於狹隘歷史觀的整體性。而我認爲的「整體觀」，則是從「個體觀」出發的。因爲我發現，被「新時期敘述」強行拆解、撕裂和斷開的若干個「文學期」，是能夠通過討論和辨析的工作重新整合起來，在它們之間的差異性和關聯點上整合

起來的。套用一句流行的話：「沒有個體性，哪有整體性？」在這個意義上，我認為「新時期敘述」實際就是一種新的歷史語境中出現的粗暴的「文化建制」，它出於自己的歷史企圖（如打倒四人幫，啓動改革開放），把不利於這種新的「政治正確性」的「過去文學」設置為「思想對立面」，在不同「文學期」和「文學現象」中再設置許多個過濾性的裝置，從而達到某種歷史目的。因此，我強調的「整體觀」，首先是「重回 80 年代」，找出隱藏在那十年的「文化建制」和「思想對面設置系統」深處的差異性，進而重建各個文學期和文學現象的「歷史關係」。比如，我會在 80 年代與十七年的關係中來重新認識十七年的「意義」；同樣，也在這種關係中重新思考 80 年代為什麼會變成「這個樣子」的。我還會在「80 年代文學」與「90 年代文學」、「當代文學」與「現代文學」、「80 年代與新時期文學」等等錯綜複雜而且多層的歷史關係中，重新去思考「當代文學六十年」究竟是怎麼建立起來的這樣一些具體的「文學史問題」。諸如此類的「文學期」比較性研究，可能會使我們的歷史眼光不再變得狹小和狹隘，更具有歷史的包容性和理解能力。正是由於對歷史整體產生了包容性和理解性，這樣的「整體觀」才是比較貼切的和比較符合歷史實際的，而不只是為少數知識精英集團服務的。

前兩天，我在北京郊區的九華山莊主持了一個「當代文學研究的『歷史化』研討會」的小型對話會，羅崗和倪文尖兩位在會上也談到如何在「斷裂」關係中重新思考新時期文學 30 年乃至 60 年的「整體性」的問題，我想也是這個意思。

楊：一談到「整體觀」，我們都知道在 80 年代的「重寫文學史」思潮中它是一個非常熱門的理論概念，甚至可以說今天的現當代文學史都是在 80 年代「整體觀」觀照下重寫的結果，我想問的是，在今天看來，80 年代的「整體觀」存在的問題是什麼？它對於文學史的建構和書寫是否已經完全失效？如果說今天的文學史研究已經面臨一個新的臨界點，這一臨界點要求提出一種不同的文學史的整體觀，那麼，這種「整體觀」與 80 年代的整體觀的本質性區別應該在什麼地方？

程：對這個問題，我前面已有所涉及。至於它最大的問題是什麼？我認為「宏觀研究」的祖師爺是蘇俄理論模式，十七年流行的大批判的文學批評跟它有關，非常強調作家的思想感情、立場什麼的，喜歡用一種預設的歷史觀強求文學服從它。也不能說這種模式一無是處，比如，宏觀研究在 80 年代

學術意識建立的過程中確實起過很好的作用，比如，它把「五四」吸納進來，從而強調了 80 年代必須通過「回到五四」才能建立自己的歷史合法性等等。這種整體觀確實刷新了大家的歷史結構和知識視野。但同時它帶來另一個問題，就是「宏觀研究」的方法並沒有在 90 年代的知識轉型中得到應有反思，它還在學術界扮演「範式」的作用，誤導年輕的研究者，這就使很多人由此養成了使用「大概念」、「大視野」去處理具體問題的壞習慣，好像宏觀研究是一件一成不變的法寶，能夠克服所有的研究難題似的。宏觀研究的負面影響，不光當代文學研究中有，現代文學研究中也有。而且現代文學的人至今還對它津津樂道，深以爲然。我們注意西方的新批評、後學，還有日本、臺灣的學術研究就不是這樣。那裡的學者都非常注重實證性的個案研究，看不到這種所謂的「宏觀研究」。在那裡，很多有影響力的思想、觀點，都是通過這種具體研究和細緻整理顯示出來的，如福柯的「知識考古學」，竹內好關於「魯迅」的「原點」，柄谷行人的「風景」，等等。

你說這種文學史的建構和書寫是否已經完全失效，這得從兩個方面看：在 1980 年代中期後，這種建構和書寫是非常有效的，因爲它解決了一個長期受困於「學術即政治」的中國當代學術如何從極左思想路線中解脫出來，創制一種「純文學」意義上的「二十世紀中國文學」的問題。這種新問題的提出，對整個 80 年代的中國現當代文學研究影響很大，重佈了現代文學的格局；但在另一方面，這種受惠於「啓蒙論」的「重寫文學史」觀，並沒有在 90 年代的歷史語境中完成自我清理和轉型，相反，它還在統治著中國現代文學的研究，這就問題大了。也就是說，由於學術創造力的衰落，現代文學研究在今天實際已變成一種「夕陽學術」，儘管大多數人感情上都不願意承認這一點。這種「夕陽狀態」，就在於它喪失了與 90 年代中國現實最起碼的對話能力。所以，確如你所說，今天的文學史研究面臨著一個新的臨界點，它要求一個新的文學史的整體觀出現。它與 80 年代的整體觀的本質性區別，就是它把被前者拋棄、撇清和極力迴避的「左翼文學」與當代文學中的「社會主義經驗」重新揀起來，並且把它重新設置成一個問題的出發點，一種新的知識對象。因爲，它認爲只有「重回十七年」、「重回社會主義經驗」之中，中國現代、當代文學研究才能獲取新的歷史動力，才能在面對今天社會大量現實問題和歷史問題的處境中，建構文學史研究在新的歷史語境中的可能性。

楊：當代史研究的一個很大的問題就是我們自己也構成該歷史的一部分，從這個意義上說，整體性的研究也應該把研究者自身的經驗考慮進去，我自己的感覺是，中國當代學者在這一方面做的比較欠缺，要麼毫無節制地沉溺於自己的經驗，要麼是刻意迴避自己的歷史經驗，我覺得這都是不可取的，個體的經驗既然來自於歷史，就應該構成歷史經驗之一部分，也就應該成為反思和研究的對象，並予以理論的建構和創制，惟其如此，經驗才不會成為一個僵化的、死氣沉沉的化石，而是可以被不斷激活的「歷史潛流」。這一點我覺得日本的學者做的非常好，我在讀竹內好等日本學者的著作的時候，時常感歎於他們對自我歷史經驗清晰深刻的反思和建構。我的問題是，對於出生於 1950 年代的您這一代學人，經歷了國家和社會激烈變動的各個時期，在不斷的歷史調整和自我調整中，也形成了獨特的個人意識、家國觀念、文學經驗、審美偏好等等問題，您在最近的很多文章中也一再提及自己的一些歷史經驗，比如談到浩然的小說、李瑛的詩歌還有 60 年代的電影等等對您的影響。那麼，您是如何處理個體歷史經驗和文學史研究之間的關係？是否有一種內在於我們生命和歷史的經驗論（如歌德所提及的那樣），最終能夠普遍化為一種文學研究方式和歷史認知形式？

程：你這個問題問得好。你看，都把我難住了。我這些年做事，反覆考慮並一直努力的就是如何在個體歷史經驗與文學史研究之間建立一個相對適宜的平衡點的問題。具體點說，就是如何掌握一種「歷史分寸」、一種歷史敘述的「度」的問題。另外，我還經常想，這種內在於我們這代人歷史創傷、生命和經驗論內部的表達方式，最後是否能夠獲得一種普遍化的歷史認知方式和文學研究方式？這是迄今困擾我的最大問題。

你知道，「1950 年代」出生的人，經歷的是中國當代最為激烈、動蕩和混亂的歷史時期。那時候，政治運動不斷，階級鬥爭成為國家哲學，而親人、夫妻、父子之間告密背叛的日常化，它們都被賦予了崇高的革命內容與合法性。相反，中國傳統的倫理水平，比如「長幼有序」、「溫柔敦厚」等行為操守，再比如「相信別人」等社會認知，都降到了歷史最低點。我們這代人，就是在這種酷烈的歷史環境和文化環境中成長起來的，與此同時，我們也在這種極其複雜的歷史環境和人際環境中逐漸養成了敏銳的社會觀察力和批判性的文化性格。「新時期」伊始，這種「當代傳統」和知識都被排斥掉，很多人都主動把它們從自己的歷史思考和學術研究「整體性」地拿出來，它們好

像一下變成了與我們的歷史「毫無關係」的東西，變得「陌生化」起來。這種「歷史遺忘」，成爲 80 年代學術之建立的一個根本前提。這種「歷史斷裂論」的「形成史」，恰恰是今天最需要反省和總結的東西。但這個問題牽涉面大，說起來比較複雜，還是就我自己的問題說起罷。具體地說，我的個體經驗來自三個點：第一，我在「新時期」之前讀過的所有的書，接受的所有思想、觀念和意識；第二，「文革」後形成的具有歷史虛無主義精神特徵與個人感傷性的知識感覺和知識感受；第三，90 年代的市場化、大眾化與西方後現代主義理論，對我思想儲備的進一步的激發。這三個點的交叉、滲透以及它們之間產生的某種互文性衝突，就是我個體歷史經驗的全部。由此我想到，所謂文學史研究事實上是與每位研究者的個體歷史經驗緊密聯繫在一起的，但是，它們並不是簡單的因果關係，而是一種互文性的、相互辯論和激發性的關係。我終於意識到這些，是經歷了一個較長的自我認識和反省的過程的。80 年代，我像很多人一樣深受啓蒙論的影響，我會把這種沒有經過反思的個體歷史經驗當作進入和理解文學史的一種重要前提，一種選擇標準。我會不自覺地把對歷史的感受，不加檢討和過濾地帶到文學史研究之中，以至用它來代替文學史研究的結果。最近幾年我開始意識到，作爲研究者其實有兩個角色：一個是歷史的「親歷者」，另一個是坐在書齋裏從事專門研究的人。作爲「親歷者」，你不可能完全置於自己生活的年代之外，沒有自己非常具體、甚至細微的生命感受，包括一些特殊的個人經歷蘊涵在學術研究中；與此同時，你要意識到，你是一個專業性的文學史研究者，而不僅僅是一個歷史親歷者。因此，這兩個觀念意識總在你的工作中打架，爭吵不休。例如，怎麼看 80 年代的「清除精神污染」、「現代派文學」、「朦朧詩論爭」，當然也包括怎麼看「尋根」、「先鋒」文學對當代文學轉型的作用等等。我們都會因爲自己個體歷史經驗與文學史研究關係的變化而發生變化。因爲某種意義上，「個體歷史經驗」不僅在每個人身上存在差異，而且即使同一個人也會遭遇被新的歷史語境重新塑造和安排這樣一種境遇。這就使我們「過去」看待批評現代派文學、朦朧詩的文章時，會帶著厭惡的情緒，並且在文學史敘述上有所體現；而當我們意識到，「歷史的發生」是有它自身的邏輯的，而且是有著比較複雜的邏輯的時候，我們激烈的反感情緒會逐漸舒緩，會產生出一種距離感，甚至產生出一種「陌生化」的感受，它促使我們在重新看待它們的時候，會情不自禁地把「歷史的同情和理解」帶入到新的文學史研究中。對後一點，

我記得在《批評對立面的確立——我觀十年朦朧詩論爭》這篇文章中曾經仔細討論過，大致意思是，為什麼我們只把「歷史的同情」給予支持朦朧詩的謝冕老師，而不給反對朦朧詩的鄭伯農等人呢？我們的理由在哪裏？對這些不同理由內在邏輯的反省和整理，正是我們能夠意識到當年歷史與今天文學史研究關係之複雜性的地方。

　　總的意思是，無論個體歷史經驗還是文學史研究，都會因為時代的變化而變化，不可能總停滯在那個地方，那種自認為已經掌握真理的認識水平上。所以，就需要將二者的關係不斷地進行「微調」，不斷加以反思，我們文學史研究的魅力和活力，就在這種不斷調整的工作之中。而這種把自己的個體經驗完全擺進去的不斷自我反省、檢討和整理的過程，也許就是你開頭說的「文學、歷史和方法」罷。

2009.10.28 草於北京九臺 2000

2009.10.30 再改

2009.11.7 定稿

文學史諸問題

程光煒、魏華瑩採訪

魏華瑩（中國人民大學中文系 2011 級博士生）：程老師，您好！您是 77 級大學生，近年來看到您同齡人的一些文章，似乎很容易提到高考往事。對 77、78 級大學生來說，似乎每個人都有著不盡曲折的攜帶著傷痛或欣喜的高考往事，這大概是一代人最為深刻的歷史記憶，當然也是學術研究的基點。能否為我們講述您個人的高考故事和治學經歷？

程光煒：我們這代人的人生經歷確實特殊，早年插隊，1977 年恢復高考時幸運地考上大學。我 1974 年 3 月在大別山腹地的新縣插隊，在農村呆了兩年多。路遙短篇小說《人生》寫高加林寫通訊稿的細節，我當時也是因為給縣廣播站寫通訊稿受到宣傳部楊文謀先生的賞識，1976 年 6 月被抽到新縣縣政府辦公室當秘書。1978 年 3 月進入河南大學中文系就讀。對我平生影響最大的一本書是盧梭的《社會契約論》，其中談到「人生來是平等」的思想，改變了我對整個當代史的認識。河南大學雖是省屬大學，但當時的中文系通過院系調整來的著名教授很多，例如著名現代文學史專家任訪秋先生等等。任先生三十年代在北京念書時，他碩士論文的指導老師是胡適和周作人，1980 年北大教授王瑤先生來講學，還當面向任先生鞠躬。後來才知道原因是任先生出道比王先生早，屬於老師輩的。我那時熱衷於寫詩，在《人民文學》雜誌上發表過作品，沒有想到要做學問。不過我讀了很多書，還在學校圖書館地下書庫大量讀十七年的文學期刊，這可能為後來的學術研究打了點基礎。九十年代初，我當時想報考北大謝冕教授的博士生，因報考他的人很多，改變主意報考了武大陸耀東先生的，不過謝老師的推薦信對我說了許多誇獎的話，陸老師剛看時拿半信半疑的眼光看著我，可能是評價過高了。兩位先生

的治學風格迥然不同，各有特色，但陸老師的嚴謹讓我終生受益。後來到北京後，一次謝老師專門問到我：你怎麼沒有報考我的博士生？呵呵，看來我與他還是有緣的。報刊書籍上關於 77 級與學術生涯關係的文章很多，我這裡就不再重複了。

魏：您在很年輕的時候是有影響的新詩批評家，後來做現代文學研究，近十多年又轉向當代文學史研究。請問問促使您學術轉向的動因是什麼，之前的學術積累對您現在從事的當代文學史研究有哪些作用？

程：這個問題問得好。近年來，我在一些學校講學時，也有研究生提過相似的問題，覺得我好像在國內現當代文學研究圈子裏是「轉行」比較多的。八十年代的年輕人很理想，很多人、尤其是大學中文系的學生都把文學創作看做一生的志業，我那時候也是這麼想。覺得寫詩比做學問層次高，有才氣，做死學問算什麼啊，都是比較笨的人做的事。那個時候我年輕無知，也很狂妄，與全國很多大學的學生詩人都有聯繫，比如徐敬亞。他那篇惹出麻煩的「崛起文章」，沒發表前就給我寄過。1983 年到大學工作後，寫詩受到影響，我就轉入詩歌批評，與當時「第三代詩人」打得火熱，如于堅、周倫佑、王家新、歐陽江河、西川等。我現在還有于堅他們給我寫的幾十封信。當然，在十幾年中，我也養成了充滿詩化的跳躍性的文學思維，這對做學問肯定是個大礙。因爲大學要評職稱，寫詩被看做左門旁道，受歧視，後來我就漸漸做起了「學問」，自然跳躍性的思維對我影響很大，干擾甚多，這是後話。但是，我真正在詩歌批評和研究上洗手不幹的原因，還是我編過《歲月的遺照》這本九十年代詩選後，在詩歌圈子中引起很多反響，一些著名詩人攻擊我，有些還是我的朋友，這對我們多年的友誼是個很大破壞，對我打擊不小。原來對詩歌那麼浪漫天眞的想法，發生了根本改變。至於說到我爲什麼從詩歌批評轉向現代文學研究和當代文學研究，我想主要原因是：一是我的性格比較善變，不那麼死板；二是兩位老師的影響。前面說過，我曾經想報考謝冕先生的博士生，是因爲他對年輕時候的我影響特別大，從寫詩到評論都是如此。1984 年以後，我就覺得這種跳躍性的思維方式，對於選擇走學術道路可能有問題。1986 年我在《文學評論》上發表的文章已經可以看出我對自己的反省。之後發表的論文一直再向學術的路向上轉移。跟陸老師讀書後，他並沒有直接教我什麼，但是看他做學問，才漸漸明白所謂「論從史出」的道理。他寫東西之前，要看很長時間的材料，即使如此，到寫出文章也還反覆再三

地琢磨、修改。他的《新詩史》從八十年代準備材料，師母和他女兒都在北圖幫他查過幾百本民國時代的詩集，直到九十年代動筆。中間仍然是寫完一章，又讓師母反覆核對注釋，一定要與原來刊物校對。2005 年逝世前還沒寫完，前後差不多三十年，僅此一例，你就可以看到陸先生治學的態度。2003年，我在北京為陸老師《新詩史》第一卷做宣傳，請來北大嚴家炎教授。我記得他當時做，做詩歌史，陸老師和孫玉石兩位先生的著作，你們可以放心大膽地轉用他們的注釋，由此可以看出學界對陸老師做學問的評價。我是學現代文學出身，寫過《艾青傳》，和朋友合編過《中國現代文學史》。九十年代末，我意識到現代文學研究的高潮已經過去，再做出新的東西比較難，於是轉向當代文學史研究。後來立足在八十年代文學史研究上，由此想建立七十年代、八十年代、九十年代這三個十年的歷史關聯性。也就是說，建立當代文學「後三十年」的整體性。如果說之前的學術積累對當代文學史研究有什麼作用，一是史的眼光，二是用現代文學的方式來研究當代文學史。關於這一點，我在最近《文藝爭鳴》主持的「當代文學六十年」的「主持人語」裏已經有所交代。

　　魏：從 2005 年起，您在中國人民大學文學院開設「重返八十年代」的博士生課程，以課堂討論的方式探討八十年代文學問題，您最初的學術構想是什麼？

　　程：一個原因是我是八十年代的大學生，是歷史見證者；第二是我們這代人的學術起點就在這裡。整理在這個起點上出現的一個年代的文學，首先是整理我們這代人的思想和文學觀念是怎麼形成的，由此推演到文學發生、發展中的一些問題。確切地說，我不是把八十年代文學僅僅當做「文學」，也當做「問題」來研究。因為從七十年代末、具體地說是八十年代初，中國出現了第三次「洋務運動」，這是一百七十年來中國現代化歷史進程的另一個值得關注的制高點。而文學作為歷史最形象最深刻的反映，我想瞭解，八十年代文學與它周邊的關係是什麼。八十年代文學是我們回溯之前的當代史，展望後來文學發展的一把鑰匙，一個非常重要的歷史節點。因此，我常對人說，我們所做的八十年代文學研究，事實上也可以稱之為是八十年代文學的「社會學研究」。

　　另外，理科學生做學問不是要呆在實驗室裏嗎？只有通過長期艱苦的實驗，才能寫出實驗報告，取得科研成就。我覺得人文科學也應如此。實際上，

文學史研究有點類似實驗室的工作，從資料收集、問題討論和駁難，再逐漸形成研究思路，形成框架，都是一個反覆比較和實驗的過程。帶著學生做八十年代文學，就是想找一個當代文學史的立足點，以此為支撐，打下地基，慢慢蓋房子，一點一滴地積累。雖然中間困難、挫折不少，有時候還要走彎路、錯路，都沒關係。你只要一步一個腳印地走，總會慢慢找到辦法來。我經常把人民大學的「八十年代」文學史研究比做國家實驗室，經常給學生們這樣說，天長日久，他們也接受了這個觀念。有很長一個時期，坐在人民大學藏書館裏的，多半是我的這些做當代文學史研究的博士生，這種現象聽起來很奇怪，然而就是事實。

當然，我還想帶出幾個學生來。國外批評國內大學風氣不好，原因很多，其中一個原因恐怕還是一些老師人浮於事，或是只管自己出名，保持影響力，對博士生不太管。我倒不是比其它人做得好，只是覺得良心上有些不安。那麼多優秀的學生衝著人大這種名校來，就是想多學點東西，你如果混，既對不起供職的學校，也會面對學生感到不安。但是，教學相長這個道理是對的。這些年，我的運氣比較好，碰上了一批勤奮好學的博士生，如楊慶祥、黃平、楊曉帆、白亮、張偉棟、李雲、李建周、錢振文、孟遠，還有陳華積、魏華瑩、李雪、王德領、任南南、張書群等等。他們很多已經在中國人民大學、華東師大、北京外國語大學、華中師大、上海大學等學校任教。那些年，由於這些學生在場，我們的「重返八十年代」文學史討論課進行得非常順利，討論很熱烈，也有激烈爭論，包括學生對我觀點表示不同意見。後來，他們的文章在《文藝研究》、《文藝爭鳴》、《當代作家評論》、《南方文壇》頻繁發表，多次獲得「年度優秀論文獎」，有多篇論文被《新華文摘》全文轉載，在學界產生了一定的影響。有些同學，現在已是國內當代文學研究界「80 後」一代的佼佼者。在此過程中，我在學生身上也受益很多，我這些年的很多文章，都是在這種情況下逼出來的。你帶徒弟，也得亮亮自己的手藝啊，話說不練學生聽你的嗎？我覺得中國人從古至今那種作坊式的帶徒弟的方式，在今天的大學也是適用的。這是我對「教學相長」的理解，不知道對不對。

魏：2009 年，由您主編的「八十年代研究」叢書在北京大學出版社出版後，引起當代文學研究界的注意。該叢書以其對理論資源和研究方法的更新，為中國當代文學研究的「學科化」奠定基礎。在當代文學界普遍追新求變的

時候，您卻帶領博士生團隊歷時數年在書齋、圖書館中翻閱舊期刊、報紙，做當代文學的資料整理和文學作品的打撈工作，重繪文學史地圖。您如何評價這樣的學術研究範式？

程：我在很多文章裏已經談過這個問題。因為當代文學要面對大量新作品的緣故，使得很多從業者把主要精力放在文學評論上，這個工作當然重要。不過，我覺得遺憾的是，中國當代文學研究會與中國現代文學研究會都是一級學會，存在都有三十幾年了，但現代文學研究取得了輝煌的成就，而當代文學除了十七年研究外，一直在那裡原地踏步，起點和水平都不算高。估計不是我一個人，很多人都意識到這個問題了。我做這個事，是想理所能力地為當代文學史學科積累一點點東西，以後成就如何任人評價，不過初衷就是這樣。我在北京大學出版社主持一個「當代文學史研究叢書」，打算把它長期做下去，漸漸形成一個研究當代文學史、而不是總是在那裡寫評論文章的風氣。我的博士生錢振文、楊慶祥的著作在該叢書第一輯出版後，我寄給美國哈佛大學的王德威教授，得到他的肯定，他還推薦給他的博士生看。錢振文的《紅岩》研究，我不敢說做得最好，但他佔有的資料一定是最多的。《紅岩》有四個手稿，他掌握了三個，另外對當事人做過大量面對面的訪談。由於用力很勤，所以這部著作出版後，被人引用很多。楊慶祥的著作，是對八十年代中國現當代文學研究界「重寫文學史」思潮的一次有意思的整理。由於對這個思潮的來龍氣脈交代得很詳細，做得很細，採取夾敘夾議的研究方法一路推薦，我覺得也很好。至少，研究者再瞭解它的歷史過程，這本書就是一個很好的參考。按照一般說法，這叫「史論結合」，實際上，對不同的研究對象，方法角度都得不斷調整。我覺得沒有權威到一個普遍的不可懷疑的研究方法，關鍵是你得活用，不斷調整並帶有自我懷疑和反省的研究，才是有價值的。這套書的第二輯下半年啟動，將有中年學者李楊、賀照田、郜元寶、趙剛（臺灣學者）和我的書一起推出。

魏：2011 年，您的《當代文學的「歷史化」》在北大出版社出版，以「歷史化」的方式對八十年代的諸多問題做出探討。您所提出「歷史化」，是一種強調以研究者個體歷史經驗、文化記憶和創傷性經歷為立足點，再加進「個人理解」並能充分尊重作家和作品的歷史狀態的工作。作為八十年代的親歷者，您是如何調遣或控制自我的個體經驗，並且如何處理個體記憶和歷史記憶的纏繞和衝突，進而尋找出平衡點？

程：這可能是一個老問題，在古代文學、現代文學等專業興起的過程中，很多老輩學者都提出並討論相似的問題。一般的文學史研究，都要面對如何在歷史記憶與個人經驗之間找到一個平衡點的問題，過去叫「史論結合」。但是每個研究者的情況可能有所不同。我們這代人的主要歷史記憶是「文革」，這種記憶影響了我們對整個當代史的看法，成爲我們學術的進路，不過，我更願意從在個人經驗中形成的理解方式去認識它。我這本書所說的「歷史化」，指的是如何以學術的方式來處理當代文學的問題，包括文學史、作家創作、現象流派等等，也就是說把批評的狀態轉型到學術研究的狀態當中。

同時我認爲，當代文學已經六十多年了，應該可以看做歷史現象了。如果按照英國考古學最權威方法論的著作《歷史的重建》的著作柴爾德的說法，它們也可以被看做是一個考古的遺址了。就是說，你得用「歷史的眼光」來看待這些當代文學的作家、作品和現象，把它們當做「過去」的東西，否則，你很難拉開與研究對象的距離，很難保持研究的距離和張力。另外在我看來，所謂「當代文學」的很多東西，都與中國古代文學、現代文學的表現有許多關聯，並不是憑空產生的，如果在這麼一個很長的歷史鏈條裏看待「當代文學」，這也是一種「歷史化」的研究角度。梁啓超在他的《中國歷史研究法》裏說，所有的作家都有自己的「年譜」，這個年譜既是這位作家的個人「傳記」，也是他那個時代的「傳記」，我以爲說得有道理。一定意義上，我就是在「過去」與「未來」這個維度上建立當代文學的歷史位置的。當代文學，不光是當代中國人的「傳記」，也是古代和現代中國人的「傳記」。

魏：您的《文學講稿：八十年代作爲方法》，提出用一種歷史意識，將「八十年代」作爲勘探當代文學六十年的「原點」坐標，從而「把『80 年代』設置爲當代文學 60 年的一個『認識性裝置』，一個歷史的制高點」。近來，讀到您的新作，《爲什麼研究七十年代小說》、《引文式研究——重尋人文精神大討論》，是否意味著您的學術研究，在「八十年代作爲方法」的基礎上，將當代文學歷史化的維度進一步擴大，這和您的當代文學整體性的學術構建有關嗎？

程：你看得很清楚。起初將「八十年代」作爲一個理解當代文學「後三十年」的認識性裝置，想法是與博士生們先尋找一個我們研究的平臺，實驗一段時間，看看再向哪裏做一點延伸。剛開始，我的想法不是很清楚，做得

時間久了，我漸漸意識到，應該把它作爲一條歷史的線頭，把「後三十年」串聯起來，建立歷史的整體性，而「七十年代」顯然是它的一個「起源性」的東西，實際還可以將這種起源性的東西再往前推移，放在「六十年代」。現在，我可以把這個結構說清楚了，就是：沒有「六十年代」、「七十年代」，何來「八十年代」和整個新時期文學？我在上一個問題裏已經說過，就是應該在一個艾略特所說的一個「體系」中來確定你研究的對象。雖然道理比較容易說，做起來卻不容易，所以，我就想這麼一個歷史節點一個歷史節點的做，慢慢建立它們之間的關聯。你不可能繞開這麼一個過程，一下子就建立起所謂的整體性。

魏：除了爲當代文學史研究尋求方法，您也寫了大量的文學批評文章，很多文學作品分析更是獨樹一格，如《香雪們的「1980 年代」——從小說〈哦，香雪〉和文學批評中折射的當時農村之一角》、《〈塔鋪〉的高考：1970年代末農村考生的政治經濟學》、《小鎮的娜拉——讀王安憶小說〈妙妙〉》，對文本的細讀、對作家「體悟式的」理解、對社會問題的勾連，都精妙地結合在一起。你似乎有意淡化以往文學批評對作品的有意「疏離」或「添加」，更多地還原作品本身的複雜性，並置於文學史的脈絡中考察，能否談談您個人的文學批評標準？

程：哦，這是想寫一本讀這三十年小說的書，採取細讀的方式來做。這些年跟博士生們一起做當代文學史研究，感到知識性的東西多，感性的東西反而少了，爲彌補這種缺陷，我想寫這樣一本書。書名還沒起，已經寫了九篇文章，準備寫二十篇，三十萬字的規模。現在確定的有二十位左右的當代小說家，至於是哪些，現在還要保密哦，先不公開。雖然小說家活動範圍大，社會影響大，不像詩人那麼在於這些東西，但是如果眞看到沒寫他們的作品，心裏也未必高興。但我選擇什麼人，有我自己的看法，我不太受作家的影響。這是不搞評論的好處，你一搞評論，就得與作家稱兄道弟，還不討好。不搞評論，比較寂寞，受作家左右和影響反而小一些。這本書寫完之後，還回到文學史研究之中。不過，最近斷斷續續地寫這些文章，也感到比較吃力，眞讓你面對一個作家，尤其是面對他幾十年的創作，一篇一篇地面對它們，難度難以想像，這比冷不丁地寫一篇評論文章要難很多。我有一個習慣，寫一篇這種文章，先大致翻翻他大多數的作品，翻翻幾十年來有代表性的一些文章，看看作家怎麼表現，批評家又是怎麼看待他們的作品的。哪

些話已經說過了，哪些還沒說過，或者說得不夠充分。這些工作做完，你再找找角度，找找感覺，琢磨一下自己應該從哪些角度進去，一邊分析作品，一邊揣摩作家當時在寫它們時的想法，一邊觀察他們當時讀的外國文學作品是什麼樣子，一邊想當時的社會狀況又是什麼。幾年前寫《王安憶與文學史》這篇論述性的文章之前，我看過關於她的評論文章有兩三百篇，作品全部讀了。看過之後，心裏比較有底，知道她幾十年的脈絡在那裡，是怎麼形成和發展的。也知道自己應該從哪個點進入。這篇文章發表後，我問林建法先生怎麼樣，他回答說反正王安憶沒意見，她肯定看過的。顯而易見，即使是作品論，你只要下工夫，認真做，好的作家還是識貨的，他們都有境界。所以，我覺得細讀文章並不是單向度的，而是綜合性的，全面性的，雖然你寫得只是關於一篇作品的研究文章。在中國老一輩學人中，我比較佩服夏志清這個人。他的資料工夫未必很好，《現代小說史》固然精彩，材料還是太少，作品掌握得也不是很全面，但是「史識」很高明，眼光銳利得不得了。他最好的書不是《中國現代小說史》，而是《中國古典小說》，評得是中國四大名著。你看了這本書，才知道這個老先生厲害，道別人所不能道，說別人所不能說，這是一個研究文學的學者的真工夫。我自只自己功力不夠，才氣也小，所以寫不來夏志清《中國古典小說》那種書。不過，我仍然想在這本小書裏下點工夫，看能不能盡量寫得稍微好一些。又一次，我對我的博士生講，別看很多博士論文都選擇做「作家論」，其實這個活最難。

　　魏：最後，還想請問您近期在學術研究方面具體的設想或規劃？

　　程：按照中國人民大學二級教授 65 歲退休的規定，我還可以在這個崗位上工作八、九年。也就是說，我再寫兩三本書就退休了，呵呵。不過，看到美國哈佛大學的老教授傅高義先生七十歲時才開始寫《鄧小平時代》這本大書，我又有點不太悲觀了，似乎將來退休後也可以再做點什麼。所以，最近這些年將做些什麼？是一個一直縈繞在我腦海的問題。我曾經設想過，是否可以按照三個年代，以以點帶面的寫作方式，把這三十年代的文學帶起來，比如像英國學者湯普森《英國工人階級的興起》那樣的方式？但是這樣，不僅對材料，而且對你的思想要求都很高。另外，寫一部多卷本的《中國當代小說史》，但那要在圖書館呆很長時間，至少那麼多的小說都得讀一遍。許多年前，中國人民大學圖書館有位副館長是我鄰居，他委託我幫助在圖書館地下一層的舊書架上剔沒有用的當代小說，我跑到下面一看，嚇了一跳，原來

人民大學有很多很多的當代小說。可以說許多都沒有價值了，幾十年堆放在那裡，都不會有人動。不過我對這位鄰居說，別剔除它們，如果學校有地方，還是存在那裡爲好。說不定幾十年後，還有好事者去做當代文學研究，要看不是經典的作品呢。不是經典的作品，對於歷史研究有時候也是有用的，它們可以作爲一個背景，一個大視野。我們做文學史的，光看經典作品，不管非經典作品，眼光是不是狹窄了些，至少是不全面罷。後來，那位領導聽從了我的勸告，把這些沒有的小說保留了下來。這只是人民大學一家，如果去北大圖書館、北師大圖書館、北圖，恐怕藏的當代小說還有許多。所以，不管選擇做哪一種，對我這個年齡的人都是嚴峻考驗。一次，我與王光明教授聊天，談到讓博士生泡圖書館的問題，感慨地說，我卻很難做到這一點了。感覺是體力不支，精力不濟，學術研究，看來不僅是一個智力活，也是一個體力活，你不能不承認自己老了。但如果能夠在圖書館再呆上十年，說不定還能做點事出來。這可能是我的夢想。如果說帶博士生做什麼，我想把九十年代文學做完之後，先把「後三十年」的歷史關聯性建立起來。然後，再做一些學術分工，像當年現代文學做的那樣，你做魯迅研究、茅盾研究、老舍研究、沈從文研究，我做文獻整理，你編工具書，我去做流派史等等。總之，當代文學學科，應該像當年的現代文學學科那樣，不要再停留在一般評論的狀態了，而應該把學科建起來。

當然，人也不好說，說不定什麼時候覺得自己身體還行，也可能會跑到學校圖書館裏呆著，每周去個幾次。日積月累，經常這樣，時間長了，做大部頭當代小說史的想法又來了呢。

文學史研究中的「年代學」問題
—— 程光煒教授訪談

程光煒、顏水生

一、關於「年代學」問題

顏水生（山東師大中文系博士生。以下簡稱顏）：程老師，很高興您接受我的訪談。最近幾年，由您主持中國人民大學中文系眾多博士生參與的「重返 80 年代文學」的討論課取得了一批引人矚目的成果。我注意到，你們研究的重心是「1980 年代文學」以及所牽涉的問題，它是否包含了對「年代學」的關注，您最初是怎麼考慮的？

程光煒（中國人民大學中文系教授、博士生導師。以下簡稱程）：這個問法有意思，我很感興趣。2008 年，我當時的博士生張偉棟（現任教於海南師大中文系）在課堂討論中也有過相同看法，他認爲我們的當代文學史研究與一般研究還不太一樣，是一種以「年代學」爲中心的文學史研究。起初，我在組織大家討論相關問題的時候，並沒有想那麼多，感到 1980 年代文學轉眼即逝，它給世人留下的可能只是一個宏大然而模糊的歷史形象，這多少有些遺憾。但今天看來，80 年代所牽涉的問題很多，例如它與「改革開放」究竟是一種怎麼樣的關係，應該怎麼看它與「十七年文學」的斷裂性和傳承性，再如用「純文學」的觀點，是否能夠釐清它與 90 年代文學的區別，等等。從它與這些文學期的關係看，它顯然不是一個自我封閉的歷史範疇，也不是一個完全自足的文學史範疇。如果採用王光明教授「打開方法，鎖住問題」的說法，我們要做當代文學史研究，首先要鎖住 80 年代，而如果從 80 年代與十七年、改革開放語境、90 年代「關係學」的角度去觀察，它的「年代學」

意義就變得非常重要了。形象一點說，我們是想在中國當代文學史地圖中找出一個地標性的建築，例如 1980 年代文學，然後從它入手，先做點具體和實證性的研究，再看看能不能以此為突破口，做一些「重返中國當代文學史」和「重返新時期文學」的嘗試。

　　顏：按照我的理解，你們研究 80 年代文學，可能是因為它的文學表述中不僅淤積著十七年文學的問題，某種程度上 90 年代文學的興起也有它相關。80 年代有強烈的過渡性。換句話說，80 年代文學儼然是中國當代文學 60 年的一個歷史樞紐，來自各個時期的矛盾、衝突和問題在這裡彙聚、堆積、擠壓。表面上它在正常地運行著，維持著一個短暫的歷史平衡，但其中深埋著的那個豐富的礦藏並沒有被人發掘出來，也正是在這裡，這個樞紐的重要性還沒有被真正認識到。這個樞紐，是因為連接著「過去」和「未來」而得以存在於那裡的。

　　程：弗朗索斯·多斯在《碎片化的歷史學——從〈年鑑〉到「新史學」》這本書中有一句話說得比較有意思，他說：「處於過去和未來之間的當下正在失去意義，並陷入無所適從的境地。因為人們不願恢復變化了的過去，而未來又是模糊一片。」1980 年代作為我們這代人精神生活史中的一個地標性建築，其實一直沒有真正離我們而去，它其實就是我們這代人的「當下」。然而，由於很多人不再把它看作當下，而自己的精神生活又經常徘徊在「過去」和「未來」之間，喪失了辨認自己歷史地標的想法和能力，所以，這樣反而讓我強烈意識到，對於我，包括我們這代人來說，1980 年代之所以能夠作為我們的「年代」，正是因為我們的思想觀念包括今天看待過去和未來的眼光都是在那個年代形成，是以那個年代作為立足點的。對我們來說，它是今天日益惡化的文化環境中，碩果僅存的一塊「精神濕地」。因此，我覺得多斯講得有道理，但我更願意反過來理解他的話，即：如果我們不想讓「處於過去和未來之間的當下正在失去意義，並陷入無所適從的境地」，那麼，我們就必須現在就行動起來，通過對 1980 年代的「年代學」研究，保存它並重新更深刻地辨析它的意義。當然，對我這個做教師的人來說，我只能將自己的工作與學生們捆綁在一起，一點一滴地進行，從對具體文學思潮、現象、作家作品的研究上逐步展開。我意識到對大的歷史的認識不能急，只能從小的歷史的研究上開始。積少成多，這樣才能逐漸深入。

　　顏：您這樣說，我覺得 1980 年代就不僅是你們這代人文學生活的地標性

建築，它同時也聯繫著我們這些 80 後博士生的生活。首先，今天站在大學講臺第一線的老師們，大多都是「80 年代」中人，通過他們的治學和教學，其思想觀念和文學觀念實際也在影響著我們這一代人；其次，我認爲在人類完整的精神生活和文學生活中，是不存在所謂的「代溝」的，在中國當代文學60 年中，1980 年代同樣對我們這一代研究生具有獨特的價值，它同樣也是我們認識 60 年文學的一個歷史樞紐。所以，我想就自己感興趣的後一個問題問您：在文學史的意義上，不同代的研究者之間確曾具有這種「共同經驗」嗎？您是怎麼看這個問題的？

　　程：這個問題很專業，也有難度。回答這個問題我感到有點吃力，不過我願意就此與你討論它。確如你所說，不同代人之間的歷史經驗和個人處境，會制約著人們對整個文學史的看法。不過幸運的是，我們都生存在一個大致相同的歷史情境當中，這種情境是由於社會主義制度劇烈的實驗性色彩，以及這種實驗所造成的劇烈社會動盪和充滿激情的人文生活的這些特點來體現的。例如，我們就讀和任教的大學，都有完整的黨工系統，有豐富的社會動員體制資源，而且這種系統訓練了大批學生，也包括它的教職員。所以，儘管 80 年代和 90 年代後的社會特點存在一定的差異性，但是影響我們精神生活和文學生活至深的這些因素卻沒有變，它對我們這兩代人是共同的。如果拿十七年、80 年代、90 年代和新世紀這些歷史時段相比，我相信你一定不會否認，80 年代對作家批評家和研究者來說可能是最理想、浪漫和自由的一個文學期，它是當代文學 60 年中最爲燦爛的一個階段。但它是否是當代文學成就最高的一個時期，現在還不好說。當然，與我們相比，你們這代人對 1980年代還缺少切身的體驗和現場感，不過，如果閱讀這個時段的文學作品，我相信你與我之間並沒有眞正的「歷史隔閡」。正是在這個意義上，我認爲，無論社會怎麼變化，人們既定的歷史觀、文學觀都會使他們對過往的歷史和文學生活作出幾乎相同的評價。我這些年與 80 後的博士生們一起討論 80 年代的文學問題，沒有覺得有什麼隔閡，反倒因他們年齡的特點產生的對那段歷史的「陌生化」觀察，給了我更新穎和更大的啓發，就是一個明證；與此同時，他們也在我追憶性的講課中進入那種歷史情境裏了，他們好像也在經歷我個人曾經有過的社會生活。那個「年代」，幾乎使我們產生了大致相同的歷史境遇感。正是在這裡，我認同你剛才所說的「在文學史意義上，不同代的研究者之間確曾具有這種『共同經驗』」的看法。

二、「年代學」在文學史研究中的位置

顏：既然我們已經談到了「年代學」，那麼我們可能更感興趣的還是它在文學史研究中到底據以怎樣的位置。您是否能就此談一談？

程：我個人以為，在當代文學 60 年的各個階段，雖然從大的方面看歷史情境大致相同，但是不同階段之間仍然顯示著自己的「年代性」。例如，十七年（還有一種說法是「50～70 年代文學」）、80 年代、90 年代和新世紀，就像福柯所說是散佈在大海之中的星羅棋佈的島嶼，它們之間雖有一定的歷史鏈接，但這些鏈條之間是缺乏連貫性的，不是一種因果性的必然的關係，相反，差異性倒反而表現出它們更鮮明的特點來。儘管福柯這種看法比較偏激絕對，不過它對我們討論以下問題究竟有一些幫助。比如，我們會看到，不同文學期背後都有不同的「文學意識形態」，例如，十七年文學與階級鬥爭、80 年代與改革開放、90 年代與社會主義市場經濟，等等。這些潛藏在文學史中的「意識形態」，不管你是否願意承認，它們對文學史的版圖、走向和路線，都起著某種規劃的作用，甚至我們在研究的過程中都難免不與研究對象發生著衝突和矛盾、對話有時候又呈現為一種合謀性的緊張的關係。這種意識形態不是外在於我們的研究工作的，它有時候就在我們的研究之中，研究者在極力強化與它的不和諧關係的時候，潛意識裏他的思維方式和研究方式分明又沾染了它的觀念色彩。研究者與研究對象之間的這種矛盾，或者也可以說就是一種「年代性」。正是這種文學史研究中的「年代學」因素的存在，所以近年來熱鬧的「十七年文學」研究，一直在強調著該階段文學實踐中的「政治性」，很多研究者在分析文學創作深刻的歷史意義的時候，往往在有意或無意地力圖揭示「政治」對「文學」的影響。人們看到，在趙樹理研究、「紅色經典」研究、十七年文學制度研究裏，大家都會強調以致情不自禁地放大其中的「階級鬥爭」元話語，這幾乎成為現在研究十七年文學的一種套路。「政治」、「階級鬥爭」就像一個掛在十七年研究旁邊的巨大的鐘錶，它始終在那裡滴滴答答地走著，告訴人們，十七年的文學制度、作家創作、文學批評和讀者閱讀就在這鐘錶的暗示、規範、指導中發生著和進行著。這個鐘錶就在那裡指示著我們它所生活的那個「年代」。你看，現在人們在研究十七年文學的時候，如果拋開這個鐘錶的「年代性」，不把文學敘述置於這個時間框架裏，他不僅會突然變得一籌莫展無法工作，寫出來的東西也不會得到研究界的承認。

顏：事實上，在中外文學史上都可以看到這種現象。如果離開了法國大革命，就無法談論雨果的《九三年》，離開了「五四」，就無法理解中國「現代文學」，離開了辛亥革命，也不好真正理解魯迅精神上的痛苦和茫然。如果進一步界定「年代學」這個文學史概念，是不是還要涉及到其中的「事件性」呢？

程：當然。埃斯卡皮在《文學社會學》裏曾經指出，在法國大革命、二戰等重大歷史事件之後，都湧現出了不同於上一代作家的新一代作家。所以「年代學」的另一種含義，所指的就是它的「事件性」。但是，這種「事件性」往往都有民族自身的局限性，也就是只有具有相同歷史經驗的文化處境的人們，才可能接受它。並不是所有的人都能夠理解並接受它的。1980 年代對於生活在大陸的中國人來說，最為重要的「歷史事件」是什麼？在我看來，是「文革」終結和「改革開放」國策的啓動。我在博士生討論課上，多次把它們概括成兩句話：「批判文革」與「走向世界」。它至少深刻影響了中國社會最近 30 年的歷史走向和進程。正是由於這兩個重大事件的發生，80 年代的「年代學」意義才真正地顯示了出來。也正是因為這兩個事件與 80 年代血肉相連的關係，我發現，那個年代人們的精神生活、思想觀念和文學觀念，泰半被概括在那兩句話裏面了。但我這是專指生活在大陸的中國而言的，對其它地域的人，包括對海外漢學家而言，他們的經驗和看問題的方式也許並不完全如此。這個學期，我在澳門大學中文系給本科生開了一門「現當代文學專題」的課，其中講到劉震雲的《塔鋪》、鐵凝的《哦，香雪》等小說，講那個年代農村的年輕人如何艱苦奮鬥等等，我發現學生由於不理解產生這些小說的歷史語境，對這些作品沒什麼感覺，也不明白我在講這些小說時為什麼還那麼手舞足蹈、那麼興奮和激動。去年 8 月，我也有過相同的尷尬經歷。我在北京見到日本一位研究中國當代文學的學者，她說自己非常不理解「傷痕文學」中為什麼有那麼多的眼淚，她認為那是一種歷史和文學的矯情。我對她說，這是因為你沒有親身經歷也就無法理解它的「事件性」的緣故，正因為不能理解這種事件性，那麼對傷痕文學發生的背景、原因和講述歷史的獨特方式，也就無從知道，引起真正的「歷史的理解和同情」了。當時，我也問到她做中國 50～70 年代「農村題材小說」研究的情況，問日本有沒有「農村題材小說」，但她笑答日本已經沒有農民和農村，所以所謂農村題材小說只是現代人對已經消逝的鄉土文化的記憶。我之所以問得這麼不到位，只

能說明我對日本社會和文學狀況也缺乏對它們背後的歷史事件性的瞭解，所以才會有這種情況。其實，不光這兩個大事件，80年代還發生過很多小事件，例如「《苦戀》批判」、「清污」、「反自由化」、「城市改革」、「計劃經濟與市場經濟雙規制」、「通俗文學熱」、「打破鐵飯碗」，等等等等。在此過程中發生的「反思文學」、「改革文學」、「現代派文學」、「尋根文學」、「先鋒文學」和「新寫實主義」等，都與這些事件有至深的關聯，這是毋容置疑的。與我剛才所談那位日本學者不理解傷痕文學是一個道理，如果沒有親身經歷，對今天更年輕的研究者來說，假如不去貼切地撫摸它們，設身處地地去想像自己也曾經歷了這些大大小小的事件的話，如果想開展對這些文學現象更深入、具體和細緻的研究，也是非常困難的。不要以為日本人與我們中國的「當代史」有隔閡，假如放棄必要的歷史教育，弄得不好，我們的學生將來也會像日本學者那樣，對於我們中國自己的「當代史」也產生難以彌合的歷史隔閡了。所以，如何重建或者恢復某種歷史感，對於研究者是非常重要的，這也是我之所以特別強調文學史研究中的「年代學」的理由。

顏：如果按照您講的，那麼「年代學」是應該在當代文學史研究中據以中心的位置了？

程：到底應該據有什麼歷史位置，這要看每個研究者不同的歷史心情、狀態和研究方式，其結果是不盡相同的。有的人，可能習慣於把歷史事件「中心化」；有的則做得比較隱蔽，即不讓它出場，但處處埋伏在他研究的對象、思路和考慮之中；也有的只是把它作為一種「歷史畫外音」，以一種虛化的方式重建研究工作與歷史的關係。每個人在理解和處理這個問題時，可能表現得都不一樣。出現這種情況，在我看來是很正常的。

顏：這只是概括地講，如果具體做的時候，您會怎麼考慮這個問題？

程：我覺得對今天的當代文學史研究來說，新時期的很多作品需要重讀，細讀，精讀，做些基礎性的研究，同時討論一些與作家作品相關的問題。如果滿足於對文學走向、動態、形勢的大判斷，將無助於當代文學學科的自律和發展；而即使是做出某種謹慎的判斷，也只能在對許多作品重讀這種不斷積累的過程中，逐漸地呈現和形成，它應該是許多個感性過程之後理性總結的結果，而非一種事先的預設。如果不做這些看似碎屑的研究工作，不做這種積累式推進式的工作，一個時期文學思潮、現象、流派和作家作品的歷史面貌，就很難整體性地呈現出來，而只會停滯在那種支離破碎、人云

亦云的低級文學史狀態。舉例來說，我們怎麼看王蒙寫於 1979 年發在《光明日報》上的短篇小說《夜的眼》。一個時期裏我們的當代文學批評對王蒙的評價是很不穩定、左右搖擺著的，有人要麼把王蒙評價得太高，要麼又去貶低他，認為他即使是代表作家，也沒有什麼代表作品等等。這都是沒有認真讀他作品，而經常按照社會思潮的變化來評價他的結果。王蒙這個作家我先不談，我這裡先談談他的《夜的眼》。因為從一篇小說中是可以發現很多人的歷史處境和心理情緒的。小說的故事很簡單，寫的可能是 1979 年前後發生的事。主人公從流放地回到久違的城市（小說裏暗示是北京），他看到五光十色的繁華街景、車流、人群，不敢相信自己真的又回到這裡了（作品表現的是因為「平凡昭雪」，很多人正在恢復正常的生活軌道）。他心裏緊張、興奮，但又忐忑不安。他在社會生活中已經習慣了小心謹慎，如坐針氈，但又深信歷史已回歸正常軌道。這種驚恐破碎如同月光泄地的流淌著的感覺，正是作者希望與世界交流但又還沒有真正放開的非常矛盾的心情，小說用意識流的敘述方式，揭示了千百萬個從農村邊塞流放地重返都市的讀書人的歷史激動。讀到小說的深處，我不再認為它是一篇「意識流小說」，而相信這是一篇欲吐又止的人性壓抑的小說。

我與主人公有一種同病相憐的感受。1969 年冬，我隨父母下放農村，在一個南方小鎮的中學呆了幾年。大約是 1974 年，不記得是什麼原因，我跟姐姐去原來居住過的城市訪友。經過幾個小時的顛簸，落滿灰塵的長途汽車從遙遠的小鎮緩緩地駛進市區，滿眼皆是郁郁蔥蔥的法國梧桐樹，一陣陣城市的氣息迎面撲來。下車後，我親戚家的小姐姐給我們買了兩根冰棍，沁涼甜蜜的感覺頓時充滿口腔。我五年前離開這座殘留著童年少年生活痕跡的城市，就再也沒有來過，這是我第一次從寂寞閉塞的鄉村回來。一陣委屈忽然充塞心頭，有一種想哭的感覺。下午去訪我姐姐一位初中女同學，她家雖在小街陋巷之中，屬於市民貧寒家庭，然而她輕輕哼出的是當時剛剛上映的電影《閃閃的紅星》主題曲《映山紅》，卻令我終生難忘：「夜半三更喲盼天明，寒冬臘月喲盼春風，若要盼得喲紅軍來，嶺上開遍喲映山紅……」歌曲傳達的是土地革命時期的蘇區人民，在經歷了瘋狂階級報復和家破人亡的慘劇後，盼望紅軍再次神兵天降的幻想。然而，以「解放」為己任者發動的「文革」，卻使另一些人失去了自由。在一個不自由的年代，聆聽主張自由的歌曲，這種奇怪荒謬的歷史感受，真是匪夷所思。這是今天的年輕人無法理

解的。它就令今天那些在規定的情境中以懷舊心態想像革命歌曲、電影和戲劇的人，事實上被隔離在真實歷史情境之外。更讓人不解的是，對於一個久居荒涼閉塞的小鎮上也許將要在那裡度過一生的少年來說，這音律優美的歌曲竟彷彿天籟之音，他的心靈因此被深深打動。我這次短暫的回城之旅，與《夜的眼》主人公從歷史中的「歸來」，無論從歷史意義還是文學價值看，當然都不能同日而語，不過許多年後，我讀到裡面的每一行字，都有感同身受的創痛感，是一種渾身顫慄的感覺。所以，我要說我與主人公有一種同病相憐的感受，我就是許多年後的另一個「歸來者」。1978年3月，我經過近十年在社會底層的掙扎，有幸地搭上中國高考的首班車上了大學，命運得以徹底改變。第二年，我們家也有人被「平凡昭雪」，壓在我心頭很多年的一種非常糟糕的賤民的感覺，終於被一掃而光。我想當時很多中國人的家庭都有過這種從地獄中重生的被解放的心境。這篇小說中有一個非常明確的「年代性」——1979。如果我們不能理解當時很多人這種「地獄重生」的歷史感受，就沒法懂得這種「年代性」。換而言之，這篇小說之所以還值得細讀和精讀，值得一字一句地重讀，就因為它把幾代中國人心靈生活中的「年代性」深刻地埋藏在裡面了。關於一篇小說與年代性之間的這種互文的關係，黑格爾在他著名的《哲學史講演錄》中說道：「在每一種哲學裡面都出現這樣的意見，即認為水變成了空氣，——就是說，概念中有這種內在聯繫：一種東西如果沒有它的對方就不能存在，對方對於它是必要的，沒有什麼東西能夠在這種聯繫之外獨立地存在，——自然的生命就在於一物對他物發生關係。」按照這種分析，抽去1979這個「年代」，《夜的眼》的「意義」是無法存在的；相反，1979的「年代意義」，也只有通過這種記錄「特殊年代」的小說，才可能被人們認識到。

　　所以，這些年來，我們在做具體作家作品的研究時，往往會把「年代」安排在與作家作品的聯繫當中。我包括我的學生們，有的時候會把歷史事件「中心化」，有的時候則採取「歷史畫外音」的方式，通過大膽假設、小心求證的手段最後讀取文學作品中深藏著的東西。如果這樣看，「年代」在文學史尤其是當代文學史中的「位置」是必須考慮的一個因素，否則我們就無法理解那些個年代，為什麼會發生許多驚心動魄，到今天都感到匪夷所思的荒唐的事情。與此同時，正是文學作品為後代人保留了這些「年代的年輪」，人們才會在一種難得的歷史機遇裏反省過去，並從心里長久地然而同時又是苦惱

地去冥想中國未來的路應該怎樣走的問題。

三、「年代學」的關係學和歷史化問題

顏：既然您把「年代學」至於文學史研究中的一個非常重要的位置，套用剛才黑格爾的話來說，它並不是孤立地存在的，而要置於一種「關係學」（黑格爾在這裡表述爲「聯繫」）之中，因爲只有這樣，它在文學史研究中的「位置」才會看得稍微清楚一些。

程：是這個意思。我近來讀黑格爾的《哲學史講演錄》，深知他的「辯證法思維」並沒有過時。相反，正因爲中國現在處在一種歷史的轉型期，周圍有很多現代化社會的類型做參照，我更覺得仔細閱讀這部巨著，對我們認識複雜的歷史和世界，認識當代文學史中那些沒有被觸動、發掘和處理的一些問題，也許還是很有必要的。就我自身來說，這種「年代學」的「關係學」至少表現在以下幾個方面：一是在做當代文學史研究時，是否存在著我們與我們研究的那個年代文學的關係，要重新認識、反思和梳理的問題。例如，過去總是認爲 80 年代比 90 年代更「文學化」，代表著所謂的「純文學」，但經過這麼多年歷史的折騰之後，通過重新閱讀當年的檔案文獻和材料，會逐漸感覺那只是一代人的美好感覺，是把自己的理想狀態從當時複雜激烈的鬥爭中抽取出來之後獲得的印象，而並非「歷史本身」。80 年代的歷史仍然是瞬息多變和異常複雜的，文學與歷史的關係的很多側面，都沒有在當時的文學批評、文學史研究中得到充分反映。二是「80 年代」與「十七年」、「90 年代」、「新世紀」的關係問題。這樣去理解，目的是打破那種「今是昨非」的看待歷史的習慣。我在很多場合說過，把「80 年代」設置爲一個當代文學 60 年代的一個「認識性裝置」，一個歷史制高點，也許只是一種策略上的考慮。如果不這樣做，會使文學史研究陷入一種感性隨意的文學批評的狀態。比如，對 80 年代的「現代化問題」，我們單單在它的歷史語境中是看不清楚的，可是如果以十七年的「反現代化問題」做參照，就看得比較清楚了，因爲它的歷史意義是把整個中國從閉關鎖國的孤立狀態中拯救了出來，將中國的歷史進程納入「重新世界化」的軌道之中。這就回到了 19 世紀中國的洋務運動、五四、民國興起等等歷史起點上，也就是說重新回到了原來那種「富國強民」的現代化設計之中。但是由於「十七年」社會體制的某些固有弊端並沒有在 80 年代徹底剷除掉，80 年代的現代化最後又發展到 90 年代的那種

脫離國情和普通民眾生活的不好狀態。在 80 年代的現代化視野中，十七年的歷史停滯被充分地暴露了出來；但十七年比較照顧工農兵生活狀態的制度安排，又令人觀察到 80 年代現代化所存在的問題。如此等等，我們可以再三地反思。我在《新時期文學的「起源性」問題》這篇論文中，對這種複雜歷史關係學做了初步探討。總之是一個意思，是說你要看清這段歷史，必須以前面或後面那段歷史做參照，否則對歷史的評價就缺乏辯證性、全面性，就只能是以你自己的願望設定爲歷史評價的結果。當然，具體問題還要做具體分析，它不是機械性的分解工作，因爲歷史本身，以及每個研究者的個人情況都不一定相同。第三，這種「關係學」也會將海外學術思潮置於反省性的視野當中。近年來，由於崇洋心理，「再解讀」、「美國漢學」對中國現當代文學研究席卷而入，大有後入爲主、重整河山的姿態。我們得承認，由於有它們的存在，現當代文學研究獲得了擺脫自身僵局和再出發的歷史機遇。但與此同時，也帶來唯「再解讀」、「美國漢學」是聽的學術奴隸狀態，從而淹沒了現代文學、當代文學自身的歷史問題。那麼，應該怎樣看待 80 年代「年代學」與「再解讀」、「美國漢學」的關係呢？我認爲首先要注意一點，這就是 80 年代的「年代學」是由中國當代文學自身而產生的一個問題，而「再解讀」、「美國漢學」則是由西方後現代主義文化或臺灣歷史情結而產生的一種研究視角和方法，將兩個歷史境遇並不相同的文學史問題強行對接，這樣是否合適？是否會重新把我們自己研究的問題「再次簡單化」？都必須在一種「關係學」的理解中逐漸地認識和反思。

顏：您所說的辯證法，如果運用到文學史研究中確實有必要。然而對於我們這些年輕研究者來說，由於沒有經歷過你們這代人的歷史創傷，又感覺把這些歷史關係弄得這麼複雜糾結是否值得？當然，我想您肯定不是在做一種智力遊戲，而有其它的考慮在裏面。您能說說這種考慮嗎？

程：其實也沒有你說得那麼複雜和糾結。我只是感覺，當然我這是在許多場合都說過的話。中國當代文學的歷史已經 60 年，中國當代文學研究會成立也有 30 多年的時間，但當代文學史研究的狀況與這種歷史積澱的反差卻很大。首先，很多人仍然把當代文學研究簡單理解或等同於文學批評，雖然文學批評在當代文學領域中具有獨特的不可忽略的地位，文學批評還始終對當代文學史研究發揮著激發、對話和補充的作用。其次，當代文學史研究界仍然未能確立起自己學科的自律性，大家還沒有擁有一套共時性的歷史觀、文

學觀和知識話語。就是說，整個當代文學 60 年彷彿是一塊漂離大陸學術中心的目的地不明的巨大漂浮物，不知何始，也不知何終。再打一個比喻，就像眼下的那場阿富汗戰爭，誰都不知道將來的結局會是什麼。當然我這樣說，並不表明我比別人更有責任感，事實上我是對自己的研究狀態不滿意才這麼認為的。

不過，既然你問到這裡，我覺得還有必要說幾句。之所以想把「年代學」作為文學史研究的某種基點，自然是有先把紛紜複雜、眾說紛紜的話題等「知識化」的考慮在裡面。你不用一種知識如「年代學」去做點加固的工作，而是隨波逐流地去漂流，那麼又會像曾經多次發生過的一樣，一次次去重複當代文學史研究的起點。現在一些人不還是這樣麼？老是爭自己發明了什麼話題、話語、思想等等，而不願坐下來查點資料，做點切實的研究。所以，「年代學」的說法裡有一種將當代文學史「歷史化」的想法，至少先切出一塊來，把 1980 年代的文學現象作為一種實驗對象，分別的、一步步地做一點研究。有些研究也許要走彎路，也可能只是原地踏步，有些研究也許只是一個初步的鋪路的工作，成果還比較粗糙，並無驚人的成績。但是，這樣也不算白費精力，如果有更多的人加入進來，大家一起來從不同角度，運用不同手法展開對 1980 年代文學的研究，久而久之，積少成多，歷經數月數年，像今天的古代文學研究界、現代文學研究界的同仁那樣，又有什麼不好？我們不要怕別人批評你是所謂「學院派」，現在當代文學研究領域最缺乏的就是死心塌地的一些「學院派」。如果這種別人譏笑、看不起的「學院派」人數多了，越來越多的年輕人願意坐下來，天天跑圖書館、資料室，弄得兩手都是陳年灰塵，當代文學史作為一個受人尊敬的歷史學科的日子，也許就不太遙遠。我們想想，現代文學研究，歷經李何林、唐弢、王瑤、任訪秋、田仲濟——孫中田、嚴家炎、樊駿、孫玉石、陸耀東、林誌浩——王富仁、趙園、劉納、錢理群、楊義、溫儒敏、吳福輝、汪暉、陳平原、陳思和、王曉明還有海外的夏志清、李歐梵和王德威等等三代學人，不過 30 多年，已經初具歷史學學科的規模。當代文學研究，從現在坐下來，數十年後，景況也不至於太壞。

顏：經您這麼一說，線索和基本情形就比較清楚了。雖然現在當代文學史研究還存在著這樣那樣的問題，如受「再解讀」、「美國漢學」研究制約太深，十七年研究已經出現自我重複，對歷史的理解也還在文學／政治的框框

裏打轉轉，等等。但總的來講，已經顯露出一線曙光，給人振奮的感覺，讓我們這些有志於學術研究的年輕研究者看到了希望。您提出的「歷史化」問題事實上指出了當代文學史研究所存在的問題，它不失為一種理解文學史問題的方式。不過，鑒於當代文學與當代歷史之間的複雜糾結，是不是還存在著另外的和其它的讀史的可能性呢？

程：這當然。我從來都不欣賞文學史研究中那種真理在握的姿態。也不相信，已經研究過的東西就不能再碰。所以，如果有人站出來與我討論「歷史化」的問題，平心靜氣地與我爭論，我反倒會非常高興。所以我相信黑格爾的說法，他認為只有討論才能不斷地發現問題，他在《哲學講演錄》裏從古希臘的觀點介紹起，一邊敘述一邊討論，在評價闡明過去哲人的成果的同時，也陳述自己的見解，這種德國式的嚴密、科學和理性的治學態度，非常令人佩服。有一次，我與蔡翔老師說起來，都表示當代文學史研究中存在不同看法反而是好事，可以相互爭論，在爭論中相互激發。他在上海大學，羅崗、倪文尖老師在華東師大，都在與學生一起開展當代文學史的研究。他們的「新三人談」，包括我去年參加的圓桌會議，以及我去年 10 月份在北京組織的有洪子誠、蔡翔、羅崗、倪文尖、賀桂梅、姚丹、楊慶祥等老師參加的「當代文學史研究的『歷史化』研討會」，都給我留下至深的印象。他們看問題的角度，處理問題的方式，給了我不少啟發。我相信如果這樣進行下去，再有一些學校的老師和學生參與進來，當代文學史研究的成果和學科自律性，就會逐漸積累和形成。

2010.12.24 於北京
2011.1.6 改定

「當代文學」的理解

　　關於「當代文學」的理解，至少有幾個方面的含義：一是「十七年」所理解的「當代文學」，二是 80 年代意義上的「當代文學」，再就是 90 年代以後的「當代文學」。即使是 90 年代以後的「當代文學」，人們的理解也是不一樣的，那麼對它的辨識和分析是不是必要呢？這就是我關心的一個問題。

　　前兩個方面的當代文學，已經有很多研究成果，我就不再重複。我主要想說說第三個方面，即 90 年代以後的當代文學。當代文學和現代文學一樣，都是在 80 年代起步的，但經過 30 年的經營，現代文學已經成為一個人多勢眾且話語完備的學科，而當代文學還是原來那個樣子。當代文學被理解成「當代文學批評」，現在人們還是這樣看。由於當代文學負載著批評當下不斷湧現的大量文學新作，且天天出席各種「作品研討會」，所以這個領域雲集著許多批評家。這種「批評性「的思維也被帶入到當代文學研究中，我們看看那些不習慣引用別人觀點，不加注釋，上來就對研究對象指手畫腳的論文，就明白當代文學的現狀了。最近幾年，這種狀況在一些中心城市的重要大學比較少見了，但在另一些大學中仍然非常普遍。當然也不是所有的研究者都是這麼認為的，這要具體分析。它還有一個特點，即不是「有距離」地看待作家作品現象，而是強調對作家作品的擁抱和進入，將研究者本人的狀態等同於研究對象的狀態，認為這樣做才比較到位，才是「當代」文學研究。也就是說，他們把「當代」理解成了可以充分把握並控制的一種東西，就像一個士兵可以隨時射擊的靶標。所以，在很多文章裏，即使在很多研究十七年、80 年代文學的文章裏，這些已比較遙遠的文學都具有鮮明的「當下」的面貌，它們的「歷史」完全被「今天」所掩蓋和替代。

　　第二是當代文學的「文學性」問題。對 80 年代以來的文學作品，大家的認識分歧不大，但對十七年文學，意見就相當不同。其實即使對 80 年代的文學作品，看法也有差異，比如有的研究者偏於喜歡「先鋒文學」，而不喜歡「傷痕文學」，等等。一部分研究者認為，文學研究應該是「審美性」的，不符合這一尺寸、標準和範疇的研究，其價值就大大受損。這種看法也許不錯，但比較偏狹，至少是缺少「歷史觀」的觀點。我曾經看到過兩位研究者為了維護自己所設定的「文學性」，對那些忽視或不重視文學性的研究，氣憤地用拳頭咚咚敲會議室桌子的情景。這說明，他們心裏確實有一道不可逾越的「審美底線」。我其實很理解他們。但我們知道，當代文學的創作，很多歷史階段都不是在「審美」的狀態下進行的，這不是作家明知故犯，而是他們出於不得已也只能如此。當代文學的「複雜性」，一部分就來自於這種「不得已」。所以，另一部分研究者認為，除研究當代文學的「審美性」之外，還應該去研究它複雜且因為社會思潮經常性的膨脹與冷縮而不確定的「周邊」，沒有周邊的當代文學，不能說是更完整和更真實的當代文學。至少是缺少「歷史觀」的當代文學研究。研究眼光的不同，使得當代文學與現代文學非常不同。而在現代文學中，所有的「審美性」都是切割好的，是經過「標準化」的流水線製作出來的，當然這種驚人的學科一致性也非常的令人不安。因此，十分值得注意的是，為什麼同時代研究者有著幾乎相同的歷史境遇，而居然會有如此差異的「歷史感」呢？在這個意義上，我們可能就認為，這些大小尺寸不同的許許多多的「文學性」，恰恰是由於裁剪的原因所造成的。

　　第三是當代文學的幾個時期，如「十七年」、「80 年代文學」、「90 年代文學」的關係問題。學術界比較流行的觀點是，「沒有十七年，何來新時期？」、「只有 80 年代文學的探索，才有 90 年代文學的多元化」，等等。先說「十七年」，儘管這方面已經取得了很豐富的成果，但感覺它有一種很濃重的「被建構」的知識氣味。我們今天知道的「十七年」，基本是在 80 年代啟蒙論的主軸上，再加點後現代的佐料敘述出來的。這種「十七年」，去掉了歷史的血腥味，增加了 90 年代的「理解和同情」，於是就變成一種知識意義上的研究對象了。所以，才會「沒有十七年，何來新時期？」因為文化政治對文學的壓抑，新時期文學會意識到建立「文學自主性」的重要性。新時期的「自覺」，是靠「十七年」的「不自覺」才獲得的。但這種道理怎麼聽起來那麼彆扭和

勉強。因爲什麼呢？因爲各個「文學期」之間不是這麼簡單而且不留殘渣餘藥就實行了彼此更換和替代的，中間還應該有很多較小的線索，較小的問題，較小的困惑，乃至較小的也許並不是我們這代人就能意識到並可以輕鬆解決的難度。例如，怎麼看浩然、蔣子龍這些從「文革文學」跨到「新時期」的作家？他們都有一個「歷史轉型」問題，按照今天的文學史結論，蔣轉型成功了，浩然卻失敗了。但是沒有人問，這種「成功」或「失敗」的標準是什麼？我們憑什麼就斷定他們成功或失敗了呢？這裡面，實際有很多潛伏著的問題沒有得到真正的研究，我們反而運用大判斷就把它們糊弄過去了。再比如「80 年代文學」作爲「90 年代文學」的「開拓者」的歷史判斷，也成爲一個問題。一般的看是這樣，「沒有 80 年代，何來 90 年代？」然而，卻沒有人去想想，「80 年代文學」那種非常理想、浪漫的東西，到「90 年代文學」爲什麼就變得很稀薄了，失去了某種主導性了呢？如果僅僅用市場經濟興起這種說法，恐怕說服不了人，至少說服不了我。因爲，我沒有看到任何非常結實、細緻、豐富的研究成果，來證明這種歷史判斷的正確。但是，怎麼就能把這幾個時期比較恰當地串連起來，並建立一種相對貼切、入理的歷史敘述呢？我認爲必須要從「80 年代文學研究」開始。換句話說，「沒有 80 年代，何來十七年和 90 年代？」何來『當代文學』？」如果我們能帶學生對 80 年代的知識立場和邏輯進行一番「知識考古學」的考察，花大力氣去收集這方面的文獻材料，並對重要研究者做個案研究，最後匯總到一起，我想不會困難地看出，今天的很多對十七年、90 年代、包括當代文學的看法，都是從 80 年代的知識立場中孕育出來的，那裡原來有很多沒有被人充分意識到和理解的所謂「知識的原點」。最近幾年，我和我的博士生們一直在做 80 年代文學研究。起初，我們以爲這就是一般性的「文學期」的研究，對象無非是大家司空見慣的思潮呀、流派呀、現象呀、作家作品什麼，超不出這個範圍。但越往下走，就發現不那麼簡單，80 年代文學原來並不是孤立於歷史之外而存在的，它周圍有一個非常豐富和複雜的「周邊」。某種意義上，不是由於 80 年代文學，我們才看清楚它周邊的萬事萬物；而是由於這個「周邊」，我們才能更清楚和更深刻地理解它爲什麼叫「80 年代文學」。同樣道理，這種對「周邊」的注意，這種有意識把「周邊」作爲文學史研究的更寬幅的歷史視野，作爲一種方法和眼光，我們也許能夠更有效地進入到整個「當代文學」之中去。最近，我在一篇題爲《新時期文學的「起源性」問題》中，談到不能只

注意文學發展過程中的「部分的風景」，同時也應該注意到「全部的風景」。不把二者割裂，而是有意識地建立二者之間的歷史聯繫，一些更隱蔽的、也許一直阻礙著我們歷史認識的東西，也許才能夠浮現出來。對上述所說幾個文學期關係的界定、分析和理解，也同樣如此。

以上，是我對 90 年代興起的「當代文學研究」的基本感覺，其實還有很多問題，但我這篇小文不可能一一觸及。一定意義上，我們在做當代文學研究時，都會強調自己對它的理解的問題。但是，由於研究者的知識積累、歷史經驗、思維方式的不同，再加之各種知識和思潮還會在其中衝蕩、影響著我們的工作，所以，所謂「理解的不同」，實際是每個人在做研究時首先由於「理解方式的不同」，才會得出不同的結論的。比如，一些現代文明起步比較早的大都市，由於它的西化程度比其它的城市高，「都市性」對人們生活具有很大影響，甚至壓抑性，所以那裡左翼批判態度、反現代性立場特別明顯。在這種歷史場域中，研究者就不可能像其它城市中的研究者那樣，對「過去」的歷史具有一定的包容性，有一定的彈性。比如，那裡的研究者一般都不耐煩做實證性的工作，特別喜歡「提問題」；再比如，因為成熟都市的生活非常實在沒有詩意，也很緊張、快速、多變，令人焦慮不安，所以他們對任何一種「非文學性」的存在都很敏感，都會容易產生反感和強烈的排斥心理。所以，即使當代文學史中的很多現象，如「十七年文學」、「80 年代文學」已經變成了「歷史對象」，他們還不願意把它們放在故紙堆中，非要拿出來，做「今天」的和「當下性」的歷史整理。當然，也不能一概而論，也有一些比較清醒的研究者會避免這種偏頗，採用比較客觀的態度和方法「重迴文學史」之中。比如蔡翔近年來所做的「十七年研究」，他與羅崗、倪文尖關於「當代文學六十年」的「三人談」，都發現了很多有意思的東西，對當代文學研究有積極的推進。

另外，「當代文學」的理解，還涉及到我們怎麼在一種複雜的時空中整理自己的問題。前面已經說過，這三十年，由於各種歷史解釋大量存在於當代文學史研究之中，而當代文學又沒有辦法像現代文學那樣說自己是「民國文學」，先把自己「歷史化」，所以分歧多多，理性和自覺的研究立場很難建立，而且逐步為更多的研究者所接受。那麼，怎麼去對自己做歷史整理呢？我認為有兩個問題：一是我們都在本學科的「想像共同體」內工作，現有的知識積累，已成的結論，大家在一定年代的歷史共識等等，都會影響我們的判斷，

但我們又無法不在這種知識框架中想問題和處理問題；二是如何將自己的研究「有所偏離」和「陌生化」的問題。舉個例子來說，北大中文系的洪子誠老師是「30 後」的人，1961 年大學畢業。按說，他的歷史觀念和文學觀念應該是與劉再復等人是「同時代」的。但是，爲什麼到了 90 年代，他還能寫出像《中國當代文學史》、《問題與方法》這樣富有啓發性的著作呢？我覺得這就是他在自己與同代人之間，有意識地把自己的歷史觀和文學觀與其它人「有所偏離」和「陌生化」的結果。正是由於有了這種「陌生化」，他看他非常熟悉的「十七年文學，就會產生不同於同時代人的眼光，採用不同的歷史分析方法。這是大家都知道的，毋須我在這裡多說。另一個例子是蔡翔。我們知道，蔡翔在 80 年代是一位很有名的文學批評家。90 年代後，他調入大學，成功實現了自己的知識轉型，他近年來所做的」十七年研究」，無論在角度和方法上都和別人不一樣。例如，他在十七年文學中發現了「勞動」、「產業工人」這樣一些概念，進而從這些概念中重新進入十七年。這樣就擺脫了一段時間內非常興盛的將「文學」與「政治」對立起來認識「十七年」的方法。我想，洪老師和蔡翔的歷史經驗、人生道路與我們並沒有什麼本質的不同，但是，爲什麼他們能在普遍性的歷史共識的基礎上做出了自己卓越的工作了呢？我以爲這正是他們對自己的「歷史整理」做得比較好，他們對問題的反思，首先是從對自己的反思開始的，並在這裡建立了一個相對自足的知識和思想的立足點。當然，如何整理自己，又如何在自己與學科的想像共同體之間達到某種平衡，並由此開展出一種比較有效的研究的工作，這裡面牽涉的問題很多，也很複雜，不是三言兩語就能說清楚的。限於篇幅，我只是暫時說這些，以就教於各位朋友。

2009.10.16 於北京九臺 2000